구선모 新무협 판타지 소설

호열지도

熱之道

호열지도 12

구선모 新무협 판타지 소설

초판 1쇄 찍은 날 § 2005년 4월 18일
초판 1쇄 펴낸 날 § 2005년 4월 28일

지은이 § 구선모
펴낸이 § 서경석

편집장 § 문혜영
편집책임 § 장상수
편집 § 유경화 · 서지현

펴낸곳 § 도서출판 청어람
등록번호 § 제1081-1-89호
등록일자 § 1999. 5. 31
어람번호 § 제2-0578호

주소 § 경기도 부천시 원미구 심곡1동 350-1 남성B/D 3F (우) 420-011
전화 § 032-656-4452 팩스 § 032-656-4453
E-mail § eoram99@chollian.net

ⓒ구선모, 2002

ISBN 89-5831-504-0 04810
ISBN 89-5505-427-0 (세트)

구선모 新무협 판타지 소설

호열지도

號熱之道

12 격동무림(激動武林)

도서출판

청어람

목

차

제 1 장

천마(天魔) 혁무황(赫武兇)이 나타나다니!

세상일에 무관심한 듯 반개한 눈으로 관망적인 시선을 하고 있는 한 사람이 있었다.

고요함과 적막함.

세상을 오시(傲視)할 수 있는 절대자가 아닌 이상, 한 사람으로 인해 생성된 분위기라고는 도저히 생각되지 않을 정도였다. 현재 그 사람이 서 있는 곳 주변을 제외하고는 아수라장을 연상시킬 정도로 무림맹과 마교의 생사를 건 혼전이 벌어지고 있었다.

혼전에서 유일하게 제외된 단 한 명의 절대자.

그는 다름 아닌 세상을 떠들썩하게 하고 있는 마교의 교주 천마호령(天魔昊鈴) 매천호(梅闡豪)였다.

묵묵히 혼전을 훑어보던 매천호의 시선은 지금 한곳에 고정되어 있었다. 어쩌다 한번씩 시퍼런 광망을 보일 때도 있었는데, 그것은 그만큼 매천호의 시선을 사로잡는 누군가가 있다는 것을 보여주는 증거였다.

'호오~ 내가 생각했던 것보다 날카로운 검기로구나. 정말 놀라운 일이 아닐 수 없군. 아직 어린 것 같은데 어찌 저런 검세를 보일 수 있는지. 흐으음……'

유일하게 매천호의 관심을 끌고 있는 사람은 무당파의 연정 장문인이 아니었다. 그렇다고 점창파의 일양자(一陽子) 현천(玄天) 장문인도 아니었으며, 검왕검후의 신화를 간직하고 있는 엽씨검문의 검왕(劍王) 엽무검(葉武劍)과 보타문의 보타신니(普陀神尼) 일영(一靈)도 아니었다. 바로 원로원 원주인 한성검주(寒星劍主) 설공신(薛公愼)과 치열한 대결을 벌이고 있는 보타문의 검후(劍后) 나영미(羅永媄)였다.

매천호는 설공신이 젊은 여승을 향해 서슴없이 앞으로 나서자 처음엔 의아한 생각이 들었다. 하지만 막상 설공신과 대결이 펼쳐지기 시작하자 매천호는 자연스럽게 설공신의 행동을 이해할 수 있었다. 또한 설공신이 왜 젊은 여승을 택했는지도 알게 되었다.

'역시 검후의 검은 전설처럼 날카롭구먼. 오백 년 전 정사연맹과의 혈전에서 홀연히 나타난 검후 허요설(許瑤薛)로 인해 우리 마교가 막대한 피해를 입었다고 하더니, 실로 내가 지금 그 전설을 직접 목도(目睹)하는 것 같지 않은가.'

"호오~ 이곳에 연정 장문인 말고도 검후에 못지않은 고수가 또 있었단 말인가? 강호는 정말 넓은 곳이군."

검후 나영미와 설공신의 결전을 관심있게 지켜보던 매천호는 그곳과 조금 떨어진 곳에서 매서운 칼바람이 번뜩이는 것을 볼 수 있었는데, 바로 철혈검주(鐵血劍主) 조재현(趙齋峴)이었다.

조재현은 현재 천양검왕(天陽劍王) 하겸지(河謙地)와 동생인 구음마제(九陰魔帝) 하점도(河点度)의 합검을 상대하고 있었다. 처음엔 두 형제가 합검을 시전하게 되면서 좀처럼 섞이지 않을 것 같던 음양이 어우러지기 시작하여 조화를 이루었고, 이와 더불어 합검은 강성한 검세를 보였다. 이에 조재현은 어쩔 수 없이 방어에 급급하게 되면서 뒤로 물러날 수밖에 없었다. 자칫 자신의 섣부른 움직임으로 뜻밖의 위기를 초래할 수 있다는 생각이 머리를 가득 메우고 있었기 때문이다.

　　그러나 시간이 지나 조재현의 빠른 움직임이 살아나면서 합검의 공세에 다소나마 여유를 가지게 되었고, 더불어 강기를 위주로 한 조재현의 강력한 검세가 합해져서 합검을 무섭게 압박할 수 있었다. 초반의 대등한 국면에서 서서히 조재현이 우위를 점해가는 방향으로 흐르고 있었던 것이다.

　　매천호는 한동안 조재현의 검공을 유심히 살펴보았다. 딱히 뭐라고 표현할 수 없을 정도로 독특한 무언가가 느껴졌기 때문이다. 다소 절제된 검식에서 자연의 자연스러움이 배어 있는 느낌이었는데, 지금의 매천호로서는 그것이 무엇인지 말로 정확히 표현할 수가 없었다.

　　'흥미로운 인물이로군. 강호에 저런 인물이 있었나? 오히려 연정 장문인이나 검후보다 한 수 위가 아닌가? 흐으음.'

　　매천호는 조재현에게서 좀처럼 눈을 뗄 수 없었다. 하지간 그의 주변에선 치열한 혈전이 벌어지고 있었기에 수장으로서 전황을 살피지 않을 수 없었다. 이에 매천호의 시선은 자연스럽게 다른 곳으로 향했는데 그 가운데에서 아직까지 별다른 움직임을 보이지 않고 있는 한 인물을 발견할 수 있었다.

　　'호~ 좋은 검을 지니고 있구먼. 보아하니 쌍수검인 것 같은데 무림팔대보검 중 하나인가?

매천호는 철혈검을 주시했다. 하지만 무림팔대보검 중 검신 전체가 묵빛을 띠는 것이 있다고 들은 기억은 없었다. 그에 더 이상 철혈검에 관심을 주지 않고 뒷모습을 보이고 있는 사람을 향해 시선을 주었다.

'후후, 음양신마(陰陽神魔)인가? 좋은 구경이 되겠군. 그나저나 음양신마를 앞에 두고서도 여유로운 표정이라……. 흐으음.'

매천호의 시선이 머문 곳.

그곳에는 마교 원로원 서열 팔위인 음양신마 목지첨(睦趾詹)이 서 있었는데, 그를 상대하기 위해 검을 빼 든 사람은 바로 호열이었다.

검집에서 빠져나온 철혈검의 검극을 목지첨의 가슴으로 향한 호열은 더 이상 행동을 하지 않고 서 있었다. 하지만 대화를 하는 중에 상대가 아무런 행동을 하지 않자 겨누고 있던 검극을 땅으로 향하도록 했다. 하지만 곧 상대가 공격할 것이란 생각에 검병(劍柄)을 두 손으로 잡은 후 천천히 앞가슴과 일직선이 되도록 들어 올리며 전투 자세를 잡았다. 그러나 호열의 이러한 행동엔 그리 큰 동작도 없었으며, 상대를 향한 위협적인 움직임도 없었다. 그저 강호의 모든 무사들이 비무를 하기 전에 일상적으로 행하는 기수식(起手式)처럼 보였다.

목지첨은 호열이 자신을 향해 묵검을 다시 들어 올리자 입가에 살짝 미소를 지어 보이며 천천히 호열의 앞으로 걸음을 옮겼다. 어찌 보면 상대를 무시하는 듯도 했다.

'응? 뭐야? 나를 무시하는 것인가? 이거 참…….'

목지첨은 처음과 마찬가지로 두 손을 아래로 내린 상태였기에 호열에게 있어서는 목지첨이 자신을 향해 걸어오는 것은 그다지 위협적인 행동이 아니었다. 그러나 검을 들어 올린 상태에서 적이 자신을 향해 서슴없이 다가온다는 것은 그리 기분 좋은 일만은 아니었다.

이에 호열은 목지첨의 미간을 향해 겨누었던 검극을 옆으로 조금 이동한 후 자신을 향해 걸음을 옮기고 있는 목지첨의 눈을 응시했다. 그런 후 목지첨이 충분히 볼 수 있을 정도로 입가에 미소를 지어 보였다.

'응? 미소를 지어?'

목지첨은 자신이 접근하는 것을 보면서도 입가에 미소를 지어 보이는 호열을 흥미롭다는 듯 쳐다보았다. 하지만 아직까지 자신을 향해 검극을 겨누고만 있을 뿐 별다른 공격을 하지 않는 호열을 마주 보며 미소를 지어 보였다. 하지만 그 미소에는 상대인 호열을 향한 위협이 다소 내포되어 있었다.

팟!

'크윽! 뭐, 뭐지? 이, 이건……'

호열을 향해 당당하게 걸음을 옮기고 있던 목지첨은 순간적으로 귓불이 불에 대인 것처럼 따끔거리자 자신도 모르게 걸음을 멈추었다. 그리고 반사적으로 자신의 앞에 서 있는 호열에게 시선을 주었다. 하지만 아무리 보아도 지금까지 별다른 움직임을 보이지 않던 호열이기에 자신의 행보를 멈추게 한 것이 무엇인지 목지첨은 알 수 없었다.

그러나 목지첨의 발걸음이 멈춘 후 수유의 시간도 흐르지 않아서 따끔거렸던 귓불에서 무엇인가가 목지첨의 어깨로 떨어져 내리면서 후각을 자극했다.

혈향(血香)이었다. 목지첨으로서는 너무나도 익숙한 향기가 후각을 자극한 것이다.

목지첨은 익숙한 혈향에 고개를 살짝 돌렸는데, 자신의 어깨에 떨어진 핏방울이 붉은 자국을 남기며 빠르게 의복에 스며드는 것을 두 눈으로 확인할 수 있었다. 착각이 아니었던 것이다. 그에 순간적이나마 마른침을 삼키며 마음을 진정시킨 후, 새삼스럽다는 듯한 눈으로 호열을 응시했다. 이번 일에 대한 의문을 담고 있는 눈빛이었다.

목지첨의 변한 눈빛이 마음에 들었는지 호열은 목지첨의 물음이 담긴 눈빛에 서슴없이 말문을 열었다.

"마음에 드는가? 자네가 나를 너무 무시하는 것 같아서."

"흐음… 철혈검황(鐵血劍皇)이라고 했던가? 아직 검황이란 칭호를 사용할 만한지는 모르겠지만, 확실히 다른 사람들과는 다른 것 같구먼. 내가 지금까지 잘못 보았다는 것은 인정하지."

목지첨은 자신의 귓불을 손가락으로 살짝 만져 본 후, 소매 속으로 두 손을 넣었다가 무엇인가를 빼 들었다.

'뭐지? 검이나 도는 아닌 것 같은데, 처음 보는 병기로군.'

호열은 목지첨의 소매에서 나온 병기를 유심히 바라보았다. 그리 두껍지도, 길지도 않은 두 개의 가느다란 철봉이었다. 하나는 적색을, 다른 하나는 청색을 띠고 있었는데 철봉의 길이는 열 치가 조금 넘고 두께는 거의 어른 손가락 굵기 정도로 얇다고 할 순 없었다. 그러나 호열의 시선을 끈 것은 철봉 중간의 세 개의 둥그런 고리였다. 그것은 한눈에 보아도 손가락을 끼우기 위해 만들어졌다는 것을 알 수 있었다.

목지첨은 호열의 시선에도 아랑곳하지 않고 소매에서 꺼낸 기형병기의 고리에 손가락을 끼웠다. 그런 후 가슴에 두 팔을 교차시킨 후 호열을 바라보았다.

"이제 되었는가?"

호열은 목지첨이 자신의 눈을 바라보자 병기를 향해 한 차례 시선을 던진 후 말문을 열었다.

"후후, 많이 기다렸다면 미안하군. 하지만 자네의 검을 경험하고 나니 이것을 쓰고 싶더군. 이것을 만든 지 꽤 오래되었지만 써보는 것은 오늘이 처음이라네."

"그렇다면 내가 자네한테 영광이라고 말해야 하는 것인가?"

"그럴 것까지는 없네. 오히려 내가 자네한테 고맙다고 해야 할 판이니까. 내게 있어서 오늘처럼 좋은 상대를 만나는 일은 드물거든."

말을 마친 목지첨은 호열의 눈을 향해 시선을 고정시켰다. 이제 더이상 두 사람 간에 대화가 오가지 않았다. 더 이상의 대화는 불필요했고, 두 사람 모두 대화를 하고 싶은 마음은 없었다.

호열은 목지첨이 자세를 완전히 잡았다 생각이 들자 철혈검의 검극을 미간으로 향하도록 하면서 살짝 흔들었다. 흔들었다고 하기보다는 집중하고 있지 않으면 보이지 않을 정도로 아주 작은 원을 그렸다는 표현이 어울릴 정도로 극히 미세한 움직임이었다.

하지만 호열의 움직임이 멈추기 전에 이미 목지첨은 무엇에라도 놀란 듯 빠르게 좌측으로 신형을 날렸다. 그런 후 마치 기다리기라도 한 듯 기형병기를 앞으로 쭉 뻗으며 호열을 향해 돌진해 갔다.

원래 목지첨의 독문무공은 근접전을 위주로 한 장공이었다. 서로 섞일 수 없는 음공과 양공을 조화시켜서 만든 괴공을 위주로 하여 상대를 공격하는 것인데, 목지첨의 독특한 음양공은 상대가 공격하기 위해 공력을 일으키는 것을 간접적으로 방해했기에 근접전에서 큰 위력을 발휘했다.

그러나 목지첨이 근접전에서만 제 실력을 발휘하는 것은 아니었다.

만약 그렇다면 모든 문인들의 실력이 출중한 마교에서 원로원 서열 팔위에 오르지도 못했을 것이다. 그만큼 목지첨은 음공과 양공이 어우러지며 일으키는 폭발적인 힘으로 그 누구보다 빠른 움직임을 보여줄 뿐만 아니라, 원거리에서 시전하는 장공도 근거리 못지않은 위력을 보여 주었다.

호열은 목지첨이 자신의 공격을 피한 후 빠르게 쇄도해 들어오자 얼른 검극을 이동한 후 처음과 마찬가지로 살짝 흔들었다.

그러나 목지첨은 호열의 이러한 움직임을 주시하고 있었기에 한 치의 망설임도 없이 좌우로 몸을 빠르게 이동하며 호열과의 거리를 좁혔다.

"좋은 움직임이군. 그렇다면!"

호열은 목지첨이 일 장까지 접근해 오자 뒤로 물러나지 않고 오히려 앞으로 전진했다. 그러면서도 철혈검은 처음과 똑같이 두 손으로 검병을 쥐고 정면을 향했다.

목지첨은 호열의 갑작스러운 움직임에 살짝 놀라는 표정을 지었으나 금방 표정을 굳히면서 두 손을 힘차게 앞으로 뻗었다.

콰아아앙!

도저히 인간이 시전했다고는 생각되지 않을 정도의 엄청난 굉음을 동반하며 목지첨의 손에서 발휘된 장공은 호열의 가슴을 향해서 빠르게 쇄도해 갔다. 하지만 호열은 자신의 가슴을 향해 다가오는 장공을 피하지 않고 오히려 기다리고 있었다는 듯이 검극을 앞으로 뻗었다.

'훗! 자신감이 지나치군.'

목지첨은 호열이 피하지 않고 오히려 검극을 앞으로 쭉 뻗자 회심의 미소를 지었다. 자신이 시전한 장공의 무서움을 모르는 듯한 호열의 행동이 무모하다 못해 무지해 보였기 때문이다.

팟! 파파파팟!

"헛! 이, 이런……! 하얏!"

목지첨은 곧 호열이 자신이 시전한 장공에 가슴이 적중되어 쓰러지는 장면을 머리 속에 그렸었다. 그러나 어찌 된 일인지 호열의 검극에서는 그 어떠한 것도 발휘되지 않은 것 같은데, 목지첨이 시전한 장공은 처음 굉음을 발휘했던 것과는 달리 미세한 소음을 내면서 허물어졌다. 이에 깜짝 놀란 목지첨은 쇄도하던 신형을 멈춘 후 서둘러 땅바닥을 두 발로 박차면서 뒤로 삼 장이나 물러나서는 호열의 행동을 주시했다.

그러나 어찌 된 일인지 금방 자신을 향해 검극을 겨눌 것 같던 호열은 목지첨이 뒤로 신형을 빼자 더 이상 접근하지 않고 멈추어 섰다. 한 점의 흐트러진 모습도 없었다. 다만 처음과 다른 점이라면 지금까지 목지첨을 향해 겨누고 있던 검극이 땅으로 향했다는 것뿐이었다. 이에 목지첨은 자신이 조롱당하고 있다는 생각이 들어 얼굴이 붉게 변했다.

"이……! 그렇게 자신만만한가? 이 음양신마 목지첨이 그대의 눈에는 하찮게 보였단 말인가!"

"글쎄, 하지만 지금까지 그대가 보인 행동은 내게 위협적이지 못했다."

"뭐라! 이……!"

호열의 대답은 너무나 간단하고도 명료했다. 너무나 간단명료해서 호열의 말이 끝난 후에도 목지첨은 붉어진 얼굴과 충혈된 두 눈으로 호열을 응시한 상태로 아무런 행동도 취하지 못했다. 하지만 마교의 원로답게 목지첨은 금세 자신의 감정을 다스린 후 한결 침착해져 호열의 두 눈을 응시하며 시선을 맞추었다.

"홋, 정말 놀랍군. 단 한 수의 공격으로 나를 이 정도까지 몰아세울 수 있는 고수가 강호에 있으리라고는 정말 생각지도 못했네. 그러나 아직 강호라는 곳을 모르는 것 같군. 아니, 마교가 어떤 곳인지 지금부터 경험해 보는 것도 좋겠지."

"좋은 말이다. 어디, 마교가 어떤 곳인지 그대가 한번 보여주면 좋겠군. 장담대로 보여줄 수 있겠는가?"

"보여주지. 어차피 그대를 상대함에 있어서 무인으로서 수치심 따위는 버려야 할 것 같구먼."

"좋을 대로."

대답을 한 호열은 목지첨의 행동을 주시했다. 아마도 지금부터 목지첨의 행동에 큰 변화가 있을 것이란 느낌이 들었기 때문이다. 그러나 곧 목지첨이 어떠한 행동을 하든 호열에게는 큰 관심거리가 되지 못했다. 호열의 시선은 이미 목지첨의 뒤에 서서 자신을 주시하고 있는 또 다른 사람에게 향해 있었기 때문이다.

목지첨은 호열의 시선에서 어렵지 않게 자신이 아닌 다른 사람을 향해 관심을 보이고 있다는 것을 눈치챌 수 있었다. 또한 관심의 대상이 누구인지도 알 수 있었다. 바로 마교의 교주 매천호였던 것이다. 그러나 지금은 그러한 것에 연연할 여유가 목지첨에겐 없었다. 오히려 땅에 떨어진 자신의 명예를 회복할 방법은 눈앞에서 서슴없이 자신을 모욕하고 있는 호열을 쓰러뜨리는 것임을 잘 알고 있었다.

"히얍! 간다!"

슈아아아앙~

팡! 파팡……! 파파파팡……!

목지첨은 호열을 향해 목청을 높인 후 조금 전보다 몇 배나 빠르게 신형을 움직이며 돌진했다. 또한 호열을 향해 팔성에 이르는 공력을 돋우어 장공을 날렸는데 장공이 직접적으로 향하는 곳은 호열이 아니라 그 주변의 땅바닥이었다. 그러나 그에 그치지 않고, 목지첨은 자신의 전 내공을 음양천극신강(陰陽天極神罡)에 쏟아 부었다. 가히 작은 산이라도 부술 수 있을 것 같은 위세였다.

"훗, 나름대로 좋은 공격이군. 그러나……!"

목지첨의 장공에 타격을 받은 땅바닥은 지진이 일어난 것처럼 진동을 일으키며 뿌연 흙먼지를 날렸다. 순식간에 호열의 시야를 가린 것이었다. 그러나 호열은 사방을 뒤덮은 흙먼지에도 아랑곳하지 않고 빠르게 신형을 회전시키며 검을 휘둘렀다. 또한 이와 함께 지금까지 아무런 변화조차 보이지 않았던 철혈검의 검극에서 눈부신 섬광이 일더니 하나의 둥그런 형상을 한 검강(劍罡)처럼 찬란한 빛을 사방으로 뿌리며 먼지 속으로 뻗어나갔다.

호열이 시전한 검강의 외형적인 면을 비교한다면 극히 미세한 차이에 불과하지만, 그 위력은 하늘과 땅 차이만큼 컸다. 호열이 시전한 검강은 목지첨의 장공을 파괴하는 것은 물론, 장공을 뚫고 통과까지 하여 목지첨의 목숨을 위협했을 정도의 상상할 수 없는 파괴력을 지니고 있었다.

하지만 더욱 놀라운 것은 철혈검에서 발생된 검강은 하나가 아니었던 것이다. 철혈검에서 순식간에 발생된 검강은 수십 개에 이르렀으며, 그것들은 일체의 소음도 없이 목지첨이 서 있던 정면을 향해 뻗어갔다.

"이런! 어찌 이런 일이……!"

"허엇……!"

쾅! 콰아아앙~

사방을 가득 메우고 있던 흙먼지 속에서 마치 작약이 터지는 듯한 큰 소음이 일었다. 그 속에는 격양된 목소리로 놀라움을 연발하고 있는 목지첨뿐만 아니라 다른 한 사람의 목소리도 함께 들렸다.

목지첨이 일으킨 흙먼지는 바람에 금방 날려갔기에 호열은 자신이 시전한 공격이 어떠한 위력을 보였는지 어렵지 않게 확인할 수 있었다. 자신을 향해 쇄도하던 목지첨은 두 다리로 힘겹게 서 있었는데, 변한 것이라면 목지첨의 손에 들려져 있던 기병이었다.

처음엔 가느다란 철봉의 형상을 하고 있던 기병의 양 끝단에서 날카로운 검날이 삐죽 모습을 보이고 있었으며, 기병 이곳저곳엔 호열의 강기를 막으면서 만들어진 자국들이 선명하게 남아 있었다. 어떤 재료를 가지고 만들어졌는지 모르겠지만, 목지첨은 기병을 휘두르며 호열의 무지막지한 공격을 막아낸 것이었다. 비록 목지첨의 모습에서 힘겨웠던 상황을 짐작할 수 있었지만, 호열로서는 자신의 공격이 막혔다는 것에 놀라움을 감출 수 없었다.

그러나 호열의 시선은 더 이상 목지첨에게 향하지 않았다. 목지첨과 이 장 정도 떨어진 곳에 서 있는 한 사람, 호열의 시선은 바로 그 사람을 향하고 있었던 것이다.

매천호.

호열의 시선이 멈춘 곳에 서 있는 사람은 바로 마교의 교주 매천호였다.

"좋은 공격이었네. 얼마나 날카롭고 강성했는지 처음부터 자네를 주시하고 있지 않았다면 자칫 큰 낭패를 볼 뻔했네."

매천호는 호열과 시선을 마주친 후 자신의 의복을 한 차례 털면서 목지첨의 곁으로 천천히 걸음을 옮겼다. 옆에서 지켜보지 않고 상대해 주겠다는 의지가 담겨져 있는 움직임이었다.

"교주께서 직접 나서실 필요 없습니다. 제 선에서 끝내도록 하겠습니다. 그러니……."

목지첨은 자신의 옆에 다가온 매천호를 의식해서인지 호열을 향하던 시선을 매천호에게로 돌렸다. 자신은 지금까지 호열에게 이렇다 할 공격도 하지 못했을 뿐만 아니라, 오히려 교주가 보고 있는 상황에서 낭패를 보았기 때문이다. 이 상황은 목지첨으로서는 도저히 용납할 수 없을 뿐만 아니라, 용납하고 싶지 않았다. 마교 최후의 보루라 할 수 있는 원로원의 일원으로서 지금까지 누려온 지위와 명예, 그리고 체면과 함께 자존심도 땅에 떨어진 것이다.

'단 두 수 만에 내가 이 지경이 되다니! 이럴 수는 없다. 내가 누구인데……!'

이미 호열과의 격돌로 인해 자신이 상대가 될 수 없다는 것을 쉽게 알 수 있었지만 목지첨은 쉽게 물러설 수 없었다. 목지첨의 눈빛은 그 어느 때보다 날카롭게 빛나고 있었다. 너무도 안이한 생각과 호열을 쉽게 생각했던 자신에 대한 분노가 밖으로 표출된 것이다.

"목 원로께서 어떤 생각이신지 알겠지만, 상황은 그리 순탄하지만은 않은 것 같습니다. 아마도 저자의 목표는 처음부터 저였던 것 같습니다."

"그, 흐으음……."

목지첨은 호열을 향해 몸을 날리려다 매천호의 말에 주춤거렸다. 비록 돌려서 말했지만, 매천호의 말은 더 이상 무모한 싸움에 나서지 말라는 뜻이 내포되어 있는 것이다.

목지첨이 잠시 수중의 병기를 만지작거리며 주춤하다가 뒤로 물러나자, 매천호가 자신의 소매를 정돈한 후 호열에게 다가갔다.

"아직 통성명을 안 한 것 같은데, 본좌는 매천호라 하오."

"교주를 보게 되어서 반갑군요. 임호열이라 하오이다."

"임호열이라……?"

"매 교주께서는 아마 잘 모를 것이오. 하지만 철혈검문이라 하면 좀 생각날지도."

"아~ 근자에 들어 위명을 떨치고 있는 철혈검문에 대해선 들어보았소. 그런데 이런 자리에서 문주를 만나게 될 줄은 몰랐구먼. 그러지 않아도 워낙에 들리는 소문이 쟁쟁한지라 한 번쯤은 만나보고 싶었소이다."

"마교의 교주께서 본인을 이토록 반겨주시니 눈물이 나도록 고마울 따름이구려. 반겨주는 만큼, 이쪽에서도 교주의 성의에 맞는 보답을 해야만 할 것 같은데, 교주의 의중은 어떠한지……."

"보답이라……. 허헛, 어떻게 보답을 해줄 것인지 사뭇 궁금하구먼."

"무인이 달리 보답할 것이 있겠소이까. 자신의 무공을 선보여 주는 것 밖에요. 받아보시지요. 하앗……!"

말이 끝나기 무섭게 검극이 아래로 향해 있던 철혈검이 빛보다 빠른 속도로 하늘을 향해 치솟아오르더니 검극에서 그동안 보이지 않았던 흰색 막이 형성되었다.

묵검에서 생성된 흰 빛.

그 누가 보아도 이질적이었지만, 검극에 형성된 빛은 눈으로 확인하는 것보다 빠르게 주먹보다 조금 큰 둥그런 환을 형성해 매천호를 향해 날아갔다.

슈아아아아~

"허엇! 검환이라… 좋지!"

호열의 손을 떠난 검환이 매천호의 가슴을 향해 빠르게 쇄도하자, 매천호는 간만에 마음에 드는 적수를 만났는지 신형을 뒤로 움직이기는커녕 오히려 검을 뽑아 들고는 호기롭게 고함을 지르며 검환을 향해 신형을 날렸다.

콰아아앙!

매천호의 신형이 검환과 부딪치자 지축을 울리는 굉음이 신농가에 울려 퍼졌다. 그 소리가 얼마나 컸는지 굉음이 울리자마자 서로의 가슴에 병장기를 들이대던 무림맹과 마교의 무인들이 뒤로 훌쩍 물러서며 무슨 소리인가 하면서 주변을 확인할 정도였다.

호열과 매천호의 격돌 한 차례에 의해 피를 흘리며 서로를 주살하려던 각파 문인들의 혈전은 종식되었다. 그것은 연정 장문인이나 검후와 겨루던 한성검주 설공신 역시 마찬가지였다.

이 일로 인해 잠시 동안이지만 휴전 상태에 돌입하게 되었는데, 그것은 어느 누가 먼저 제의한 것도 아니었다. 자신들이 상상할 수도 없는 격돌로 인해 발생된 여파로 상관들이 먼저 몸을 뺐고, 그 뒤를 이어서 줄줄이 문인들이 따랐기에 일어난 자연적인 상황이었다. 더구나 이런 일이 가능하게 했던 것은 그동안 뻣뻣이 목에 힘주면서 뒷짐만 지고 서 있던 마교의 교주가 드디어 검을 빼 들었다는 사실에 있었다. 이것은 마교의 문인들뿐만 아니라 무림맹의 이목을 집중시키는 데 결정적인 역할을 한 것이다.

"역시 마교의 교주답군! 그럼 이것도 받아보시길! 하아앗!"

파앙! 슈아앙~

호열은 매천호가 자신의 강환을 막는 데 그치지 않고 오히려 그것을 뚫고 빠른 속도로 쇄도해 들어오자 입가에 묘한 미소를 지어 보이며 연속해서 강환을 날렸다. 만약 지금까지 호열을 알고 있었던 사람이 이러한 모습을 보았다면 호열이 아니라 할 정도로 호열은 자신도 모르게 흥분하고 있었다. 그만큼 호열은 지금까지 보여주었던 소극적인 자세가 아니었다. 오히려 적극적으로 격전에 임했는데 그것은 처음으로 자신의 의지로 싸움을 하고 있다는 것을 온몸이 동조하고 있는 증거이기도 했다.

쾅! 쾨아아앙……! 쾨앙……!

눈 깜짝할 사이에 벌써 수십 초가 흘렀다. 호열의 일방적인 공격이 계속되고 있었으나 매천호는 한 발짝도 뒤로 물러서지 않은 채 강환을 쳐내고 있었다. 호열이 강환을 날리면 어김없이 매천호의 검에 의해서 막혔으며, 더디긴 하지만 이런 상황에서도 매천호는 조금씩 호열에게 다가가고 있었다.

그러나 이들의 접전을 주변에서 지켜보고 있던 사람들은 매천호가 쳐내는 강환의 영향권에서 벗어나기 위해 이따금씩 분주하게 움직여야만 했다. 매천호처럼 지축을 흔드는 위력을 보여주는 호열의 강환을 감히 받아낼 강심장을 지닌 자가 없기 때문이다.

'치잇! 역시 이 정도로는 안 되는 것인가? 내가 마교의 교주를 다른 사람들과 똑같은 수준으로 생각했었군.'

호열은 자신의 강환을 모두 막아내고 있는 매천호를 보며 놀랐다. 그러나 매천호는 호열이 상상할 수 없을 정도로 놀라고 있었는데, 호열이 보여주는 무지막지한 내공의 끝을 좀처럼 가늠할 수 없었기 때문이다.

'상상할 수 없는 내공이군. 이 정도라면 대종사 역시 나와 같은 처지일 것이 자명한데. 흐음……'

매천호는 호열의 강환에서 느껴지는 압박의 강도가 시간이 지나면서 조금씩 더해지는 것을 온몸으로 느끼고 있었다. 상황이 이렇다 보니 아무리 머리를 굴려보아도 내공으로 승부를 건다는 것이 어리석다는 결론에 도달했다. 그에 매천호는 지금까지와는 달리 빠른 움직임을 위주로 상대의 허실을 공격하는 것이 현명하다는 결론을 내렸다. 이미 초식이라는 굴레를 벗어난 지 오래되었기에 실행하는데는 추호의 망설임이 있을 수 없었다.

빠른 판단과 결단력, 그리고 실행이 한꺼번에 이루어졌다. 상대에 대한 구체적인 대처 방안이 결정됨과 동시에 매천호의 움직임은 빠르게 변했는데, 지금까지의 저돌적인 자세에서 벗어나 좌우로 빠르게 신형을 움직이며 호열을 향해 검강을 날렸다. 그런 후 검강의 뒤를 따라서 신형을 움직였다.

콰아아아앙~

"이제 시작인가? 어디, 마교가 자랑하는 것이 무엇인지 궁금하군."

호열은 매천호의 검강을 받아낸 후 바로 이어지는 공격에 집중했다. 그동안 매천호와 같은 상대와 정식으로 겨루어본 일이 없었기에 정신을 집중하는 데 최선을 다했다.

쾅! 콰아앙!

"하앗!"

"이얍, 받아라!"

두 사람의 검이 부딪치면서 발생하는 소음은 일반적인 쇠가 낼 수 없는 굉음이었다. 가히 지켜보고 있는 주변 사람들 귀에는 천둥 소리로 들릴 정도였다.

호열은 처음 매천호의 일격을 받은 후 한동안 뒤로 밀리며 주춤거렸다. 파괴적인 것은 제쳐 두고서라도 매천호의 손에서 시전되는 초식 한 수 한 수가 호열의 빈틈을 여지없이 파고들었기 때문이다. 그때마다 간발의 차이로 몸을 피했지만, 등골에서 식은땀이 흐르는 것은 피할 수 없었다. 하지만 백여 초가 지나면서 싸움은 대등하게 바뀌기 시작했다. 매천호의 초식에 호열의 몸이 익숙해지기 시작한 것이다.

두 사람 간에는 말이 필요없었다. 모든 무인들이 그렇겠지만, 특히 단 한순간의 방심으로 인해 생사가 판가름나는 고수들 간의 격전은 고도의 집중력과 함께 평정심이 그 무엇보다 우선시되기 때문이다.

매천호는 호열의 검을 피한 후 우측으로 빠르게 회전하면서 아래서부터 위로 검을 그어 올렸다. 호열이 쉽게 피하거나 막을 수 없을 공격이었다. 하지만 호열은 매천호의 생각을 비웃기라도 하는 듯 신형을 하늘로 솟구쳤다. 아래서 위로 올라오는 검보다 빠른 속도로 치솟아올랐기에 매천호의 공격은 더 이상 호열에게 위협이 되지 못했다.

"좋은 공격! 하앗!"

푸아아아앙~

하늘로 솟구쳐 오른 호열은 얼른 신형을 가다듬은 후 매천호가 있는 밑으로 검환을 퍼부었다.

"헛! 이얍!"

쾅! 콰아아앙……! 콰아앙……!

"크윽, 받아라!"

호열의 공격을 힘겹게 피한 매천호는 하늘에서 내려오지 않은 호열을 향해 검을 날렸다. 검신 전체에 무시무시한 푸른색 강기를 뒤덮고 있어 보는 이로 하여금 마른침을 삼키게 할 정도로 위협적이었다.

"제길. 와보아라! 얼마든지 받아주마. 하앗……!"

호열은 자신의 가슴을 향해 쇄도하는 매천호의 검을 막기 의해 철혈검의 검면을 이용했다. 시전자의 의지에 따라 자유로운 움직임을 보이는 것이 이기어검술이기에 호열은 어설프게 검을 휘두르는 것보다는 어의망을 이용한 방어를 택한 것이다. 지금까지 공격 일변도였던 호열의 첫 방어였다.

쾨앙! 쾨아아앙!

"하앗!"

슈우우으응~

팡! 파아앙……!

매천호는 공력을 더욱 돋우어 호열을 향해 검을 휘두르면서도, 그에 만족하지 않고 하늘로 몸을 날리면서 장법을 시전했다. 장법이라고 하기보다는 일종의 수강(手罡) 형태였는데, 바로 마교의 최고 무공 중 하나인 혈마수(血魔手)였다.

호열은 사방에서 공격해 오는 검을 막기 위해 분주하게 철혈검을 휘두르다가 갑자기 밑에서 솟구치는 혈강의 그림자를 보았다. 실제 사람의 손바닥보다 작은 크기였지만, 그것에 내재되어 있는 힘이 극강하다는 것을 본능적으로 직감했다.

"와라! 이얍!"

쾨앙! 쾨아아앙……!

매천호의 검강이 호열의 어의망에 부딪침과 동시에 혈강이 꿍음과 함께 퍼부어졌다. 거의 자신의 전 내공을 실어서 공격한 일격이기에 매천호는 최소한 호열이 충격을 받았을 거라 생각했다.

'이 정도면… 헉! 이, 이런 일이!'

매천호는 혈강을 호열의 몸에 적중시킨 후 천근추를 시전하여 빠르게 땅으로 내려섰다. 혹시라도 호열의 반격이 있을 것을 대비한 움직임이었다. 그러나 매천호가 땅으로 내려선 후에도 호열의 반격은 없었다. 그에 다소 안도의 한숨을 내쉬며 호열이 자리하고 있었던 곳을 향해 시선을 주었는데, 그곳엔 조금 전과 마찬가지로 별다른 변화를 보이지 않고 있는 호열이 자신을 조용히 주시하고 있었다.

호열과 시선이 마주친 매천호는 순간적으로 몸을 움직일 수 없었다. 수중에 돌아온 검에 공력을 주입한 후 호열을 향해 던져야 하지만, 어찌 된 일인지 쉽게 손이 움직여지지 않았던 것이다.

호열은 매천호와 시선을 마주하면서 천천히 땅으로 내려왔다. 거의 반 각 정도의 시간이 흘렀다고 느낄 수 있을 정도로 느린 하강이었다.

'생각했던 것보다 마교의 초식이 무섭군. 그러나……'

매천호의 마지막 공격을 어렵지 않게 막아낸 호열은 나름대로 평정심을 유지하고 있었다. 그러나 다소 여유를 찾은 호열에게 있어서 지금 무엇보다 중요한 일이 있었다. 기억 속 저편에 자리잡고 있는 두 명의 신비고수와 마교의 교주 매천호와의 비교였다. 강호에 출도한 후 가장 강한 고수와 격전을 벌였기에 생각할 수 있는 당연한 현상이다. 그러나 아무리 매천호를 높이 평가한다 해도 두 명과 비교되지가 않았다. 아니, 정확히 말하면 다 떨어진 누더기 승복을 걸쳤던 괴승의 실력에 근접하지만, 호열을 죽음 직전까지 몰아넣었던 도인에게는 한참이나 모자란 실력인 것이다.

'그렇다면, 그들이 정녕 삼성이었단 말인가? 삼풍 진인(三豊眞人) 장삼봉(張三峰)과 성불(聖佛) 혜정(慧精)? 흐음……'

호열은 매천호와의 격전을 통해 지금까지 고심했던 두 명의 신원에 대해 확신할 수 있었다. 이제 더 이상 그들이 누구였는지 고심하지 않아도 되었다. 사실 처음부터 마교 교주인 매천호를 상대로 검을 들었던 가장 큰 이유가 바로 그것 때문이었다.

이제 확인 절차를 끝낸 호열에게 남은 것은 그들을 찾는 일과 그날의 복수를 하는 것이다. 아직까지 호열은 당시의 분노를 잊지 못했다. 태어나서 처음으로 죽음이 얼마나 두렵고 고통스러운지 알게 해준 사람들이었기 때문이다.

상대가 누구였는지 알게 된 지금, 호열에게 있어서 당시 호언했던 대로 복수를 할 수 있다는 믿음이 생겼다. 이렇듯 모든 것이 정리되자 호열은 자신을 향해 열심히 검을 휘두르고 있는 매천호를 향해 미소를 지어 보였다.

"교주, 그대의 실력이 이 정도라면 오늘 내 검에 살아남지 못할 것 같구려."

"그런가? 그러나 아직 그런 말을 하기에는 이른 것 같은데?"

"그렇소? 그렇다면 이번 공격을 막아보시구려. 만약 공격을 막아낸다면 그대를 삼성이마에 버금가는 실력자라 인정해 주지."

"삼성이마에 버금가는 실력자……. 홋! 광오하군, 감히 삼성이마를 들먹이다니. 와보아라! 본좌가 친히 그대의 광오함을 꺾어주겠다. 하아앗!"

매천호는 호열의 비꼬는 말에 이를 악물었다. 그런 후 자신의 모든 내공을 끌어올림과 동시에 검에 옮기기 시작했는데 매천호의 검은 지금까지와는 달리 혈강을 뿜어냈다. 다소 무리를 해서인지 심장이 찢어지는 듯했지만 이를 악물며 마지막 내공까지 검에 주입하였고, 수유의 시간이 지나지 않아서 혈강은 완전한 검의 형상을 갖추었다.

"좋군. 그러나 내 검을 막기에는 부족해 보이는군. 하앗!"

슈아아앙～

매천호의 혈강이 완성되는 것을 지켜본 호열은 철혈검을 힘차게 앞으로 뻗었다. 너무나 간단한 동작이었고, 검극에서 생성된 검강도 지금까지보다 작았다. 콩알보다도 작은 크기였다. 하지만 호열은 검강이 매천호를 향해 날아가자 입가에 가벼운 미소를 지어 보였다.

'막을 수 있으면 막아봐라. 그러나 쉽지는 않을 것이다.'

"허어엇……!"

매천호는 눈에 보이는 형체로는 도저히 가늠할 수 없는 어마어마한 기운을 동반한 강기가 육안으로 확인할 수 없을 정도로 빠르게 접근해 오자 이를 악물며 혈강이 일렁이는 검을 휘둘렀다.

파아아아앙! 콰아앙……!

"크엇! 흐으음……."

'끝인가? 정말… 훗, 우습군. 정작 중원엔 들어가지도 못하고 이런 곳에서 꺾이다니…….'

매천호는 호열의 공격에 따른 여파로 인해 뒤로 십여 장이나 밀려났다. 천근추를 시전하고 있었기에 웬만해서는 이러한 일이 일어날 수 없었으나, 호열의 상상할 수 없는 힘에 밀려나게 된 것이다.

호열은 자신의 공격에 간신히 신형을 멈추어 세운 매천호를 바라보았다. 아직 충격에서 완전히 벗어나지 못했는지 비틀거리며 힘겹게 중심을 잡고 있었는데, 그 앞에는 마치 밭고랑처럼 땅이 두 줄기로 깊게 패어 있어 이번 일을 영원히 기억하게 해줄 수 있는 역사의 흔적으로 남을 것 같아 보였다.

'흐으음, 역시 마지막까지 마교의 교주다운 면모를 보여주는군.'

호열은 검을 이용해 간신히 중심을 잡고 있는 매천호를 바라보면서 미미하게 고개를 끄덕였다. 비록 삼성이마에 미치지는 못하지만 매천호는 마교의 교주임을 증명해 보인 것이다.

호열은 매천호를 향해 천천히 걸어갔다. 이미 상황은 종료된 것이나 다름없었다. 이러한 상황을 확인시켜 주듯 호열과 매천호의 격전을 지켜보던 마교 문인들의 얼굴은 흑색으로 변해 있었다. 하지만 그들과 대조적으로 철혈검문의 문인들을 비롯해서 무당파 등 무림맹 문인들의 입에서는 우렁찬 함성이 울려 퍼졌다.

"와~ 이겼다! 우리 문주님께서 마교 교주를 물리치셨다~"

"우와~ 이겼다~"

호열이 매천호에게 가까이 접근하자 설공신을 비롯한 원로들과 장로들이 신형을 움직이려고 했다. 그러나 이미 이와 같은 상황을 예상하고 있던 연정 장문인과 다른 영수들이 얼른 그들의 앞을 가로막았다.

"비켜라!"

"비키지 못할까……!"

"무량수불, 이미 끝났소. 그러니 그만 검을 거두시는 것이 어떻겠소."

"무엇이 끝났다는 것이냐! 어서……!"

설공신을 비롯한 원로들과 장로들은 교주가 위기에 처한 상황에 적들이 앞을 가로막자 크게 고함을 치며 수중의 검을 휘두르려 했다. 그러나 이미 호열은 매천호와 이 장 떨어진 곳까지 걸어간 후 멈추어 섰다. 아직 충격에서 벗어나지 못한 매천호였기에 호열이 철혈검을 휘두르기만 해도 매천호의 목이 떨어질 상황이었다.

그러나 호열은 바로 검을 휘두르지 않고 매천호가 일어서기를 기다렸다. 비록 적이지만 매천호는 한때 자신이 마교라는 두 글자만 들어도 몸서리를 치며 두려워했던 곳의 수장이기에 호열은 상대의 지위와 명예가 있는 만큼 예의를 다해주고자 했던 것이다.

설공신은 호열의 모습을 본 후 연정 장문인에게 향하던 검을 더 이상 움직일 수 없었다. 자칫 호열의 심기를 자극할 수도 있기 때문이다.

매천호는 검을 땅에 고정시키면서 떨리는 몸을 간신히 지탱하고 있었다. 무인이 자신의 병기를 무기로 사용하지 않고 땅에 꽂는다는 것은 있을 수 없는 일이다. 더욱이 만천하에 이름을 날리고 있는 고수라면 더욱더 있을 수 없는 일이다. 그러나 매천호는 그런 허울에 연연하지 않았다. 오히려 자신을 주시하고 있는 사람들을 한 차례 훑어본 후 차분한 눈빛으로 호열을 향했다.

"크으음… 임호열이라고 했소?"

"……."

"임 문주, 내가 오늘 세상에 보이지 않던 또 다른 하늘이 있다는 것을 알게 되었구려."

호열은 매천호의 말에 잠시나마 다른 문인들과 함께 자신을 주시하고 있는 연정 장문인을 바라보았다. 문인들의 함성 소리와 격전을 치르는 동안 발생한 영향력으로 멀리 떨어져 있어서 매천호의 작은 소리가 다른 사람들에게 들릴 리 없겠지만, 상당한 내력을 지니고 있는 연정 장문인이 듣지 못할 정도는 아니었다.

"글쎄요. 아직 하늘은 되지 못했소이다. 그러나… 스스로를 위해서 그렇게 되었으면 하는 바람은 있소."

호열은 말을 마친 후 연정 장문인을 스치듯이 바라보았다. 항상 담담하던 얼굴에 씁쓸한 미소가 어려 있었다. 하지만 호열은 연정 장문인의 심정이 어떠한지 신경 쓰고 싶지 않았다.

"허허, 나는 그대가 영웅인 줄 알았는데… 영웅이 되고자 이곳에 온 줄 알았는데, 그것이 아니었구려. 크윽! 흐음……."

"나는 지금까지 스스로 영웅이 되고자 한 적이 없소이다. 아니, 그런 생각을 지녔던 적도 없었소."

"……."

"단지 내가 이 자리까지 오게 된 것은, 그것은… 스스로를 지키기 위함이었소. 예전이라면 모르겠지만, 현재 내겐 목숨을 걸고서라도 지켜야 할 것이 너무도 많소. 그래서 온 것이오."

말을 마친 호열은 매천호와 한동안 시선을 맞추었다. 비록 반 각의 반도 못되는 짧은 시간이지만, 두 사람 중 누구도 먼저 시선을 피하지는 않았다. 서로를 알기에는 짧은 시간이었지만 자신의 확고한 의지를 상대에게 알리는 데는 충분한 시간이었다.

그러나 호열의 검이 천천히 하늘로 이동하기 시작하면서 자연스럽게 숨 막히던 정적에 금이 갔다. 이미 스스로의 힘으로 움직일 수조차 없는 매천호는 두 눈을 반개한 상태로 호열의 눈을 직시하고 있었고, 철혈검은 하늘 높이 올라간 상태로 마지막 순간을 기다리고 있었다. 호열의 마음먹기에 따라서는 단 한순간에 오늘의 혈전이 마무리될 수 있는 상황이었다.

"멈추게!"

'응……?'

"만약 멈추지 않는다면 오늘 이곳에 있는 무림맹 문인들은 살아서 돌아가지 못할 것이네."

"……?"

"이미 이곳을 중심으로 천라지망이 형성되어 있네. 자네는 모르겠지만, 다른 문인들은 절대 살아서 이곳을 벗어날 수 없을 것이네."

호열은 갑자기 들려오는 전음에 매천호를 향해서 철혈검을 내려치지 못하고 주춤거렸다.

"사람 말을 쉽게 믿지 못하는구먼. 하지만 지금 본좌가 말한 내용은 한 치의 거짓도 없다. 그러니 당장 검을 내린 후 중원으로 돌아가라."

호열은 갑자기 들려온 전음의 주인을 찾아보고자 온 신경을 집중했다. 그러나 쉽게 파악이 되지 않았다. 아무리 찾아보고자 해도 주변에 있는 사람들 중에는 전음의 주인이 없었다. 그렇다고 어디에 있는지도 모를 사람을 찾기 위해 신농가 전체에 자신의 기운을 흩어놓을 수도 없었다. 호열의 무공이 아무리 그 끝이 보이지 않을 정도라 해도 그것은 신이 아닌 이상 불가능한 일이었다.

"누구냐! 숨어 있지 말고 어서 나와라!"

"크억! 크으으……."

"무, 무량수불……."

"이게 무슨……. 크으흠……."

검을 내려칠 듯하던 호열이 갑자기 하늘을 향해 고함을 지르자, 그를 예의 주시하고 있던 사람들은 자신의 두 귀를 틀어막으며 몸부림을 쳤다. 흥분한 나머지 호열의 고함 소리에 상당한 기운이 내재되어 있었는데, 거의 불문의 사자후나 마교의 천마후와 버금갈 정도의 위력이었다.

호열의 모습을 지켜보던 무림맹과 마교의 영수들은 영문을 모르겠다는 표정을 지어 보이며 갑자기 변한 상황을 파악하는 데 주력했다. 이러한 것은 이들과 대치 중에 있던 마교의 원로들과 장로들도 마찬가지였다.

"나오시오. 이미 당신의 말에 거짓이 없다는 것을 파악했소."

전음을 들은 후 호열은 한곳을 향해 정신을 집중해 보았다. 혹시라도 있을지 모를 만약의 사태를 대비해 퇴로로 사용할 곳이었는데, 전음자의 말대로 그곳 주변에 상당한 인원이 매복해 있었던 것이다. 이와 같은 상황을 확인한 호열은 크게 놀랐지만, 얼른 평정심을 되찾은 후 마치 옆에 있는 사람에게 이야기를 하듯 조용히 말문을 열었다.

"허허, 혜정의 말대로 정말 놀라운 능력을 지니고 있구먼."

"혜, 혜정이라고 했소? 성불 혜정?"

"놀라는 것을 보니 내 짐작이 맞았구먼. 그나저나 성불이라… 하긴, 한때는 그렇게 불리기도 했었지. 그렇네, 분명히 혜정이라고 했네."

"으음……."

"몇 년 전 혜정이 나를 찾아왔더군. 자네에 대한 이야기를 들었지. 하지만 쉽게 믿을 수 없는 이야기라 지금까지 반신반의했지만, 오늘 자네를 직접 보니 혜정의 말보다 더욱 뛰어난 것 같군. 그런데 혜정의 말에 따르면 황궁에서 보았다고 했는데, 자네를 이렇게 무림에서 보게 될 줄은 정말 몰랐구먼."

"……."

호열은 전음자의 이야기가 계속될수록 등골이 서늘해지는 것을 느겼다. 하지만 전음자의 압박 강도가 쉽게 검을 거두어들여야 할 정도로 크게 느껴지지는 않았다. 힘들긴 했지만 자신의 힘을 어떻게 활용해야 하는지조차 모르던 시절에도 살아남았던 호열이었다. 그런 그에게 있어서 현 상황은 두려움보다는 혜정에 관한 궁금증이 더욱 컸다.

"누구인지 모르겠지만, 이제 그 모습을 드러내는 것이 어떻겠소. 나는 얼굴을 보이지 않는 자와는 더 이상 이야기를 나눌 생각이 없소이다."

"좋네, 그렇다면 검을 거두게나. 교주에게 겨누고 있는 검을 거둔다면 응당 내 모습을 볼 수 있을 것이네."

"좋소이다."

호열은 전음자의 이야기가 끝나자마자 매천호의 목을 향하고 있던 철혈검을 거둔 후 뒤로 훌쩍 신형을 날렸다. 전음자의 요구보다 더욱 성의를 보인 것이다.

"홋, 혜정에 대해서 꽤나 궁금한 모양이구먼."

"……."

호열은 전음자의 말에 이렇다 할 대답을 하지 않았다. 그저 철혈검의 검극을 지면으로 향하게 한 후 전음자가 자신의 앞에 모습을 보이기를 묵묵히 기다렸다. 연정 장문인을 비롯한 무림맹 문인들은 호열의 언행을 통해 암중에 누군가 있다는 것을 알고 있었지만, 호열을 향해 매천호의 목을 치라는 말을 할 수가 없었다. 다만 이러한 모습을 지켜보고 있던 모든 사람들의 얼굴에 아쉽다는 표정만 가득하게 자리하고 있을 뿐이었다.

호열이 매천호에게서 떨어진 후 수유의 시간이 흐르지 않아서 한 명의 인물이 호열을 향해 걸음을 옮기고 있었다. 아직 사람들은 호열을 향해서 움직이는 사람이 누구인지 몰랐지만, 호열의 시선은 자연히 자신에게 다가오는 사람을 향해 움직였다.

'그동안 자신의 기를 완벽히 감추고 있었단 말인가?'

호열은 전음을 듣자마자 모든 이목을 집중해 전음자의 위치를 찾고자 했다. 그러나 주변을 아무리 살펴보아도 전음자의 위치는 도저히 찾을 수 없었다. 다만 심중으로 짐작이 가는 곳이 있어 그곳을 향해 이목을 집중했었다.

그곳은 얼마 전에 매천호가 호기로운 모습으로 서 있던 자리에서 얼마 떨어지지 않은 곳이었다. 조금 떨어진 곳에 몸을 은신할 수 있는 나무들이 숲을 이루고 있었기에, 충분히 은신할 수 있다고 판단한 것이다.

그렇지만 찾을 수 없었다. 이것은 호열에게 있어서 심적으로 큰 부담으로 작용했다. 그러나 호열의 얼굴은 평정심을 유지하고 있어 이렇다 할 표정 변화를 보이지 않았다. 다만 전음자가 처음 모습을 드러낸 곳이 분명 호열이 짐작했던 곳이기에, 답답한 심정을 뒤로하고 자신의 판단이 옳았다는 듯 고개를 끄덕여 보였다.

전음자는 호열과 오 장 정도 떨어진 곳에서 걸음을 멈추었다. 정확히 말하면 호열과 전음자 중간에 매천호가 어정쩡한 모습으로 서 있는 상황이었다.

호열은 전음자에게서 별다른 특징을 찾을 수 없었다. 다만 눈에 띄는 것이 있다면 목 부위까지 보기 좋게 내려온 흰 수염과 지팡이처럼 보이는 수정봉이었다. 가히 신선이 세상에 하강한 듯 보일 정도로 중후함이 배어 나왔다.

그러나 전음자의 모습을 두 눈으로 확인한 마교의 원로들과 장로들은 깊게 허리를 숙이며 일제히 목청을 높였다.

"태, 태상교주님을 뵙습니다!"

"태상교주님을 뵙습니다!"

"태상교주? 마교에 태상교주가 있었던가……?"

"글쎄, 내가 마교에 대해서 뭘 알아야지."

"그런가? 하긴 나도 마찬가지지."

"그럼 상황은 어떻게 된 거지? 태상교주가 나타났으니……."

"무, 무량수불……."

"아미타불……."

연정 장문인은 설공신의 입에서 태상교주라는 말이 나오자 순간적으로 일어난 현기증에 의해 휘청거렸다. 그러나 다행히 연정 장문인 곁에 양의현검(兩儀玄劍) 묘현(妙賢)이 있어서 주저앉는 것은 면할 수 있었다.

"괜찮다. 흐음……."

'천마(天魔) 혁무량(赫武亮)이 나타나다니! 어찌 이런 일이……. 무량수불…….'

연정 장문인은 묘현의 부축을 물린 후 새롭게 등장한 인물에게서 시선을 떼지 못했다. 이미 태상교주가 누구인지 잘 알고 있기에 앞으로의 상황이 걱정되었던 것이다. 그러나 자신의 실력이 원로원주 설공신에게도 미치지 못함을 알게 되었기에 호열의 앞에 나설 수도 없는 상황이었다.

"당신이 내게 전음을 보낸 장본인이오?"

"그렇네, 내가 자네에게 전음을 보냈지."

"저들의 말을 들어보니 당신이 마교의 태상교주인 것 같은데, 혹시 당신이 삼성이마 중 천마요?"

"삼성이마라… 너무 오래전 기억이라 이젠 새롭게 들리는구먼. 그러나 내가 한때 천마라 불렸던 것은 맞네."

"뭐, 천마 혁무량……?"

"처, 천마……!"

"이런 일이……!"

혁무량의 입에서 스스로에 대해 인정하는 말이 나오자 무림맹 문인들의 놀라움이 가득한 소리가 이곳저곳에서 터져 나왔다. 워낙 관심이 집중된 상태라 상당한 거리가 떨어져 있어도 충분히 들을 수 있었기에 가능한 일이었다.

"천마 혁무량이라! 하하, 제가 이곳에서 전설이 된 선배를 만나게 될 줄은 몰랐소이다. 우선 후배로서 인사를 드리겠습니다. 철혈검문의 임호열이라 합니다."

호열은 이미 예상하고 있었다는 듯 고개를 크게 끄덕여 보인 후 혁무량을 향해 포권을 취하며 선배에 대한 예우를 했다.

"그렇게 할 것까지는 없네."

"그냥 후배가 선배에 대한 예의라 생각해 주시지요. 돌랐으면 모르나 어찌 천마 혁무량 선배를 대함에 있어서 소홀함이 있어서야 되겠습니까. 그나저나… 조금 전 혜정을 만났었다고 들었는데, 혹시 그가 어디에 있는지 알 수 있겠습니까?"

"허헛, 그가 어디에 있겠는가. 또한 어디로 가겠는가."

"그럼… 혹 소림사에 있다는 말로 들어도 되겠습니까?"

"글쎄. 지금 그가 소림사에 있는지는 없는지는 모르겠지만, 당시 가

보아야 할 곳이 있다는 말을 들었던 기억이 나는군."

"…흑, 가보아야 할 곳이 중원은… 그런 말도 안 되는 대답을 혁 선배께서 제게 하지는 않겠지요?"

"듣고 보니 그런 대답도 있었군. 정말 명답 중에 명답이구먼."

"후배는 지금 혁 선배와 농담을 하자는 것이 아닙니다."

"누가 자네와 농담을 하자고 그랬는가? 그러고 보니 내가 자네에게 해줄 수 있는 말이 생각나는군."

"그것이 무엇입니까?"

"아마 혜정이 어디에 있는지 자네도 조금만 생각해 보면 쉽게 알 수 있을 것이네. 내가 해줄 수 있는 말은 여기까지이네. 그러니 더 이상 혜정에 관한 질문을 받고 싶지 않군. 그러니 혜정에 관한 것은 궁금한 사람이 직접 찾아보도록 하고, 오늘은 이쯤에서 물러가는 것이 어떠한가?"

"조금 더 성실한 답변을 해주시면 안 되겠습니까? 제게 있어서 그 일은 무엇보다 중요한 사안입니다."

호열은 혁무량의 답변이 마음에 들지 않았다. 알고 있는 것 같은데 정확히 대답을 해주지 않자 화가 치밀었다.

"그것은 직접 찾아보라고 말하지 않았는가. 더 이상의 질문은 사절하네. 그러니 자네는 다른 사람들을 이끌고 이곳에서 물러나게. 만약 자네가 이곳에서 순순히 물러난다면 천라지망을 가동하지 않겠네."

"천라지망이라… 제가 혁 선배의 말 한마디에 쉽게 물러날 것으로 보입니까?"

"글쎄, 나는 그러기를 바라지만 자네의 태도를 보니 쉽지는 않겠군. 그러나 다른 사람들을 중히 여긴다면 자네의 행동이 경솔하다고 생각되지 않는가? 자신의 선택으로 인해 많은 사람들이 피를 흘릴 수도 있다는 점을 생각하고 결정하게. 자네가 결정을 내릴 수 있는 시간은 충분히 주겠네."

혁무량은 말을 마친 후 지팡이처럼 보이는 수정봉의 끝을 두 손으로 짚은 후 몸을 기댔다. 수정봉이 특이하게 생기지 않았다면 정말로 지팡이 대신 지니고 다닌다 생각될 정도로 혁무량의 모습은 자연스러웠다.

호열은 혁무량의 느긋한 모습에서 답답함을 느꼈다. 마음은 거부하고 있지만 혁무량에게 자신이 조금씩 밀리고 있다는 것을 느낄 수 있었기 때문이다. 그러나 혁무량의 말이 사실이란 것을 확인했기에 호열은 섣부른 행동을 할 수가 없었다. 비록 무림맹과 철혈검문에 막대한 피해가 있겠지만, 호열은 온 힘을 다한다면 혁무량을 비롯한 마교의 수뇌부들을 쓰러뜨릴 자신이 있었다. 그러나 그렇게 하기에는 그 피해가 극심하다는 것을 알고 있기에 혁무량을 향한 호열의 시선이 곱지 않았다.

"대선배께서 후배를 너무 몰아세우는군요. 하지만 제가 굳이 피해를 감수하고서라도 강행한다면 어찌하시겠습니까? 혜정에게서 이미 들었다면 제가 어떤 선택을 하든, 오늘 선배를 비롯해서 마교가 입을 피해 역시 만만치 않을 텐데요."

"그러한가? 그렇다면 더 이상 입씨름을 할 필요가 없겠군. 그러나 내가 만약 자네를 이길 수는 없어도 시간을 끌 수 있을 정도의 실력이 된다면 어찌하겠는가? 그럼에도 자네는 나와 검을 맞대겠는가?"

"그건, 흐으음……."

'맞는 말이다. 하지만 혜정과 비슷한 수준이라면 지금의 내 실력으

로도 충분하다. 그러나 만약 삼풍 진인과 같은 실력이라면…….'

호열은 눈앞에 떡하니 버티고 서 있는 천마 혁무량의 실력을 가늠하고자 했다. 하지만 좀처럼 알 수가 없었다. 이미 첫 등장에서부터 혁무량이 자연과 동화를 이룰 수 있는 경지에 올라 있다는 것을 확인했기에 호열로서는 쉽게 결정을 내릴 수 없었던 것이다. 그러나 언제까지 이런 대치 상태를 유지할 수 없다는 것을 잘 알기에 무슨 방도가 없을까 고민하던 호열은 예전 삼풍 진인과 있었던 일이 순간적으로 머리 속에서 떠올랐다.

'그렇군, 그러면 되겠구나.'

"혁 선배, 혁 선배께 한 가지 물어볼 것이 있습니다. 만약 제 물음에 답변을 해주신다면 결정을 내리는데 도움이 될 것 같습니다."

"자네가 옳은 판단을 할 수 있다는데 성실하게 답변을 해야겠지. 무엇인가? 어디 한번 말해 보게."

"혹, 혁 선배께서는 빛의 기둥을 아십니까? 아니, 보셨습니까?"

"흐음, 자네의 질문이 그것일 줄은 미처 짐작하지 못했구먼. 그러나 이미 답변을 하겠다고 했으니 응해야겠지."

"……?"

"나는 얼마 전에 빛의 기둥을 볼 수 있었네. 하지만 아직 할 일이 남아 있어서 빛의 기둥을 잡을 수 없었네. 이제 되었는가?"

"흐음… 알겠습니다. 그리고 성실한 답변에 감사드립니다."

'빛의 기둥을 보았다니, 그럼 혁 선배 역시 삼풍 진인과 같은 수준이란 말이 아닌가. 휴~ 어쩔 수 없구나. 이미 마교의 천라지망이 신농가에 깔려 있는 상황에서 격전을 벌인다는 것은 모험일 뿐이다. 아니, 무모하다는 표현이 적절하겠군.'

힘들게 결정을 내린 호열은 수중에 들고 있던 철혈검을 검집에 집어넣었다. 혁무량에게 따로 말을 할 필요도 없었다.

혁무량은 호열의 행동을 주시하고 있다가 호열이 검을 회수하는 모습을 보면서 고개를 끄덕였다. 이미 어느 정도 예상하고 있었으나 혜정을 통해 호열의 실력을 대충이나마 알고 있는 혁무량에게 있어서 호열과의 격전은 모험과 같은 것이었다. 그런데 호열이 물러날 것을 결정하자, 아무도 모르게 안도의 한숨을 쉴 수 있었다.

"혁 선배, 다음에 만나게 되면 오늘과 같은 일은 없을 것입니다. 그점, 기억해 주셨으면 합니다."

"나도 잘 알고 있네. 그러나 황궁이라면 모르겠지만, 이곳은 무림이네. 무슨 말인지 알겠는가?"

"흐음……."

호열은 혁무량의 마지막 말에 자신도 모르게 침음을 흘렸다. 하지만 곧 평정심을 회복하고 혁무량을 향해 포권을 취했다. 그런 후 매천호를 향해 한 차례 시선을 주었다. 교주에 대한 예우를 해준다고 시간을 낭비한 결과가 미래의 후환으로 남게 되었다는 생각이 들었기 때문이다. 하지만 현재로서는 매천호의 목을 칠 수가 없기에 미련을 뒤로하고 자신을 기다리고 있는 무림맹 사람들을 향해 걸음을 옮겼다.

호열이 자신들을 향해 걸어오자 연정 장문인을 비롯한 무림맹 영수들은 마교 원로들에게 겨누었던 검을 거두고서 뒤로 물러났다. 이미 상황이 어떻게 돌아가는지 알고 있기에 행한 일이었지만, 그렇다고 해도 적을 향해 겨누었던 검을 회수한다는 것이 쉬운 일은 아니다. 당연히 불만이 없을 수 없었다. 하지만 그 누구도 호열을 향해 입을 열지 못했다. 이번 일로 인해 가장 불편한 심기를 지닌 사람이 누구인지 능히 알 수 있었기 때문이다.

호열은 연정 장문인의 앞을 지나치면서도 아무런 말도 하지 않았다. 그저 철혈검문 문인들 앞에 이르러서 한마디 했는데, 그 말은 지금 이 시각을 기점으로 퇴각한다는 것이었다.

제 2 장

특허! 철벽보조를 에워 주시하게

◆제2장 특히! 철혈문주를 예의 주시하게

천마 혁무량의 등장.

단 한 사람으로 인한 파장은 실로 상상을 불허할 정도였다. 그만큼 삼성이마 중 한 명인 천마 혁무량의 영향력은 대단하다는 말로는 표현할 수 없었다. 신농가에 주둔하고 있는 무림맹 문인들은 의외의 인물이 등장함에 따라 한동안 자신들이 처한 상황에 대해 심각한 고민에 빠질 수밖에 없었다. 이 상태로 물러날 것인지, 아니면 죽을 각오를 하고 재차 공격할 것인지 결정해야 했기 때문이다.

치열했던 마교와의 격전.

신농가를 내려올 때 보았던 마교의 위엄은 대단했다. 이미 자신들이 염두에 두었던 퇴각로 주변에 수많은 마교도들이 매복해 있었는데, 그들은 혁무량의 명이 있었는지 무림맹 문인들이 모두 내려갈 때까지 일절 공격하지 않았다. 그저 자신들의 마기를 온몸으로 방출함으로써 무림맹의 기를 꺾고자 하는 것이 전부였다. 하지만 그들의 시도는 충분한 효과가 있었다.

그러나 전설적인 인물의 등장에 맞추어 새롭게 하늘이 된 사람도 있었다. 바로 호열이었다. 호열이 보여준 신위는 문인들을 비롯한 무림맹 영수들의 입을 다물지 못하게 했다. 그동안 자신들에 미치지 못하는 실력이거나 아니면 비슷한 정도로 생각하고 있었기에 그 파장은 실로 컸다. 전설이 되어버린 고수와 겨룰 수 있는 유일한 사람, 그것이 현재 호열을 바라보는 모든 사람들의 생각이었다.

철혈검문은 이번 일로 인해 가장 큰 득을 보았다. 마교 교주는 물론 천마 혁무량과 당당히 겨룰 수 있는 호열이 문주로 있다는 것 때문에 무림에서 차지하는 비중과 영향력이 급상승한 것이다.

하지만 득이 있으면 당연히 그에 상응하는 실도 있는 것이 인지상정인지 철혈검문은 앞으로 마교의 최대 숙적이 되었다. 승승장구하던 마교의 앞길을 막을 수 있는 유일한 변수로 철혈검문이 뽑힌 것이다. 이것은 호열과 철혈검문에 있어서 그리 달갑지 않은 일이었지만, 문주인 호열은 이러한 것을 사소하게 치부해 버렸다. 호열은 이미 연정 장문인에게 조만간 모든 철혈문인들을 대동하고 무한으로 퇴각한다는 통보를 했기 때문이다.

그러나 연정 장문인에게 더욱 큰 부담으로 작용한 것은 호열의 퇴각 통보가 아니었다. 마교와의 접전 이후 호열보다 먼저 퇴각한 패혈맹이었다. 수장으로 온 적혈마검(赤血魔劍) 독고성준(獨孤聖寯)을 비롯해 이번에 신농가에 투입되었던 대다수의 패혈맹 문인들이 심각한 부상으로 더 이상 전투에 임할 수 없게 되어 내린 결정이었다. 하지만 연정 장문인으로서는 자신과 단 한 마디 상의도 없이 퇴각한 패혈맹의 결정에 분노가 치밀었다.

혈전이 있은 후 삼 일이 지났다. 적혈마검 독고성준이 신농가에 이끌고 온 패혈맹의 전 문인들은 이미 오래전에 떠났고, 이제 내일이면 호열이 철혈문도들과 함께 무한으로 출발할 것이다. 모든 것은 이미 결정이 난 상태였다. 남은 자들은 그들이 떠나는 모습을 잠시 바라보다가 마교의 혈검에서 살아남기 위해 자신들의 검을 분주하게 손질할 것이다. 떠나는 자들은 떠나는 것이고, 남는 자들은 앞으로 더욱 험난해진 상황에서 살아남기 위해 무엇이든 분주하게 해야만 마음이 편할 것이기 때문이다.

이러한 상황을 잘 알고 있는 연정 장문인은 호열에게 퇴각을 유보해 달라는 말을 수없이 했다. 현재로서는 호열과 철혈검문 없이는 마교의 공격을 막아낼 방법이 없다는 것을 잘 알기 때문이다. 그러나 호열의 반응은 냉담했다. 패혈맹이 없는 상황에서 신농가에 방어진을 구축한다는 것 자체가 무모하다는 것이다.

이러한 호열의 말은 연정 장문인으로서도 공감했다. 오히려 연정 장문인은 생각보다 많은 마교도들이 매복해 있다는 것을 알았기에 문인들이 마교도들의 혈검을 피해 무사히 신농가를 빠져나왔다는 것을 허황도군께서 도왔다고 여길 정도였다. 더구나 천마 혁무량의 등장으로 마교의 위세는 하늘을 찌를 것이기에, 현실적으로 타당성있는 방법을 모색해야 한다는 것도 알고 있었다. 그러나 단 한 차례의 접전으로 퇴각한다는 것은 연정 장문인으로서는 도저히 얼굴을 들 수 없게 만들었다.

연정 장문인은 푸른 하늘에 떠 있는 한 조각 구름이 시야에서 멀어져 작은 점으로 보일 때까지 시선을 떼지 않았다. 무언가 회상하는 듯

한, 그러나 아쉬움이 지워지지 않는 표정이었다. 그러나 연정 장문인은 지나간 일에 대해 마냥 아쉬워만 하고 있을 수 없다는 것을 알고 있기에 한 차례 크게 한숨을 내쉰 후 임시로 마련해 둔 거처로 들어갔다. 그곳에는 이미 일양자 현천 장문인을 비롯한 무림맹 장로들이 심각한 얼굴로 앉아 있었다.

"연정 장문인, 앞으로 어떻게 하실 생각입니까?"

"그렇습니다. 접전 이후 패혈맹은 일언반구(一言半句)도 없이 퇴각을 했습니다. 더구나 내일은 철혈검문도 무한으로 퇴각한다고 하지 않습니까. 도저히 승산이 없는 싸움입니다."

"무량수불, 그렇다고 우리들까지 퇴각할 수는 없지 않습니까. 그것은 있을 수 없는 일입니다. 조금만, 이곳에서 조금만 더 버티면 현원세가와의 전투에서 승리한 맹주가 지원해 줄 것입니다. 그러니 그때까지만 버티면 될 것입니다."

"그것을 누가 모릅니까? 하지만 과연 우리가 그때까지 버틸 수 있느냐는 것이 문제가 아닙니까?"

"흐으음……."

연정 장문인은 엽 문주의 말에 차마 대꾸할 수 없었다. 그저 불편한 심기를 침음으로 달랠 뿐이었다.

"연정 장문인, 빈도가 생각하기에도 조금 전의 엽 문주의 말이 옳은 것 같습니다. 연정 장문인, 철혈검문이 퇴각한다면 이곳에 남는 문인들의 수는 육천 명도 되지 않습니다. 장문인도 신농가에서 내려올 때 보아서 알겠지만 마교도들의 수는 만 명이 넘어 보였습니다. 거기다 당시 우리들과 격전을 치렀던 마교도들과 합한다면 만오천 명도 훨씬 넘을 것입니다. 도저히 가망성이 없는 싸움입니다. 원시천존……."

"하지만 어찌하겠습니까. 이곳을 내준다면 호북성을 내주는 것이 아닙니까. 호북성을 내준다면 패혈맹이 있는 장강이남은 제쳐 두고서라도 위쪽으로는 하남성과 산서성, 그리고 하북성을 비롯한 그 일대를 내주는 것은 시간문제입니다. 그런데 어찌 이곳을 쉽게 내줄 수 있겠습니까!"

"그것은… 휴~ 원시천존……."

"흐으음……."

탕!

"……?"

"철혈검문! 그렇지! 연정 장문인, 철혈검문이 있지 않습니까. 마교가 호북성을 차지하기 위해선 무한을 수중에 넣지 않으면 안 됩니다. 그런데 그곳은 철혈검문을 이끌고 있는 임 문주가 있지 않습니까. 우리가 이곳에서 물러난다고 해도 마교는 호북성으로 쉽게 들어오지는 못할 것입니다."

연정 장문인의 말에 심각하게 고개를 가로저으며 저마다 시름이 섞인 한숨을 내쉬고 있을 때, 혼자 곰곰이 생각에 잠겨 있던 엽 문주가 탁자를 손으로 치면서 목청을 높였다.

"그렇군요. 엽 문주께서 말씀하셨듯 무한은 현재 임 문주가 버티고 있지 않습니까. 더구나 이번 일로 인해서 마교도 철혈검문을 배후에 남겨두고서 움직이지는 못할 것입니다. 그렇지 않습니까, 연정 장문인?"

"맞는 말씀입니다. 마교는 분명 철혈검문을 먼저 치려고 할 것입니다. 그러니 우리는 일단 이곳에서 물러나 전력을 가다듬은 후 마교와 철혈검문 간의 접전이 벌어질 때 철혈검문을 지원하는 것이 어떻겠습니까? 아미타불……."

"빈도가 생각하기에도 현 시점에서 볼 때 세 분의 의견이 합당한 것 같습니다. 원시천존."

"흐으음, 여러분 모두 그와 같은 생각이라면 그렇게 하도록 하지요. 사실 빈도가 보기에도 엽 문주께서 좋은 의견을 내주신 것 같습니다."

연정 장문인은 보타신니와 현천 장문인까지 나서며 엽 문주의 말에 동조하자 더 이상 고민하지 않고 결정을 내렸다. 현재로서는 아무리 머리를 맞대고 고민해 보아도 더 이상 좋은 대책이 나오지 않을 것 같았기 때문이다.

"그럼 우리도 임 문주와 함께 내일 퇴각하도록 하겠습니다. 그렇게 하는 것이 우리들과 임 문주에게도 좋을 것입니다. 어떻게 생각하십니까?"

"그것은 연정 장문인의 말씀이 옳은 것 같습니다. 그러나… 빈도는 아직까지 임 문주가 퇴각을 하고자 하는 저의를 모르겠습니다. 비록 마교에 천마 혁무량이 가세했다곤 하지만 그렇다고 지금까지 보아온 임 문주의 성격으로 볼 때 이처럼 퇴각을 바로 결정할 정도의 이유가 되지는 않는다고 생각합니다. 만약 그렇다면 지금까지 우리가 임 문주를 잘못 보았다는 것이 되겠지요. 그렇지 않습니까, 연정 장문인?"

"빈도도 현천 장문인과 같은 생각입니다. 하지만 당시 두 사람 간의 대화에서 성불 혜정 대사에 관한 언급이 있었습니다. 빈도는 아마도 그분에 관한 일로 임 문주가 퇴각을 결정하게 된 것이 아닌가 합니다."

"그렇습니다. 이것은 다시 말해 우리에게 한 가지 가능성을 제시한 것이라 생각됩니다. 그렇지 않습니까, 여러분?"

"그렇군요."

연정 장문인을 비롯한 다른 사람들 모두 당시 호열이 삼성이마 중성불 혜정 대사에 관해 언급했던 것을 기억하고 있었다. 오래전 현원세가의 창시자인 천승검(天乘劍) 현원덕호(玄遠德虎)가 세가의 봉문과 함께 자살한 것을 생각한다면 지금까지 우화등선했다고 생각된 전설적인 고수는 네 명밖에 없었다. 하지만 천마 혁무량은 아직 우화등선을 하지 않고 살아서 신농가에 나타났다. 그러니 다른 세 명 역시 아직까지 살아 있을 수 있다는 가능성이 컸던 것이다.

"만약 혜정 대사께서 다시 강호에 나오신다면 이 어려운 난관을 극복할 수 있을 것입니다. 무량수불……."

연정 장문인은 소림사에 적을 두고 있는 혜정 대사를 거론할 뿐, 애써 조사(祖師)인 삼풍 진인에 대해서 직접적인 언급을 하지 않았다. 자신이 굳이 언급하지 않아도 그들 중 가장 연장자인 혜정 대사가 살아 있다면, 조사인 삼풍 진인 역시 살아 있을 것이라 생각한 것이다.

"그렇겠지요. 하지만 이제 삼성이마가 아니라 이성이마라 불려야 하지 않겠습니까?"

"그것은 엽 문주의 말이 맞는 것 같습니다. 그나마 우리에게 다행이라면, 천승검 현원덕호가 오래전에 죽었다는 것이지요. 만약 당시 자결을 하지 않았다면 큰 낭패를 보았을 것이 아닙니까? 우리로서는 정말 다행스러운 일이지요. 원시천존……."

"맞는 말씀입니다."

엽 문주와 현천 장문인의 말에 다른 사람들 역시 고개를 크게 끄덕이며 동조를 했다. 그들 역시 두 사람의 의견과 같은 생각을 하고 있었기 때문이다.

환담 비슷한 회의는 그 후로도 일각 정도 더 진행이 되었다. 그러나 이미 심각한 사안에 대해서 의견의 합의를 보았기에, 이후의 회의는 호열과 교주의 대결에서 보여주었던 상상불허의 신위에 초점이 맞추어졌다. 하다못해 당시 왜 마교도들이 신농가 전역에 천라지망을 펼친 상태에서 천마 혁무량이 공격 명령을 내리지 않았냐는 것이다. 또한 당시엔 천하제일고수라 믿었던 교주가 호열에게 패했다는 충격이 컸기에 문인들을 물렸다고는 하지만 태상교주가 세상에 나와서 전열을 정비한 지금은 왜 공격하지 않느냐는 것이었다.

그러나 결국 이야기의 끝은 천마 혁무량과 아직 모습을 보이지 않고 있는 전설적인 고수들의 무용담에 관한 것이었다. 이에 연정 장문인은 더 이상 회의를 해보았자 시간만 허비하는 것 같은 생각이 들었다.

"흠… 무량수불, 오늘 회의를 통해서 마교에 관한 사안은 우선 회군을 하는 것으로 결정되었습니다. 이에 대해서 혹 다른 의견을 제시하실 분 계십니까?"

"……."

"그럼 모든 분들이 찬성하신 것으로 알고, 합의한 대로 철혈검문과 함께 움직이는 것으로 하겠습니다. 혹시라도 차질이 빚어질지 모르니 모두 장로들과 문인들에게 이와 같은 결정을 전달해 주시기 바랍니다."

"알겠습니다. 그럼 저희들은 이만."

"원시천존……."

"아미타불."

연정 장문인의 말을 끝으로 막사에서의 회의는 끝났다. 이제 무림맹에 남은 것이라고는 본맹에 도착하는 즉시 최대한 정보를 동원해서 삼풍 진인과 혜정 대사의 행방을 찾는 데 있었다.

"아직도 그대로 있느냐?"

"그렇사옵니다, 태상교주님."

"원로들과 장로들은?"

"막사 앞에 그대로 계십니다."

"알았다. 흐으음……."

매천호는 호열에게 패한 후 자신의 막사 안으로 들어가서는 일절 바깥출입을 하지 않고 있었다. 지금까지 단 한 번도 패한 일이 없던 매천호였기에 호열에게 패한 것이 커다란 심적 충격을 가져다주었던 것이다. 거의 식음을 전폐한 상황이었다.

어찌 되었든 상황이 좋지 않다는 것을 알고 있는 원로들과 장로들은 섣부른 행동을 할 수 없었다. 아무리 태상교주가 있다고 해도 이번 출정의 총책임자는 엄연히 교주인 매천호였다. 그에 생각은 있어도 어찌할 수 없는 처지에 놓인 원로들과 장로들은 태상교주가 움직여 주기를 바라고 있는 상황이었다.

"화명아."

"예, 외조부님."

"이번엔 네가 직접 다녀오도록 해라."

"소자가 말입니까?"

"그래, 이번엔 교주에게 내가 직접 보았으면 한다고 전하거라. 그리고 원로들에게도 교주와 함께 오라 하거라."

"알겠습니다, 외조부님."

천마 혁무량의 명을 받자마자 흑마단주(黑魔團主) 일검무영(一劍無影) 천화명(天驊鳴)은 부관과 함께 빠른 걸음으로 막사를 나섰다.

천화명이 나간 후 일각도 지나지 않아 혁무량의 막사 안으로 일단의 사람들이 들어왔다. 바로 매천호와 신농가에 함께 온 일곱 원로였다.

"왔는가."

"태상교주님을 뵙습니다."

"그렇게 서 있지 말고 이쪽으로 앉게, 교주."

"예, 태상교주님."

매천호는 짤막하게 대답한 후 혁무량이 가리킨 의자에 앉았다. 고개만 살짝 들어도 혁무량과 정면으로 볼 수 있는 반대쪽 자리였다. 하지만 매천호는 혁무량을 향해 시선을 두지 않았다. 그리 크지 않은 탁자인 것도 모자라 혁무량과 정면인 관계로 처음 매천호는 시선을 어디로 향해야 할지 모르는 듯 한동안 주변을 두리번거렸다. 그러나 곧 탁자 위해 두 손을 조용히 모은 후 일체의 움직임 없이 자신의 손만을 바라보며 혁무량의 말을 기다렸다.

"육십 년 만에 교주의 얼굴을 보게 되는구면. 그때는 자네가 교주가 될 것이라 생각도 못했는데……."

"……."

"교주의 표정을 보니 아직도 충격에서 벗어나지 못한 것 같구면. 그러한가?"

"……."

"헛헛, 정말 그러한가 보구면. 패배라… 아마도 첫 패배였던 모양이구면."

"…사실, 그렇습니다."

"허허, 이제야 말문을 여는구면. 그래, 패배를 경험한 느낌이 어떠한가?"

"......?"

매천호는 혁무량의 물음에 순간적으로 고개가 들려졌다. 무슨 의도를 가지고 그와 같은 질문을 하는지 알고자 하는 눈빛이 여실히 드러나 있었다. 하지만 매천호의 시선에도 아랑곳하지 않고 혁무량은 묵묵히 자신의 질문에 대답하라는 듯 일관된 표정으로 매천호를 바라보았다. 이에 매천호도 한동안 혁무량의 눈빛을 피하지 않고 바라보았다.

반 각이 순식간에 흘렀다. 그동안 막사 안에 있던 원로들 모두 숨을 죽이고 혁무량과 매천호를 주시할 뿐이었다. 원로들 모두 잘 알고 있었다. 누가 먼저 말문을 여느냐에 따라서 오늘의 매듭이 어느 방향으로 풀릴지 그 향방이 가려지기 때문이다. 하지만 이미 원로들 중에는 혁무량에게 신뢰의 눈길을 주는 사람들도 있었다. 이미 매천호의 표정에 혁무량에 대한 두려움이 자리잡았기 때문이다.

매천호는 더 이상 혁무량의 시선을 받아들일 수가 없었다. 그만큼 혁무량이 지니는 위엄은 매천호로서도 쉽게 생각할 수준이 아니었기 때문이다. 이에 더 이상 입을 다물고 있을 수 없다는 것을 알고 있기에 무슨 결심을 했는지 순간적으로 매천호의 눈빛이 흔들리다가 멈추었다.

"정히 듣고 싶으십니까?"

"그럼 내가 자네에게 지금 듣고 싶지도 않은 이야기를 들려달라고 하는 것 같은가?"

"그럼 말씀드리지요."

"......"

"두려움이란 것이 무엇인지 몰랐던 제가 처음으로 두려움이 어떤 것인지 알게 되었습니다. 죽는다는 것보다도 그자가 시전했던 단 한 초식조차 제대로 막을 수 없었던 무능력이 두려웠습니다. 그자의 무공은… 인간의 무공이 아니었습니다. 아니, 제게 있어서 그자의 무공은 가히 무신의 경지라 할 수 있었습니다."

한번 뚫린 매천호의 입에선 당시의 격정이 그대로 배어 나왔다. 참담했던 당시 상황을 기억하는 것이 어렵지 않을 정도로 얼굴이 붉게 달아올라 있는 매천호는 이마에 실핏줄이 보일 정도로 흥분해 있었다.

"그럴 것이네. 무공만 본다면 인세에서 그자와 겨룰 수 있는 자는 없을 것이네."

"옛? 그것이 무슨……?"

혁무량의 대답에 매천호는 깜짝 놀랐다. 어찌 보면 현 무림에서 가장 강할지 모른다고 생각했던 혁무량의 입에서 도저히 나올 수 없는 말이 나왔기 때문이다. 그에 매천호는 도대체 혁무량이 무슨 의도로 그런 말을 하는지 알 수 없다는 생각과 함께 어안이 벙벙한 표정을 지었다.

"왜, 내가 너무 쉽게 인정하는 것 같은가? 하지만 교주 말대로 그자의 무공은 신의 경지에 이른 지 오래되었네. 비록 그자에 관해서 이야기를 듣기는 했지만, 보기 전까지만 해도 전부 믿지는 못했거든."

"그 말씀은… 그럼 이미 태상교주께서는 그자의 정체를 알고 계셨습니까?"

"직접 본 것은 그날이 처음이었지만, 다른 사람을 통해서 그자에 관한 사항을 들었네."

"다른 사람이라 하시면… 혹, 혜정 대사를 지칭하시는 것입니까?"

"맞네. 그자, 철혈문주에 대해 혜정이 알려주었지."

"아~ 그렇군요."

매천호는 혁무량의 대답을 들으면서 천천히 고개를 끄덕였다. 그러나 매천호가 생각하는 것은 호열에 관한 것이 아니었다. 혁두량의 대답으로 매천호는 혜정 대사 역시 아직 살아 있다는 것을 알게 된 것이다.

"그럼 혹시 철혈문주가 혜정 대사의 제자입니까?"

"아닐세. 어떻게 혜정과 같은 사람에게서 그와 같은 불세출의 고수가 나올 수 있겠는가. 나조차도 철혈문주를 상대할 때는 목숨을 담보로 해야만 간신히 몇 수 막을 수 있을 정도라네."

"그자가 그 정도란 말씀입니까? 어찌 그런……!"

"어떻게 태상교주님께서 그런 말씀을……!"

"아… 어떻게 그런 고수가……!"

혁무량의 이야기가 계속될수록 매천호를 비롯한 원로들의 입에서는 자신들도 모르게 경외의 신음 소리가 흘러나왔다. 그들에게 있어서 혁무량은 가히 신과 같은 존재다. 그렇기에 혁무량의 말에 쉽게 수긍할 수 없었지만, 그들 역시 당시의 상황을 생생히 기억하고 있었기에 수유의 시간이 흐르기 전에 대부분 고개를 끄덕였다. 특히 호열과 한 차례 손을 섞었던 음양신마 목지첨은 몸서리를 쳤다.

"그럼 철혈문주는 도대체 누구입니까? 분명 태상교주님께서 소림은 아니라고 했으니 무당을 거론할 만하지만, 제 생각으론 삼풍 진인에게서 그와 같은 제자가 있을 것 같지는 않습니다. 현원세가와 패혈맹? 아닙니다. 아무리 생각해 보아도 현 강호에서 그만한 인물을 키워낼 수 있는 곳은 없습니다. 도대체 철혈문주는 어디서 온 것입니까?"

"글쎄… 사실 나도 혜정에게서 들은 것이 철혈문주에 대해 알고 있는 전부라네."

"……."

"태상교주님, 말씀해 주십시오. 적을 알아야 상대할 수 있는 방도라도 생각해 볼 수 있지 않겠습니까."

혁무량의 말에 교주인 매천호가 아무런 말이 없자 뒤에 시립해 있던 원로원주 설공신이 답답함을 이기지 못하고 나섰다.

혁무량은 갑자기 자신의 이야기에 끼어든 설공신을 한동안 주시하다가 이내 고개를 끄덕이고 의자에서 일어섰다.

"혜정의 말에 의하면 육 년 전 남해를 유람한 후 삼풍 진인을 만나기 위해 무당으로 향하던 도중에 금릉 근교에서 마기를 느꼈다고 하더군. 하지만 당시엔 크게 신경 쓰지 않았었는데 삼풍 진인을 만나 자신이 느꼈던 마기에 관해서 이야기를 하자 크게 놀라며 관심을 보였다 하네. 그에 혜정은 삼풍 진인과 함께 금릉까지 가게 되었고, 금릉에 도착해 보니 마기의 강도는 두 사람을 전율스럽게 만들 정도로 강성했지. 따라서 그들은 본 교의 교주나 대종사가 모종의 계획을 수행하기 위해 금릉에 잠입해 있을지 모른다고 생각했었다더군."

"금릉에요?"

"금릉이라… 하지만 육 년 전이라면 교주님과 대종사 두 분 모두 본 교를 떠나 강호로 나가신 일이 없었습니다."

"물론 그랬을 것이네. 그들이 본 것은 본 교의 교주나 대종사가 아니라 바로 철혈문주였거든."

"역시……."

혁무량의 말에 이야기를 듣고 있던 모든 사람들이 고개를 끄덕였다.

이미 원로들은 어느 정도 짐작은 했지만 혁무량의 입을 통해서 그것이 확인되자 자신들도 모르게 매천호의 표정 변화를 살폈다.

"태상교주님, 하지만 철혈문주에게선 마기가 전혀 느껴지지 않았습니다. 아무리 철혈문주가 신에 버금가는 무공을 지니고 있다 해도 만약 조금이나마 마공을 익혔다면 제 눈을 벗어나지 못했을 것입니다."

"그렇습니다. 그것은 저희들도 마찬가지입니다."

"실은 나도 철혈문주에게서 마기를 느끼지 못했네. 그에 처음 볼 때 혜정이 말한 사람인지 몰라보았지. 하마터면 섣부른 행동으로 인해 큰 화를 당했을지도 모르지. 허헛."

혁무량은 당시 호열과 대치 상태였던 상황을 떠올렸다. 하지만 아무리 당시의 상황이 자신의 의도대로 결말이 났어도 혁무량으로서는 메마른 실소밖에 나오지 않았다.

삼성이마의 한 명이기보다 마교 내에서 천마황(天魔皇)으로 불려지고 있는 명성으로 본다면 당시의 일은 누가 뭐래도 혁무량의 이름에 흠을 내는 일이었다. 그리 명성에 연연하지 않는 혁무량이라 해도 그와 같은 것은 그리 달갑지 않은 일인 것이다.

"태상교주님, 조금 전 혜정 대사가 철혈문주를 금릉에서 보았다고 하셨는데… 금릉은 황도(皇都)가 아닙니까?"

"그렇지. 금릉은 황제가 있는 곳이지."

"그렇다면 그런 자가 황도에 있었다는 것도 쉽게 보아 넘길 수 있는 일이 아닌 것 같습니다. 혹시 다른 세력이 황제를 위해하려는 모종의 음모가 진행되고 있는……."

"그렇지는 않은 것 같네."

"……?"

"무슨 말인가 하면, 두 사람이 철혈문주를 만난 곳이 바로 금릉 도성이 아니라 황궁 깊숙한 내부였기 때문이네."

"황궁 내부요? 어떻게 철혈문주가 황궁에……?"

"혜정의 말로는 당시 철혈문주는 황궁 안에서도 꽤 높은 지위였다는군. 하지만 나도 정확한 상황은 모르네."

"그럼 당시 철혈문주를 만난 삼풍 진인과 혜정 대사는 어떻게 되었습니까?"

"휴… 혜정의 말을 어디까지 믿어야 하는지 모르겠지만, 당시 본 교도로 오해한 혜정과 삼풍 진인은 철혈문주와 겨루었네. 하지만 두 사람의 합공으로도 철혈문주를 이길 수 없었다고 하네."

"예? 그런 말도 안 되는……!"

"그렇습니다. 어떻게 삼풍 진인과 혜정 대사의 합공을……?"

원로들을 비롯해서 지금까지 별다른 표정 변화를 보이지 않고 있던 매천호마저 혁무량의 말에 의자에서 벌떡 일어서며 혁무량의 얼굴을 바라보았다.

"태상교주님, 지금 그 말씀이 정말입니까?"

"그렇네, 교주. 당시 철혈문주는 삼풍 진인의 마지막 공격에 큰 부상을 입었지만 싸움이 벌어졌던 주변까지 금의위 병사들이 접근했기 때문에 더 이상 손을 쓰지 못하고 황궁을 빠져나왔다고 하더군. 또한 그 일로 인해 삼풍 진인은 무당산 자소봉에서 생을 마감했네. 이것이 내가 아는 전부라네."

"아— 삼풍 진인이……."

"흐으음……."

혁무량의 마지막 말은 매천호와 원로들에게 큰 충격을 주었다. 자신들이 알기론 삼풍 진인은 정도에서 유일하게 천마 혁무량과 동수를 이룰 수 있는 고수였기 때문이다. 또한 그런 고수가 그와 버금가는 동료와 함께 합공을 했는데도 이기기는커녕 오히려 목숨을 잃었다는 것은 앞으로 마교의 행보에 큰 영향을 줄 수 있는 중대한 사안이었다.

한동안 막사 안에는 정적이 흘렀다. 이번 정적은 그냥 고요함이 아니었다. 여러 사람의 사념들이 급박하게 요동치는 시간이었다.

"흐음, 그럼 태상교주께서 세상에 다시 나오신 것은 철혈문주 때문입니까?"

"글쎄… 한 번쯤 만나보았으면 하는 일종의 호기심은 있었어도 이처럼 빠르고 급박한 상황에 만나게 될 줄은 몰랐었네. 하지만 제때 잘 왔다는 생각이 드는군."

"…면목없습니다. 모두 제 불찰에서 비롯된 일입니다. 철혈문주에 대해서 조금 더 면밀히 살폈다면 그날과 같은 실수는 없었을 것입니다."

"아니네. 철혈문주에 대해서 조사를 했든 하지 않았든, 아마도 상황은 마찬가지였을 것이네. 그만큼 강호엔 철혈문주에 대해서 정확히 알고 있는 사람이 없기 때문이네. 무슨 말인지 알겠는가?"

"그, 그렇군요."

"그러니 더 이상 당시의 일을 기억에 담아두지 말게. 만약 나였다 해도 교주와 마찬가지로 위급한 처지였을 것이네. 나 역시 이미 우화등선한 삼풍 진인 정도의 실력밖에 안 되네."

"아……."

'그렇다면 철혈문주를 이길 수 없다는 말인가? 하지만 태상교주께서도 이길 수 없다는 말씀을 하셨는데……. 아니, 그럴 수는 없다. 어떻게 하든 방법을 모색해 봐야 한다. 만약 빠른 시일 안에 방법을 모색하지 못한다면 더 이상 본 교의 앞날은 보장받을 수 없지 않은가…….'

매천호는 혁무량의 말에 한동안 벌어진 입을 다물 수 없었다. 자신이 천하 최강의 고수로 여기고 있던 혁무량의 입에서 나온 말은 그의 신념을 꺾어놓기에 충분했던 것이다.

"태상교주님, 한 가지 의문이 가는 것이 있는데 여쭈어보아도 되겠습니까?"

"궁금한 것이 있으면 물어보게, 설 원주."

"감사합니다, 태상교주님. 혜정 대사가 철혈문주를 만난 곳이 황궁 내부라 했는데, 그럼 철혈문주의 신분이 황친이라도 된다는 말씀입니까?"

"그것은 나도 잘 모르겠네. 하지만 내가 생각해 볼 때 황친은 아니더라도 그에 준하는 신분이 아닌가 하네. 하지만 명확한 것은, 철혈문주가 황궁과 어떤 식으로든 깊게 연관되었다는 것이네."

"아— 그렇다면 더욱 심각하군요. 이후 철혈문주와 불편한 관계가 지속된다면 이를 심각하게 고려해 보아야 할 사항인 것 같습니다."

"소인들도 설 원주의 말에 공감합니다, 태상교주님."

"허허, 그것을 왜 내게 말하는가. 엄연히 본 교의 현 교주는 내가 아니라 매 교주가 아닌가. 그러니 지금까지 해왔던 것처럼 앞으로도 본 교의 모든 일은 여기 있는 매 교주가 대종사와 함께 알아서 할 것이네."

"그렇다면 태상교주님께서는?"

"나는 나대로 할 일이 있네. 뭐, 이미 그대들도 어느 정도 짐작하고 있겠지만, 세상에 나온 김에 철혈문주에 대해서 알아볼 생각이네. 황궁과 깊게 연관된 이상, 안휘성으로 가보면 뭔가 걸리는 것이 있겠지. 그러나 매 교주도 본 교의 모든 역량을 총동원해서라도 철혈문주에 관한 일은 철저히 알아보아야 할 것이네. 만약 철혈문주와 철혈검문에 관해 모든 것을 파악할 수 없다면 본 교의 강호 입성은 무기한 연기해야 할 것이네. 무슨 말인지 알겠는가?"

"알겠습니다. 저 역시 그런 생각을 했습니다. 비록 가슴 아픈 현실이나 본 교에 그와 같은 고수가 없는 이상 태상교주님의 말씀이 옳습니다."

매천호는 혁무량의 말에 크게 고개를 끄덕인 후 뒤에 시립해 있는 원로들을 향해 돌아섰다.

"설 원주는 내일 태상교주님께서 출발하시는 것과 맞추어 본 교의 모든 문인들도 낙양으로 이동할 수 있도록 준비해 주시지요. 더 이상 신농가에 머물 필요가 없는 것 같습니다."

"알겠습니다, 교주님."

매천호의 명을 받은 설공신은 다른 원로들과 함께 혁무량을 향해 예를 표한 후 빠른 걸음으로 막사를 나섰다.

"후… 강호는 정말 아는 것보다 모르는 게 더 많은 것 같습니다. 이정도 기다렸으면 되었다 생각했는데 아직도 본 교의 기다림은 끝나지 않았나 봅니다."

"하지만 매 교주의 결단은 옳았네. 만약 매 교주가 제때 결단을 내리지 않았다면 본 교에 큰 내분이 일어났겠지. 그렇지 않은가, 매 교주?"

"흐으음, 알고 계셨습니까?"

"어찌 모르겠는가. 장로원이라면 모르겠지만, 본 교가 활동했던 세월 중에서 지금처럼 원로원이 적극적으로 개입한 일이 있었는가?”

“세월 속에 은둔하신 것으로 알고 있었는데 소인이 그간 태상교주님을 잘못 보았던 것 같습니다. 정말 우물 안 개구리였나 봅니다.”

“허허. 하지만 지금은 본 교의 힘을 하나로 뭉쳐야만 생존할 수 있을 것이네. 특히! 철혈문주를 예의 주시하게. 그의 행보가 어디로 가는가에 따라서 본 교의 존립 자체가 판가름날 것이네.”

“명심, 또 명심하겠습니다.”

“흐음……”

‘정말 불투명한 하늘이로다. 혼탁한 강호로다. 다시는 세상에 나오지 않으려 했건만……’

제 3 장

지독한 투혼, 아니면 세가에 대한 충정……?

신농가의 혈전 이후 대치 국면을 보였던 마교와 무림맹은 서로 철수한다는 말조차 없이 거의 비슷한 날짜에 물러났다. 마교는 본진이 주둔 중에 있는 감숙성 난주로 향했으며, 무림맹은 철혈검문과 함께 무한으로 빠르게 움직였다. 이미 무림맹과 함께 마교에 대항했던 적혈마검 독고성준이 부상으로 인해 먼저 퇴각했기에 무림맹으로서는 무한으로 이동하는 데 큰 불편함이 없었다.

하지만 신농가를 출발한 무림맹 문인들은 악서산지(鄂西山地)를 넘자마자 오대산에서 들려온 소식에 깜짝 놀랐다. 이미 어느 정도 마무리 단계에 있을 거라 생각했던 모든 사람들은 자신들의 두 귀를 의심할 정도로 좋지 않았던 것이다.

한때 천하제일검가라 불려졌던 현원세가.

무림맹 전력 대부분이 집중된 오대산에서 그들이 세상에 보여준 신위는 도저히 일개 강호세가가 지닐 수 없는 엄청난 힘이었다. 문인들 개개인의 실력도 실력이지만 태원에서 오대산으로 퇴각한 후 보여준 결단력과 조직력은 가히 엄격한 훈련을 받은 군대라 해도 보여줄 수 없는 것이었다.

이는 많은 무인들에게 적지 않은 충격을 주었다. 아무리 한 집단의 일원이라 해도 원래 혼자서 움직이는 성향이 짙은 무림인들로서는 이와 같은 일은 쉽게 이해할 수 없을 정도였다. 또한 무림맹의 총공격에 의해 궁지에 몰린 현원세가였지만, 상황이 이렇게 되자 무림맹으로서도 더 이상 무리한 총공격은 쉽지 않았다. 하지만 더 이상 시간을 끌 수만은 없어 무림맹으로서는 피해를 감수하더라도 현원세가에 대한 총공격을 강행할 수밖에 없었다.

결전의 날은 다가왔고, 이미 대회진의 아침은 밝았다. 대회진 넓은 공지에는 거의 이만 명에 달하는 인원이 운집해 있었는데 현원세가와의 마지막 결전이 임박하면서 주변에서 모여든 무림인들이었다. 이미 많은 희생자를 낸 무림맹으로서는 더 이상 좋을 수 없는 결과였고, 남은 것은 모든 힘을 한곳에 집중해서 현원세가로 직행하면 되었다.

"모두들 집중해 주십시오! 지금 맹주님을 비롯한 장로 분들께서 나오고 계십니다!"

한때 소림사의 나한전(羅漢殿) 전주였고, 지금은 무림맹의 대외적인 일을 맡고 있는 수미나한(須彌羅漢) 각도(覺屠)가 군웅들을 향해 사자후를 토했다. 그러자 삼삼오오 모여서 앞으로 있을 전투에 관해 목청을 높이던 군웅들의 시선이 한곳으로 집중됐다. 그곳에는 맹주인 현검선생(玄劍先生) 제갈현(諸葛賢)을 비롯해서 현불(賢佛) 담현(曇玄) 등 이십여 명의 인원이 걸어나오고 있었다.

제갈현은 함께 온 영수들을 향해 가볍게 포권을 한 후 미리 마련되어 있는 단상으로 올랐다.

"감사합니다. 이렇게 여러 동도 분들께서 우리 무림맹과 뜻을 같이하실 줄은 미처 몰랐습니다. 정말 감사합니다. 오늘 이후! 여러분의 뜻과 의지, 그리고 힘에 의해서 강호에 정도가 제대로 서게 될 것입니다. 오늘은 역사적인 날이 될 것입니다. 본인은 그것을 믿어 의심치 않습니다. 여러 동도들께서도 본인과 같은 생각이십니까?"

"와—"

"정도의 기치를—"

제갈현의 일장 연설에 군웅들은 저마다 병장기를 꺼내 들고는 하늘 높이 치켜들며 함성을 질렀다. 반 각 정도의 시간이 흐르는 동안 군웅들의 열기는 쉽게 가라앉지 않았다. 하지만 제갈현은 군웅들의 열기가 완전히 가라앉을 때까지 묵묵히 기다렸다.

군웅들의 함성 소리가 가라앉자 제갈현은 다시 목청을 가다듬었다.

"여러분! 그동안 여러 경로를 통해서 들으셨을 것입니다. 현원세가는 우리가 생각했던 것보다 강했습니다. 또한 지금도 그들은 강합니다. 무림맹의 맹주로서 이런 말씀을 드린다는 것은 결코 좋지 않지만, 현원세가가 강하다는 것은 부인하고 싶지 않습니다. 그것은 엄연한 사실이기 때문입니다. 하지만 우리에겐 여러분의 집약된 힘이 있습니다. 본인과 이곳에 계신 여러 영수들께서는 그것을 믿고 있습니다. 그렇기 때문에 현원세가는 오늘 이후 강호에서 영원히 사라지게 될 것입니다. 그렇지 않습니까, 여러분!"

"맞습니다, 무림맹 만세—"

"제갈 맹주, 만세—"

"와—"

"현원세가의 멸문을—"

"시간이 되었습니다. 우린 모든 준비를 마쳤습니다. 이제 여러분과 함께 현원세가를 향해 갈 것입니다. 승리를 위하여 최선을 다해주시기 바랍니다. 승리를 위하여!"

"승리를 위하여—"

"와아아—"

제갈현이 달구어놓은 군웅들의 열기는 쉽게 가라앉을 기미가 보이지 않았다. 하지만 제갈현은 군웅들의 열기를 잠시 느낀 후 바로 단상을 내려왔다. 이미 자신의 목적이 달성되었고, 또한 만족했기 때문이다. 아니, 제갈현은 더욱더 뜨거워지기를 바랐다. 군웅들의 열기가 현원세가의 멸문 직전까지 이어지기를 바랐다.

"이제 출발하시도록 하지요. 지금 이 열기를 그대로 옮겨가는 것이 중요합니다."

"아미타불, 옳은 말씀입니다. 그럼 당장 출발하도록 하겠습니다."

"그럼 저희들도 제자들과 함께 출발하도록 하지요. 원시천존…….''

"현원세가에서 뵙겠습니다. 그럼 이만."

이미 회의를 통해 각각의 문파들이 현원세가로 진입할 경로가 정해졌기에 영수들의 움직임은 한 치의 망설임도 없이 신속하게 움직였다. 현재 대회진에 있는 군웅들은 맹주인 제갈현이 맡고, 각파의 장문인인 영수들은 명령 체계가 원활하도록 하기 위해 제자들만 대동해 움직이기로 결정한 것이다.

담현 방장을 비롯한 영수들은 각파의 제자들을 대동해 대회진을 출발했다. 군웅들은 자신들과 함께 움직일 줄 알고 있다가 이러한 모습을 보게 되자 대회진은 한동안 군웅들이 떠드는 소리에 어수선했다. 하지만 미리 이러한 것을 예상한 제갈현의 대처에 의해 어수선함은 금방 사라졌고, 하나의 명령 체계가 형성되었다. 맹주인 제갈현이 군웅들과 함께 움직이자 모든 일 처리가 빠르게 진행되었고, 먼저 출발한 선발대와 많은 차이 없이 군웅들은 제갈현과 함께 대회진을 벗어나 현원세가로 향하게 됐다.

오대산 협두봉의 하늘은 봄답지 않게 유난히 푸르고 청명했다. 마치 가을 하늘을 보는 것처럼 눈이 시릴 정도였다. 하지만 이러한 하늘을 근심 어린 표정으로 바라보는 사람이 있었다.

"오늘 날씨는 정말 좋군. 그렇지 않은가, 곽 총관?"

"그렇습니다. 하지만 오늘은 힘든 하루가 될 것 같습니다."

"아마도 그렇겠지. 그래, 무림맹은 어디까지 왔는가?"

"제일진이 돌파되었습니다. 대회진에 머무는 동안 우리가 설치해 둔 암기들의 위치를 파악한 것 같습니다. 생각보다 쉽게 뚫렸습니다."

"그럴 것이네. 제갈현이 맹주로 있으니 어렵하겠는가. 하지만 그동안 우리도 놀고 있지만은 않았으니 그들이 세가의 정문을 넘기까지 고생은 하겠지."

"하지만 문인들의 설명에 의하면 이번엔 이만 명이 넘는 군웅들도 합세했다고 합니다. 삼만 오천 명에 이르는 무림맹과 합친다면 거의 오만 오천 명이 넘는 인원입니다."

곽성율(郭星燏) 총관은 자신의 설명을 듣고서도 담담한 표정으로 일관하고 있는 천룡검(天龍劍) 현원승(玄遠乘)을 바라보았다. 현원세가의 가주로서 한 치의 부족함 없는 당당한 모습이었다.

지독한 투혼, 아니면 세가에 대한 충정……? 73

"······."

"시류를 타고자 하는 자들이지만 우린 그들이 원하는 대로 쉽게 꺾이진 않을 것입니다. 소인이 따로 준비해 둔 것이 있습니다."

"준비해 둔 것이 있다? 허헛, 그것이 무엇인가?"

"광천뢰입니다."

"광천뢰? 아니, 곽 총관, 지금 광천뢰라고 했는가?"

오만 오천 명이 넘는 인원이 공격한다고 해도 담담함을 유지하던 현원승의 표정이 곽 총관의 한마디로 인해 순식간에 변했다. 현원승도 광천뢰가 무엇인지 잘 알기 때문이다.

"그렇습니다. 광천뢰입니다. 황궁에 진입할 때 쓰기 위해 남겨두었는데, 지금은 후일을 생각할 시기가 아닌 것 같습니다. 가주님, 그러니 광천뢰의 사용을 허락해 주십시오."

"그것은 아니 될 말이네! 광천뢰라니, 또한 황궁에 입성할 때 쓰려고 했다니? 어찌 광천뢰 같은 암기를 사용할 생각을 했다는 말인가!"

"가주님, 격노하시는 이유는 알겠지만 잠시 마음을 가라앉히시고 소인의 말을 들어주십시오."

"들어보지 않아도 되네. 본좌의 대답은 마찬가지네."

"가주님, 이미 청성파에서도 사용했던 것입니다. 마교가 청성파를 공격했을 당시 송풍검(松風劍) 청조(靑鳥) 장로에 의해 광천뢰가 사용되었다는 것을 가주님께서도 알고 계시지 않습니까?"

"하지만 그 일은 이미 무림맹에서도 묵계로 되어 있지 않은가! 더구나 무림맹에서는 청성파에서 가지고 온 광천뢰 세 상자를 모두 파괴했다고 했네. 그런데 어찌 우리가 또다시 그 귀물을 사용한다는 말인가!"

"가주님, 다시 한 번 재고해 주십시오. 현재 세가의 상황은 가주님의 생각보다 훨씬 좋지 않습니다. 그런데 우리가 사용하지 못한다는 것은, 더군다나 이번 일은 태상가주…… 흐음, 죄송합니다."

곽 총관은 광천뢰의 사용을 허락하지 않겠다는 현원승의 말에 순간적으로 격분했지만, 금방 흥분했던 자신의 마음을 가라앉혔다. 더군다나 세가 내에서도 금기 시 된 사항을 언급했기에 얼른 입을 다물고 침묵했다.

'태상가주… 그럼 설마 이번 일도? 아…….'

"아니네, 오히려 곽 총관이 광천뢰까지 사용해야 함을 말할 정도로 상황을 악화시킨 본좌의 잘못이 크구면."

"그렇지 않습니다. 하지만 지금은 무슨 일이 있어도 세가를 지켜내는 것이 급선무일 것입니다. 그러니 광천뢰의 사용을 허락해 주십시오, 가주님."

"휴~ 언제부터? 아니, 얼마나 가지고 있는가?"

"열다섯 상자입니다. 정확히 백오십 개가 있습니다."

"백오십 개라… 많구면. 그동안 본좌 모르게 구했을 것이니, 곽 총관이 고생깨나 했겠구면."

"그것을 고생이라 생각하지 않습니다. 타타르 국에서 사신이 왔을 때, 그리고 가주님께서 그들과 협약을 맺었을 때 생각한 것입니다. 원래 광천뢰는 우리가 사용할 물건이 아니라 타타르 국에서 황궁에 입성할 때 넘겨주려고 했던 것입니다."

"그렇게 된 일이구면."

현원승은 곽 총관의 설명을 들으면서 고심하지 않을 수 없었다. 아무리 무림맹과 군웅들이 총공격을 하고 있다지만, 그렇다고 해서 마지막에 무림의 도의를 무시하는 암기를 사용할 정도로 타락하고 싶지는 않았던 것이다. 그러나 그것은 자신의 생각일 뿐, 지금은 세가가 먼저라는 것을 잘 알고 있었다.

"알겠네. 상황이 그와 같다면 광천뢰 사용을 허락할 수밖에 없겠지. 허락하네."

"감사합니다, 가주님. 앞으로 있을 모든 비난은 소인이 받겠습니다."

"그럴 필요 없네. 몰랐다면 모르겠지만, 이미 사용 전에 본좌가 알게 되었으니……. 또한 지금은 그 사용까지 본좌가 직접 허락하지 않았는가. 그러니 곽 총관은 그에 연연하지 말고 세가의 안위를 도모하는데 주력하도록 하게. 무슨 말인지 알겠는가?"

"신명을 다 바쳐 가주님의 은혜에 보은하도록 하겠습니다. 충!"

"흐으음……."

곽 총관은 현원승의 허락을 받은 후 바로 자리를 떠났다. 후원에 남은 것은 현원승뿐이었다.

'아버님, 이제 어찌하실 생각이십니까? 광천뢰까지 생각하고 계셨다니… 그렇게까지 무림이 싫으셨습니까?'

현원승은 이미 곽 총관이 최일선에 유사시 광천뢰 사용을 명했음을 알 수 있었다. 자신도 모르는 사이에 이와 같은 일이 일어났음을 능히 짐작할 수 있는 것이다. 그에 안타까우면서도 어쩔 수 없는 현실에 타협할 수밖에 없었다. 그런 자신이 싫었지만, 그것은 자신의 의지와 힘으로 극복할 수 없었다. 너무나 큰 장벽이 가로막고 있었기 때문이다.

현원승은 하늘 높이 날고 있는 독수리를 보았다. 하늘을 유유히 날고 있는 독수리는 바람을 타며 한없이 자유스러워 보였다. 세속에 물들지 않은 자유스러움. 현원승은 자신과 독수리를 잠시 비교해 보다가 입가에 쓴웃음을 띤 채 천천히 후원을 벗어났다.

　담현 방장은 다른 영수들과 함께 제자들을 이끌고 현원세가를 향해 빠르게 신형을 날리고 있었다. 이미 암기들이 설치되어져 있는 위치를 정확히 파악한 상태였기에 그의 움직임은 더할 나위 없이 빨랐다. 거칠 것이 없는 상태였다. 하지만 돌다리도 두드리고 걷는다고 했듯이 담현 방장은 선두에 금강일수(金剛一手) 방영(方靈)을 비롯한 잠룡단 단원들을 내보내서 주변 상황을 면밀히 살피는 것을 잊지 않았다.

　"우리들이 길을 뚫으면 거칠 것이 없을 것입니다. 그러니 조금 더디더라도 면밀히 살펴야 할 것입니다."

　"여부가 있겠는가. 그것은 염려하지 마시게."

　"그렇습니다. 궁 방주님의 말씀처럼 어차피 현원세가의 담을 넘기 전까지는 시간이 넉넉합니다. 그렇지 않습니까?"

　"범광(凡光) 장문인의 말씀이 맞습니다. 하지만 저는 빨리 현원세가에 당도했으면 합니다. 그래야 이 황보천(皇甫天)이 벽력신권(霹靂神拳)의 진수를 보여줄 것이 아닙니까. 하하하."

　"자, 어서 가십시다. 선두에 선 잠룡단에서 연락이 온 것 같습니다. 하앗!"

　"그렇게 하시지요. 그럼."

　잠룡단의 뒤를 개방의 방도들이 따르며 앞의 상황을 수시로 보고하고 있었다. 그렇기에 담현 방장을 비롯한 영수들은 잠룡단의 활약상을 직접 목도하지 않고도 알 수 있었던 것이다. 이미 선두에 섰던 경험이 있는 잠룡단이기에 그들은 무림맹에 생각보다 커다란 도움이 되고 있었다.

"응? 이런. 지금 잠룡단이 공격을 받고 있는 것 같습니다. 어서 가시지요!"

"이런, 그럼 빨리 가야지요."

"알겠습니다."

"자, 출발하시지요. 하앗!"

현원세가에서 설치한 진세를 통과함에 있어서 쉽지 않을 것은 알고 있었다. 그렇기에 이미 충분한 대처 방안을 모색해 놓고 잠룡단에게 주지시킨 상황이었다. 하지만 마냥 뒷짐 지고 있을 수만은 없기에 담현 방장은 얼른 영수들과 함께 잠룡단이 있는 곳을 향해 신형을 날렸다.

팟! 파파파팟! 파팟……!

"크윽! 제길……!"

"헛! 이번엔 강전이다! 피해!"

쇄아아아아~

"어림없다! 하앗!"

깡! 까강! 까가앙……!

잠룡단 단원들 중 중추적인 역할을 하고 있는 구파일방과 오대세가의 후기지수들은 원의 진세를 형성한 후, 무공이 약한 개방의 방도들과 문인들을 중간에 두고서는 주변에서 날아오는 강전을 검과 도로 쳐내고 있었다. 하지만 워낙 많은 수의 강전이 빗발치듯 쏟아지고 있었기에 막는 것도 쉽지 않았다. 하지만 부상을 입은 자는 몇 있어도 아직까지 죽임을 당한 자는 없었다. 그만큼 철저한 대비를 한 성과라 할 수 있었다. 그러나 위태하기는 마찬가지였다.

강전들은 시간이 지나면 지날수록 그 수가 줄어들기는커녕 오히려 늘어나고 있었다. 그것도 한곳에 집중되기 시작했는데, 그곳은 바로 양의현검(兩儀玄劍) 묘현(妙賢)이 연정 장문인을 따라 신농가로 간 이후 잠룡단을 실질적으로 이끌고 있는 금강일수(金剛一手) 방영(方靈)이었다.

방영은 관음청강수(觀音靑剛手)와 천엽수(千葉手)를 이용해 손을 이리저리 휘저으며 자신을 향해 쇄도하는 강전들을 막고 있었다. 하지만 완전하게 막지는 못했다. 그렇기에 이따금씩 빠져나가는 강전들로 인해 뒤에 있는 단원들이 부상을 당하고 있었다.

"이쪽을 강화해 주시기 바랍니다. 저들이 소승이 있는 곳을 향해 강전들을 집중하고 있습니다."

"알겠습니다. 하핫!"

깡! 까까깡……! 까깡……!

"됐습니다, 이제 조금만 버티면 곧 스승님께서 도착하실 것입니다."

"알고 있습니다. 그렇지만 이렇게 가다가는……."

"또 옵니다! 응? 저것은 무슨……?"

방영의 옆에 바짝 달라붙어서 강전을 막아가던 육합신룡(六合神龍) 하요석(夏曜鳥)이 자신들을 향해 이상한 묵환(墨丸)이 쇄도하자 이상한 생각에 힘껏 목청을 높였다. 그에 깜짝 놀란 잠룡단 단원들의 모든 이목이 묵환으로 향했다.

"헛! 저, 저것은! 어서 피하십시오. 어서!"

심상치 않은 하요석의 고함 소리에 천기서생(天機書生) 제갈목(諸葛沐)은 얼른 묵환을 쳐다보았다. 그에 묵환의 정체를 알아차린 제갈목은 자신이 낼 수 있는 최대한의 목소리를 내며 자신이 서 있던 자리를 힘껏 박차며 뒤로 신형을 날렸다.

"왜 그러시오?"

"어서 피해!"

제갈목의 갑작스러운 행동에 어리둥절해하던 많은 단원들은 상황이 심상치 않음을 직감하고는 제갈목이 움직인 곳을 향해 분주하게 신형을 날렸다. 하지만 이미 묵환은 상당히 접근해 있었고, 수유의 시간이 흐르지 않아서 지면에 칙칙한 표면이 닿았다.

콰아아아앙—

"크어억! 크어—"

"커억—"

"이, 이런 일이! 어떻게 저것이 세상에 나올 수가……."

천지가 꺼져 내리는 듯 뒤흔들리는 상상불허의 압력.

금강일수 방영을 비롯한 단원들이 다시 한 번 세상에 출현한 광천뢰의 위력 앞에 벌어진 입을 다물 수 없었다. 가히 지금까지 살아왔던 삶마저 뒤흔들 정도의 어마어마한 충격이었다. 하지만 그들은 곧 다시 시작된 강전들의 쇄도에 쓰러지는 동료들을 바라보아야만 했다. 정말 생각지도 못한 허무한 죽음이었다. 다시는 이런 일이 되풀이되지 않기를 빌고 또 빌었건만 현원세가의 무차별적인 공세는 계속되고 있었다.

"제갈 공자는 저것의 정체를 아십니까?"

"도대체 저것이 무엇입니까, 제갈 공자?"

"무엇입니까?"

"아무래도 광천뢰 같습니다."

제갈목은 오래전 세가에서 공부할 당시, 서가 한쪽 귀퉁이에 꽂혀 있던 암기편을 기억해 냈다. 분명 요란한 굉음을 발하던 묵환의 정체는 서책에 기록되어 있던 광천뢰였다.

　제갈목은 암기편에서 광천뢰에 대한 기억을 더듬어보았다. 비록 제조 방법은 기록되어 있지 않았지만 광천뢰의 위력에 대해서는 다소나마 설명이 되어 있었다.

　광천뢰.

　수중에 하나만 있어도 두려울 것이 없으며, 열 개를 가지고 있으면 절대고수와 싸워도 쉽게 패하는 일이 없다. 또한 백 개를 가지고 있으면 지방을 호령하는 문파와 자웅을 겨룬다고 해도 승리를 취할 수 있으며, 만약 천 개 이상을 지니고 있다면 능히 한 나라를 세울 수 있을 것이다.

　제갈목은 마지막 구절까지 떠오르자 온몸에 소름이 돋는 것을 느꼈다. 실로 현원세가의 숨겨진 힘이 어디까지인지 실감이 나지 않았던 것이다.

　"광천뢰요? 그것이 무슨?"

　"헉! 지금 광천뢰라고 했습니까? 어떻게 이런 일이……!"

　청풍검(淸風劍) 일령(一嶺)은 제갈목의 입에서 광천뢰라는 말이 나오자 소스라치게 놀라는 표정을 지었다. 광천뢰가 무엇인지 잘 알고 있었기 때문이다.

　"광천뢰라… 실로 놀라운 일이군요. 저 귀물(鬼物)이 현원세가의 수중에서 나오다니 말입니다. 어쩌면 이번 출정도 쉽게 결판이 날 것 같지 않군요. 원시천존……."

　"아미타불……."

　"지금 이렇게 있을 시간이 없습니다. 어서 단원들을 후퇴시켜야 합니다. 어서요!"

"알겠습니다. 전 단원들은 모두 후퇴!"

방영은 제갈목의 말에 따라 단원들 전원을 퇴각시킨 후 담현 방장이 도착하기를 기다렸다. 그나마 다행스러운 일은 잠룡단이 퇴각한 이후 더 이상 현원세가의 공격이 없다는 것이다.

"사부님, 오셨습니까?"

"조금 전에 굉음이 들리던데, 도대체 무슨 일이 있었느냐?"

"다름이 아니라……."

방영은 담현 방장과 다른 영수들을 향해 조금 전 광천뢰로 인해 벌어졌던 참혹한 상황에 대해 자세하게 설명했다.

"뭐라! 지금 광천뢰라 했는가?"

"그렇습니다, 청운(靑雲) 장문인."

"어찌 이런 일이! 광천뢰가 분명하단 말인가?"

"그것은 소생이 말씀드리겠습니다, 청운 장문인. 비록 소생이 직접 광천뢰를 본 일은 없었지만 서책에 쓰여져 있던 것을 기억하고 있었습니다. 그렇기에 현원세가에서 저희들을 향해 광천뢰를 사용했음을 알 수 있었습니다. 또한 소생이 알고 있기로도 그만한 위력을 지닌 암기는 광천뢰밖에 없습니다."

"아미타불! 실로 개탄할 일이로다. 어찌 현원세가에 광천뢰 같은 귀물이 있다는 말인가. 하아—"

"그러게 말입니다. 한때 천하제일검가라 불리던 위상과 무인으로서의 자존심은 어디로 갔다는 말입니까! 원시천존……."

"도대체 무슨 말을 하고 있는가! 언제부터 현원세가에 위상이 있었고, 자존심이 있었단 말인가! 그들은 원나라의 앞잡이일 뿐이었네. 알

겠는가!'

"그것은 궁 방주님의 말씀이 맞습니다. 그나저나 상황이 이와 같다면 현원세가는 힘을 키우고 있었다는 것인데… 혹시 타타르 국이나 오이라트 국과 연계가 있을 수도 있지 않겠습니까? 그렇지 않다면 어찌 광천뢰 같은 마물(魔物)을 가지고 있겠습니까?"

"남궁 가주, 그것은 너무 비약이 심한 것 같습니다. 그들은 겨우 한 지방을 호령하는 무림세가일 뿐입니다. 어찌 나라를 도모할 생각까지 했겠습니까."

"옳은 말씀이에요. 빈니도 현청 장문인의 말씀에 동의합니다. 아미타불."

"그것은 모르는 일입니다. 광천뢰가 어디 보통 물건입니까?"

"팽 가주, 무슨 말씀을 하시고자 하는지 알겠지만 그들에게 있어서 광천뢰는 살아남기 위한 비장의 한 수가 아니었나 합니다. 일종의 허세일 것입니다."

"그것은 빈도도 마찬가지 생각입니다. 더구나 광천뢰는 구하고자 해도 쉽게 구할 수 없는 물건입니다. 그러니 그들이 가지고 있는 광천뢰의 숫자도 그리 많지는 않을 것입니다. 그러니 담현 방장께서는 이곳에서 지체하지 마시고 속히 진격하는 것이 옳을 듯합니다."

"험! 그것은 나도 같은 생각이네. 어서 가세나."

"흐으음……."

'어찌한단 말인가. 만약 현원세가에서 가지고 있는 광천뢰가 생각보다 많다면 우린 크나큰 실수를 하게 될 것이다. 쉽게 헤어 나올 수 없는 수렁에 비할 바가 아닐 것인데, 어찌 저들은 이리도 이 일을 쉽게 생각한단 말인가. 잘못하면 승리를 취한다 해도 마교나 패혈맹을 도와

주는 꼴이 된다는 것을 생각지 않다니. 아…….'

담현 방장은 남궁 가주와 팽 가주의 말에 동의하며 궁 방주까지 가세하자 쉽게 결정을 내릴 수가 없었다. 하지만 현원세가를 향해 계속 전진한다는 것은 자신이 생각하기에는 쉽게 넘길 일이 아니란 생각이 들었다.

남궁 가주는 담현 방장이 결정을 내리지 않자, 옆에 다가와 있던 삼양신수(三陽神手) 당영호(唐英號)에게 시선을 주었다. 남궁 가주의 눈빛엔 암기로 일가를 이룬 사천당문의 가주로서 의견이 있으면 제시해 보고, 그렇지 않다면 한 수 거들어달라는 뜻이 담겨 있었다.

상황이 이렇게 되자 그동안 중립을 지키고 있던 당 가주가 천천히 담현 방장의 앞으로 다가섰다.

"담현 방장님, 익히 알고 계시겠지만 저희 사천당문은 암기로 지금의 성세를 이루었습니다. 비록 천고의 마물인 광천뢰에 비할 바는 못 되지만, 우리 당문에도 그와 유사한 암기가 있습니다. 바로 천뢰구(天雷球)인데, 이것은 만드는 것조차 쉽지 않습니다. 그러니 광천뢰는 오죽하겠습니까."

"흐흠, 어떻게 하시겠는가? 암기라면 천하제일인 당 가주도 광천뢰를 만드는데 쉽지 않다고 하네. 그렇다면 현원세가는 오죽하겠는가. 그렇지 않은가, 담현 방장?"

"……."

"이런! 정말 답답하구먼. 에이! 만약 담현 방장이 지금 가는 것을 꺼려한다면 우리 개방 역시 더 이상 전진을 할 수 없지 않은가!"

"담현 방장께서 무슨 우려를 하시는지 잘 알고 있습니다. 하지만 제갈 맹주가 군웅들을 대동하고 오기 전에 결정을 내려야 할 것 같습니다. 우리가 더 이상 전진하지 못하고 이곳에서 고민에 빠져 있는 것을 군웅들이 본다면 그들의 눈엔 우리들이 그리 좋은 모습으로 비쳐지지 않을 것입니다."

"그것은 남궁 가주의 말씀이 맞습니다만, 그렇다고 광천뢰에 대한 아무런 준비도 없이 현원세가로 향할 수는 없습니다. 그만큼 광천뢰는 쉽게 생각할 수 있는 물건이 아닙니다."

궁 방주와 남궁 가주가 쉽게 결정을 내리지 못하고 있는 담현 방장을 압박할 때, 이를 지켜보던 청운 장문인이 한 걸음 앞으로 나서며 말문을 열었다. 평소 온화한 성격답지 않게 청운 장문인은 남궁 가주의 말에 분명한 반대 의사를 제시한 만큼 청운 장문인으로서는 광천뢰에 대한 두려움이 있었던 것이다.

"청운 장문인, 아무리 광천뢰가 대단한 위력을 지니고 있다고 해도 한계가 있다는 것을 잘 아시지 않습니까. 또한 이미 당 가주께서 얘기를 했듯이 아무리 현원세가라 해도 가지고 있는 숫자는 몇 개 없을 것입니다. 이번에 저들이 광천뢰를 사용한 것은 아무래도 우리들을 혼란에 빠뜨리기 위한 속임수일 가능성이 큽니다. 여러분, 그렇게 생각하지 않습니까?"

"글쎄요. 하지만 우리는 두 가지 가능성 모두를 신중하게 생각해야만 합니다. 그렇지 않으면 생각보다 큰 피해를 입을 수도 있습니다. 원시천존……."

"허흐흠……."

"에이! 그럼 어떻게 하자는 말인가? 여하튼 빨리 결정을 내리게! 이렇게 말싸움만 한다면 어느 세월에 현원세가까지 가겠는가!"

"알겠습니다. 우선은 출발하도록 하지요. 그러나 두 개의 조로 나누

어서 출발하도록 하는 것이 좋을 듯합니다. 또한 지금부터는 광천뢰에 대한 대비를 하면서 전진해야 하니 서로 간에 긴밀히 연락을 취할 수 있도록 조치를 취해주십시오.”

“진작에 그럴 것이지.”

“옳은 결단입니다. 그럼 지금부터는 우리 남궁세가가 앞장을 서지요. 그러니 여러분은 천천히 따라오십시오.”

“그렇게 하시지요. 남궁 가주께서 가신다면 저도 문도들을 데리고 그 뒤를 따르겠습니다. 이렇게 있는 것 자체가 저들에게 시간을 벌어주는 것이 아니겠습니까!”

“흐음, 그럼 남궁 가주께서 앞장을 서시지요. 빈승은 그럼 조금 후에 출발하도록 하겠습니다.”

“알겠습니다. 팽 가주께서도 함께 가시지요. 자, 가자!”

“옛! 가주님!”

남궁 가주는 담현 방장이 순순히 남궁세가가 선두에 서는 것을 허락하자 촌각도 지체하지 않고 문인들을 대동하고 전진하기 시작했다. 그 뒤로 팽 가주가 따랐는데, 그 모습은 실로 위풍당당했다.

‘제발 무사히 목적지까지 가야 할 텐데…….’

담현 방장은 그들의 모습에 고개를 좌우로 젓다가 이내 어쩔 수 없다는 듯 한숨을 깊게 내쉬고는 다른 영수들과 함께 뒤따르기 시작했다.

“장문 사형, 어떻게 보십니까?”

“글쎄… 그나저나 정 사제가 보기에도 그리 좋아 보이지 않은 모양이구먼. 안 그런가?”

“그렇습니다. 사실 광천뢰가 무엇인지 잘 모릅니다. 다만 담현 방장께서 저렇게 고심할 정도면 예사로운 암기가 아닌 것 같다는 생각이

들었습니다."

"그것은 정 사제의 말이 맞네. 사실 나도 광천뢰에 대한 말만 들어 보았지, 지금까지 두 눈으로 본 적은 없다네. 그러나 실로 천지를 뒤흔들 수 있는 마물인 것만은 사실이네. 그러니 정 사제도 각별히 조심하도록 하게. 알겠는가?"

"장문 사형의 말씀, 명심하겠습니다."

"허허, 우리도 가세나. 우리만 뒤처지는 듯싶구먼."

"알겠습니다. 가시지요."

장백검파 역시 무림맹과 함께 행동하고 있었기에 현운 장문인을 비롯한 문인들 전원이 현원세가를 치기 위해 동행하는 것은 당연했다. 하지만 무림맹에서 장백검파가 차지하는 비중은 생각보다 그리 크지 않았기에 가장 후미에서 따르고 있었다. 이것은 어찌 보면 좋은 일일 수도 있지만, 다른 일면을 본다면 그리 달갑지 않은 일이었다.

무림맹에서 일어나는 대부분의 의사 결정은 담현 방장과 구파일방 및 오대세가의 영수들이 합의를 했다. 현운 장문인처럼 후에 장로 직을 수여받은 영수들은 무림맹에서 벌어지는 중요한 일에 대해서 아무런 의견 제시도 할 수 없었다. 아니, 할 수는 있었지만 반영이 되지 않았다. 그저 결정된 사항을 통보받으면 그에 따를 뿐이었다. 처음엔 대부분의 문도들이 이와 같은 상황에 대해 불만을 가졌지만, 현운 장문인의 엄명과 주의로 인해 문인들의 불만 섞인 목소리가 많이 누그러진 상황이었다.

협두봉의 중턱까지 이르는 동안 우거진 산림과 불쑥 튀어나오는 기관들로 인해 무림맹은 적지 않은 고초를 겪어야만 했다. 특히 선두로

내선 남궁세가와 하북팽가 문인들의 몰골은 말이 아니었다. 하지만 남궁 가주는 문인들에게 불굴의 의지를 강요했다. 담현 방장과 다른 영수들에게 한 말이 있기에 가장 선두에 서서 문인들을 이끌었고, 때로는 후미에 서서 뒤처지는 문인들을 독려했다. 그러나 협두봉 위로 오르면 오를수록 시야를 확보할 수 없을 정도로 무성한 산림으로 인해 전진하기가 쉽지 않았다.

"남궁 가주, 이렇게 전진하다가는 현원세가에 도착하기도 전에 문인들이 지칠 것 같습니다."

"나도 알고 있습니다. 하지만 이대로 멈출 수는 없지 않습니까. 계속 전진해야 할 것입니다."

"휴~ 알겠습니다. 그렇게 하지요."

'이거 참! 도무지 이건 무인들과 싸운다는 느낌이 들지 않으니…….'

팽 가주는 남궁 가주를 도와준다는 생각과 호기로 인해 입지 않아도 될 피해를 자초했다는 생각이 들었다. 그러나 이미 물은 엎질러진 상황이었기에 남궁 가주의 의견에 따를 수밖에 없었다.

"조금만 더 가면 된다. 이제 얼마 남지 않았다. 힘을 내라!"

쇄아아아아~

깡! 까아아앙~

팟! 파팟……! 파파파팟……!

"크윽─"

"컥! 제길…….""

"이노오옴! 받아라!"

콰아아아앙~

남궁 가주는 또다시 숲 속에서 암기가 발사되며 문인들이 쓰러지자, 천풍신법(天風身法)을 시전하며 하늘로 신형을 날렸다. 그런 후 바로 암기가 날아온 곳을 향해 팔성이 넘는 제왕무적검강(帝王無敵劍罡)을 시전했는데, 그 파괴력은 마물이라 불리는 광천뢰에 못지않았다.

　"커억~"

　"피하라! 후퇴하라~"

　"이놈들, 어딜 도망가려고 하느냐!"

　"여기도 있다! 혼원벽력도(混元霹靂刀)!"

　쿠아아아앙~

　"크어억~"

　"흐어억!"

　팽 가주의 혼원벽력도가 시전되며 한 아름이 넘는 나무 뒤에 은신하고 있던 세 명 중 두 명의 현원세가 문인이 허리가 양분되며 쓰러졌다. 그에 간신히 목숨을 연명한 한 명이 도망가기 위해 신형을 뒤로 날리려 했으나 어느새 남궁 가주가 퇴로를 차단하고 서 있었다.

　"에잇! 그래, 죽여라! 죽여~"

　현원세가의 문인은 검을 한 손에 쥐고서는 있는 힘을 다해 한곳으로 신형을 날렸다. 그곳은 남궁 가주와 팽 가주가 있는 곳이 아니었다. 암기를 피하기 위해 운집해 있던 두 가문의 문인들이 있는 곳이었다.

　"그래, 가주님께서 손쓸 가치도 없다. 우리가 죽여주마! 이야얍!"

　"죽어라!"

　'응? 호, 혹시……?'

　"피, 피해라! 모두 피해!"

　"으아아아~"

콰아아아앙~

"크아아아~"

광천뢰의 두 번째 출현.

아무리 위급한 상황이라 해도 살기 위해 도망치지 않고, 죽기 위해 움직이는 듯한 느낌을 받은 남궁 가주는 혹시나 하는 마음에 문인들이 뒤로 물러서도록 했다. 하지만 남궁 가주의 외침에도 불구하고, 광천뢰가 폭발하기 전에 신형을 뒤로 물린 문인의 수는 많지 않았다.

참혹.

남궁 가주는 두 눈에 혈광을 번뜩이며 주변을 둘러보았다. 누군가를 찾는 듯했다. 바로 폭발의 주범을 찾는 것이었다. 하지만 광천뢰를 폭발시킨 현원세가 문인의 시신은 고사하고 그 흔적조차 찾을 수 없었다.

광천뢰의 폭발로 인해 사십여 명이 넘는 사상자가 났다. 단 하나의 암기로 인해 발생한 피해치고는 너무도 참담했다. 남궁 가주는 왜 광천뢰가 인세에 있어서는 안 되는 마물인지 뼈저리게 느낄 수 있었다.

"이렇게 참혹할 수가! 어찌 이런 마물이 있다는 말입니까?"

"비록 피해는 컸지만, 이번 일로 인해 저들도 상황이 극한까지 몰렸다는 것이 다시 한 번 증명되었습니다. 그렇지 않다면 죽음까지 불사하며 자폭하지는 않았을 것입니다."

"그렇긴 하군요. 하지만 계속 이런 식으로 일이 터진다면 승리를 취한다 해도 우리의 입지가 흔들리지 않겠습니까?"

"사실 그것 때문에 지금 고민하고 있습니다. 담현 방장과 청운 장문인의 말대로 광천뢰의 위력은 제 생각보다 뛰어납니다. 하지만 지금 문제는 광천뢰가 아닙니다."

"광천뢰가 아니라면?"

"지독한 투혼, 아니면 세가에 대한 충정……? 아무튼 문인들의 실력이 아무리 뛰어나다 해도 이처럼 죽음을 불사하는 자들이 있다는 것 자체가 큰 부담이 아닐 수 없습니다. 팽 가주도 보아서 알겠지만 저들은 현원세가를 지키기 위해서라면 자신의 목숨도 아깝게 여기지 않습니다. 실로 놀라운 일입니다. 아직도 그런 무리가 있다니……."

"그렇군요. 정말 남궁 가주의 말씀을 듣고 보니 등에서 식은땀이 나는 것 같습니다. 그럼 어떻게 하실 생각입니까? 이제 곧 담현 방장이 이곳으로 올 텐데요."

"어쩔 수 없지요. 우리가 선두에 서겠다고는 했지만 상황이 이런데 계속 선두에 설 필요가 있겠습니까? 민망함은 잠시지만 그로 인해 세가의 피해를 감수할 정도는 아니라고 생각합니다. 그렇지 않습니까, 팽 가주?"

"맞는 말씀입니다. 사실은 저도 남궁 가주께 그런 이야기를 할 생각이었습니다."

팽 가주는 기다리던 말이 남궁 가주의 입에서 나오자 쾌재를 부르며 바로 승낙했다. 자신이 생각하기에도 더 이상의 피해를 감수한다는 것은 후일 무림맹의 실권을 장악하는 데 있어서 커다란 장애가 될 것이기 때문이다.

남궁 가주와 팽 가주가 앞으로 있을 접전에 대비하면서 부상당한 문인들을 치료하고 있을 때쯤 담현 방장이 제갈 맹주를 비롯한 다른 영수들과 함께 군웅들을 대동하며 달려오고 있었다. 그리 멀지 않은 곳에서 뒤따르고 있었기에 광천뢰가 폭발하는 굉음을 들었던 것이다.

"이런! 남궁 가주, 괜찮으십니까?"

"괜찮습니다. 하지만 문인들의 피해가 있어서 잠시 이곳에 머물러 있는 것입니다."

"그렇군요. 저희들도 조금 전에 광천뢰가 터지는 소리를 들었습니다."

담현 방장은 남궁 가주의 말에 고개를 끄덕이면서 주변을 둘러보았다. 상황을 살펴보니 문인들의 피해가 있기는 했지만 그것이 남궁 가주의 말 정도가 아니었다. 하지만 굳이 당사자가 정확한 상황을 말하지 않기에 눈으로 보면서도 그냥 넘길 수밖에 없었다.

"이제 어떻게 하시겠습니까? 계속 선두에 서시겠습니까?"

"그렇게 하고 싶지만 부상당한 문인들을 먼저 추슬러야 할 것 같습니다. 그러니 조금 있다가……."

"아닙니다. 차라리 상황이 그와 같다면 부상당한 문인들은 개방과 다른 문인들에게 대회진으로 옮기도록 하고, 남궁 가주께서는 저희들과 함께 가시지요. 이제 조금만 가면 현원세가에 당도할 테니까요."

"험! 담현 방장께서 그리 말씀하시니 우선은 그에 따르도록 하겠습니다. 남궁 가주, 부상자들이 있으니 담현 방장의 말씀대로 하십시다."

"알겠습니다. 그렇게 하지요. 허흠!"

팽 가주가 담현 방장의 말에 맞장구를 치며 동조하자 남궁 가주도 어쩔 수 없다는 듯한 표정을 지으며 고개를 끄덕였다. 하지만 담현 방장이 두 사람의 난처함을 덜어주기 위해 행한 행동이었음을 모르는 사람이 없었다.

"자, 이제 얘기도 끝난 것 같으니 당장 출발하시지요. 오늘 안으로 결판을 지어야 할 것입니다. 날이 어두워지면 우리에게 유리할 것이 없습니다."

"아미타불, 아무래도 그렇게 하는 것이 좋겠지요. 그럼 가시지요."

그럴 리가! 이미 죽은 사람이 어떻게······?

◆제4장 그럴 리가! 이미 죽은 사람이 어떻게……?

현원세가에 도착하기까지 언제 어디서 기습이 있을지 모를 긴장감
에 무림맹과 군웅들의 손은 땀으로 흥건해질 정도였지만, 두 번째 광천
뢰 폭발 후 계속될 것만 같았던 현원세가의 공격은 그 뒤로 이어지지
않았다.

불안감.

분명 수적 우세에도 불구하고 담현 방장을 비롯한 대부분의 사람들
은 첫 번째 목적지에 도착했음에도 현원세가가 자신들이 예상치 못했
던 기습을 강행할 수도 있다는 막연한 불안감에 휩싸였다.

현원세가의 정문 앞마당은 사람들의 생각보다 그리 넓지 않았다. 하
지만 모든 사람들은 쉽게 그 마당으로 들어서지 못했다. 그것은 선두
에 서기를 자청하던 남궁 가주 역시 마찬가지였다. 또한 제갈 맹주를
비롯한 담현 방장까지 마당으로 들어서지 않자, 그 뒤를 따르던 모든

사람들도 마당으로 이어지는 숲에 몸을 숨길 뿐이었다.

"맹주께선 어떻게 보십니까? 빈승은 지금쯤 기습이 있을 것 같은데요."

"저도 그렇게 생각합니다. 어떤 수를 쓰든 현원세가에선 쉽게 정문을 통과시키지 않을 것입니다."

"하지만 마냥 이곳에서 있을 수는 없지 않은가. 그러니 제갈 맹주가 좋은 수를 생각해 보게."

"궁 방주님, 죄송하지만 지금으로서는 저도 달리 이곳을 뚫을 방법이 없습니다."

"방법이 없으면 어떻게 하자는 말인가? 이때 맹주가 나서서 사람들을 인도해야 하지 않겠는가!"

"그것을 왜 모르겠습니까. 하지만 그렇게 되면 많은 사상자가 발생할 것입니다."

"아니, 시도도 하지 않고 그것을 어찌 안단 말인가? 담현 방장이나 맹주는 다 좋은데 꼭 중요할 때 이것저것 생각하며 시간을 허비하는 단점이 있네. 벌써 미시가 넘었네. 해가 지기 전에 결판을 내려면 지금 서둘러도 모자랄 판이란 말이네. 알겠는가?"

궁 방주는 제갈 맹주와 담현 방장이 답답하다는 듯 자신의 가슴을 두드리면서 열변을 토했다. 특히 마지막엔 손가락으로 중천을 막 지나고 있는 태양을 가리키는 수고를 마다하지 않았다.

"알고 있습니다. 하지만 저는 지금이 중요한 시점이라 생각됩니다. 비록 두 번의 광천뢰 폭발로 적지 않은 피해를 입었지만, 그 뒤로 이곳까지 오는데 아무런 제지 없이 왔습니다. 이것은 무엇을 뜻하겠습니까? 그것은 이곳에서부터 현원세가에서 본격적으로 본 맹을 상대하기

위해 준비해 둔 기관이 있을 수 있다는 것입니다. 아마도 두 번의 광천
뢰 폭발은 본 맹의 발목을 잡고자 해서 벌인 일일 것입니다. 즉 시간을
벌기 위해서란 말입니다."

"시간을 벌기 위해서라니요?"

"기관을 설치하기 위한 시간입니다. 아무래도 본 맹보다 수적으로
열세에 있기에 그리했을 것입니다."

"빈승도 제갈 맹주와 같은 생각입니다. 그러니 잠시만 계시지요."

"제 생각은 다릅니다. 어차피 그들의 의도가 어디에 있는지 알기 위
해선 부딪쳐 보는 수밖에 없습니다. 다소 피해가 발생하더라도 그것이
지금 우리들이 할 수 있는 최선의 방법인 것입니다. 그렇게 생각하지
않습니까?"

"솔직히 빈도도 이번엔 남궁 가주의 말이 옳은 것 같습니다, 맹주."

"그렇습니다. 어차피 통과를 해야 하는 곳이고, 또한 입을 피해라면
당당하게 상대해 주는 것이 현명한 판단이라 생각합니다. 설마 하니
그들이 광천뢰를 수십 개씩 가지고 있겠습니까? 또한 그것을 이곳에
매설할 정도로 많은 분량은 아닐 것입니다. 그렇지 않습니까, 청운 장
문인?"

"팽 가주께서 무슨 말씀을 하시고자 하는지 알겠습니다. 다들 아시
겠지만, 사실 우리 청성파에서도 광천뢰를 보유했었습니다. 그러나 사
용에는 한계가 있었는데, 바로 땅에 매설할 경우 그 흔적을 지우는 것
과 정확한 점화 시간을 계산하기 힘들다는 것입니다."

"하지만 절정고수가 장력으로 폭발시킬 수 있지 않습니까?"

"맹주의 말씀처럼 그것이 제가 가장 우려하는 부분입니다."

"청운 장문인, 하지만 그럴 경우 유한 장력으로 광천뢰를 되돌려보

낼 수도 있지 않습니까? 이곳에는 충분히 그런 능력을 지닌 분들이 많지 않습니까. 그러니 그들이 광천뢰를 사용할 경우, 그에 대비하고 있는 우리들이 나서서 그들의 의도를 분쇄하면 될 것입니다."

"흐음, 나도 팽 가주의 말에 찬성하네. 맹주, 어떠한가? 청운 장문인도 그렇지만, 그들이 광천뢰를 사용할 수 있는 방법은 그 정도밖에 없을 것 같은데……."

"알겠습니다. 그럼 여러분은 넓게 분산하여 저들이 광천뢰를 사용하지 못하도록 해주십시오. 아마도 그것이 오늘 승리를 하는데 큰 힘이 될 것 같습니다."

"여부가 있겠는가. 그것은 염려하지 말게. 자, 그럼 맹주의 호령과 함께 일제히 돌진하는 일만 남았군. 하하하, 이제야 제대로 돌아가는 것 같구먼."

궁 방주는 현원세가 정문을 바라보면서 오랜만에 타구봉(打狗棒)을 꺼내 들었다. 그리고는 손아귀에 들린 타구봉을 부스러질 정도로 힘껏 쥐었다. 오랜만에 잡아보는 느낌, 마치 젊은 시절 패기가 되살아나는 듯 상쾌한 기운이 온몸에 넘치는 것 같았다.

'얼마 만에 느껴보는 긴장감인가. 한 가닥 실에 매달려 있는 듯 살이 떨리는 팽팽한 긴장감, 정말 좋군. 후훗, 아직 그 녀석에게 방주 자리를 물려줄 때가 아닌 것 같군.'

궁 방주는 자신과 뒤쪽으로 약간 떨어진 곳에서 다른 잠룡단 단원들과 함께 이야기를 나누고 있는 홍무규지검(洪武叫枝劍) 도연명(陶鳶鴨)을 힐끔 쳐다보았다. 이때만큼은 평소 익살스럽고 고집스러운 성격을 표정에서 찾아볼 수 없을 정도로 제자인 도연명을 바라보는 눈빛엔 걱정이 담겨 있었다. 하지만 이곳에 자신과 같은 생각을 하지 않는 사람이 없다는 것을 너무도 잘 알기에 궁 방주는 앞으로 있을 전투를 생각하는데 집중하기 위해 다른 장문인들처럼 정면을 응시했다. 정면에는 이미 제갈 맹주가 땅바닥에서 머리를 하늘로 삐쭉 내밀고 있는 바위 위에 올라 군웅들을 응시하고 있었다.

제갈 맹주는 엄숙한 표정으로 좌중을 훑어본 후 목청을 가다듬었다. 그런 후 자신이 하고자 하는 말을 뒤쪽에 있는 군웅까지 모두 들을 수 있도록 공력을 일으켰다. 그러나 그 내면엔 다른 목적이 있었다. 그것은 정문을 굳게 닫아 건 현원세가 문인들도 자신의 목소리를 들을 수 있도록 하고자 함이었다.

"구파일방과 오대세가, 그리고 무림을 영도해 가시는 여러 영수 여러분! 그리고 무림맹 문인들과 여러 동도들께서는 지금 이 자리가 어떤 곳인지 잘 알고 계실 것입니다. 그렇습니다, 이곳은 현원세가입니다. 더불어 옛날 무림을 탄압했던 원나라에 빌붙었고, 그로 인해서 한때 천하제일검가라는 고귀한 영화를 누렸던 곳입니다. 하지만 이제 우리는 그들을 향해 총공격을 강행할 것입니다. 지금까지 여러분 눈으로 직접 보셨듯이, 그들은 이미 무림세가가 아닙니다. 그들은 이미 영광스러웠던 당시를 기억하는 것조차 수치스럽게 느껴질 정도로 타락했습니다. 오히려 마교보다도 더 잔인해졌고, 포악스러워졌습니다. 우리는 그런 그들을 이대로 내버려 둘 수 없습니다. 자! 이제 정의의 깃발을 높이 올려 이 세상에 정의가 있다는 것을 현원세가와 만천하에 알려야 할 때입니다. 우리 모두! 이날을 심판의 날로 정하고 그 본보기로 현원세가를 향해 돌진합시다!"

"와—"

"정의의 깃발을—"

"제갈 맹주 만세─"

"자, 우리 모두 제갈 맹주의 말처럼 이 땅에 정의를 세웁시다. 저 흉악한 현원세가를 멸문시킵시다!"

"현원세가를 멸문시키자─"

제갈 맹주의 의도는 한 치의 오차도 없이 적중했고, 군웅들의 함성은 협두봉이 울릴 정도로 드높았다. 어차피 공격하는 것은 한마디 명령만 내리면 되지만 이곳까지 오는 동안 군웅들의 어수선했던 분위기를 쇄신하는데 군중 심리를 적절히 이용한 것이다. 또한 비록 의도했던 대로 현원세가 문인들이 내부적으로 동요가 일어나기를 바라고 있던 것이 전혀 먹혀들지 않았지만, 무림맹 문인들과 군웅들의 사기를 한껏 높였다는 것에 만족했다.

"자! 여러분! 공격합시다! 공격!"

"공격─"

제갈 맹주는 고조된 분위기를 그대로 이어가기 위해 검을 빼 들고는 바로 공격 명령을 내렸다. 이에 무림맹을 비롯한 군웅들은 한 치의 망설임도 없이 제갈 맹주의 공격 명령에 각자의 병장기를 빼 들고는 현원세가를 향해 신형을 날렸다.

선두에서 시작된 움직임은 수유의 시간이 흐르기도 전에 가장 뒤쪽까지 이어졌다. 모두 합쳐서 오만 오천 명이 넘는 인원이 한꺼번에 신형을 날리는 모습은 가히 보는 이로 하여금 입을 다물 수 없을 정도로 장관이었다.

"이때다. 전원 위치로!"

무림맹이 일제히 행동을 개시하자, 이때를 기다리고 있던 현원세가에서 천 명이 넘는 문인들이 빠르게 담장 위로 올라서서 죽통을 꺼내 들었다.

'헉! 어떻게 본 가에서도 보기 어려운 폭우이화침통(暴雨梨花針筒)이……?'

현원세가 문인들이 수중에서 죽통을 꺼내 들자, 이를 유심히 살피던 당 가주의 얼굴이 백지장보다 더 하얗게 변색되었다.

"모두 피하라! 폭우이화침통이다!"

"발사―!"

쏴아아아아~

팍! 파파파팍……!

"크아아아~"

"커억! 끄으으……."

"크억!"

천 개가 넘는 죽통에서 발사된 암기는 빠져나갈 구멍을 찾을 수 없을 정도로 하늘을 메웠고, 다른 사람들보다 무공이 떨어지는 문인들은 여지없이 가슴 등을 부여잡고 땅바닥에 널브러졌다.

"아미타불……! 천고에 다시없을 마귀들이로다. 하아앗!"

"빈도가 죽어 무간지옥(無間地獄)에 간다고 해도, 오늘 크게 살계를 열 것이다. 받아라!"

자신의 애지중지하던 제자들이 암기에 속수무책으로 죽임을 당하자, 구파일방과 오대세가 영수들을 비롯한 많은 사람들의 두 눈에서는 시뻘건 안광이 솟구쳤다. 이런 것은 뒤따르던 모든 사람들도 마찬가지였다. 하지만 현원세가의 공격은 이것으로 끝난 것이 아니었다. 비록 폭우이화침통의 공격이 일회성으로 끝나기는 했지만, 그 뒤를 이어서 새로운 암기가 등장했기 때문이다. 바로 폭우이화침과 함께 한때 사천당

가의 명성을 드높였던 폭우이화정(暴雨梨花釘)이었다. 그러나 폭우이화정의 위력은 앞서서 선보인 폭우이화침에 비할 바가 아니다.

"모두 산개하도록 하라! 폭우이화정이다!"

"발사―!"

팡! 파파파팡~

쐐아아아아~

퍽! 퍼퍼퍽……! 퍼퍽! 퍼퍼퍽……!

"크어어어~"

"커윽!"

"꺼어억~"

폭우이화침과는 달리, 이번엔 무거운 둔기에 관통당하는 듯한 소음이 사방에서 울렸다.

둔탁한 귀음.

뒤따르던 군웅들은 모골이 송연한 한기는 느꼈다. 하지만 주변에서 알던 사람들이 쓰러져도 신형을 멈출 수가 없었다. 만약 멈춘다면 운 좋게 피했던 암기가 다시 날아올 것만 같았기 때문이다.

"죽여라~"

"죽어~!"

비록 친했던 사람들은 아니었지만, 바로 옆에서 처참하게 죽은 사람들을 보자 그 분노는 혈전에 바로 이어져 검을 잡은 손에 더욱더 많은 힘이 들어갔다. 그만큼 평소보다 더욱 빠른 속력으로 현원세가의 담을 넘기 시작한 것이다.

현원세가에서는 이미 사용할 수 있는 암기를 다 사용했는지, 이제는 현원세가 내에서 서로 병장기를 맞대며 치열한 혈전이 벌어지기 시작했다.

아비규환.

적아를 구분하기 어려운 치열한 혈전이 한동안 벌어졌다. 그 속에는 구파일방과 오대세가의 영수들도 있었고, 존폐의 위기에 처했던 잠룡단도 있었다.

하지만 이에 맞서는 현원세가의 저항도 만만치 않았다. 적으로부터 지킬 것이 있어서 그런지 그들의 눈에도 무림맹과 군웅들의 눈과 비슷한 혈광이 자리하고 있었던 것이다. 아니, 그 이상의 처절함이 배어 있었다.

협두봉 중턱에 자리잡고 있는 현원세가는 산세의 완만한 지형을 이용하여 건물들을 지었기에 안으로 들어갈수록 건물들이 경사를 이루며 배치가 되어 있었다. 그렇기에 안쪽으로 깊숙이 들어가 있는 건물에서 창문을 열면 위풍당당한 현원세가의 관문을 한눈에 볼 수 있었다.

"흐음, 이제 시작인가?"

아련하게 들리기 시작한 비명 소리.

현원승은 창문을 통해 상황을 예의 주시한 후, 옆에 시립하고 있는 곽 총관을 향해 천천히 말문을 열었다.

"그렇습니다, 가주. 비록 힘은 들더라도 저들 역시 쉽게 이곳까지 오지는 못할 것입니다. 아니, 감히 이곳까지 올 엄두도 나지 않게 만들 것입니다."

"자신있는가, 곽 총관?"

"예. 이번에 그동안 세가에서 총력을 기울려 비축했던 암기들을 모두 사용할 것이기 때문입니다. 비록 후일을 도모할 수는 없겠지만, 세가가 강건하다면 언제든지 다시 도약할 수 있지 않겠습니까. 소인은 그것을 굳게 믿고 있습니다."

"맞는 말이네. 하지만 그렇게 되기까지 많은 세월이 소모되겠지. 무엇보다 안타까운 것은 문인들의 희생이네. 그들의 희생을 헛되지 않도록 최선을 다해주게."

"알겠습니다. 오늘의 희생이 문인들 입에서 결코 헛되었단 말이 나오지 않도록 최선을 다하겠습니다."

"그래, 그렇게 해야 도리겠지. 흐음……."

현원승은 한동안 창가에 서서 치열한 접전을 바라본 후, 큰 한숨과 함께 창문을 닫았다.

곽 총관은 현원승이 창문을 닫자, 두 손으로 받쳐 들고 있던 검을 현원승에게 건넸다. 한눈에 보기에도 예사롭지 않아 보였는데, 고색 찬란한 것이 위풍당당해 보였다.

"정말 오랜만에 이 녀석을 들게 되는구먼. 참으로 오랜만이야."

무림팔대보검(武林八大寶劍)에 당당히 그 이름을 올려놓고 있는 천고의 보검이 현원승의 손에 오랜만에 들려진 것이다. 천승검(天乘劍) 현원덕호(玄遠德虎)의 손에 들려졌을 때 천하제일검가라는 위명을 만들었으며, 지금은 현원세가를 수호하기 위해 들려진 검, 그 검은 바로 승천용혈검(乘天龍血劍)이었다.

현원승은 승천용혈검을 한 차례 어루만진 후 곽 총관과 함께 내실을 나섰다.

"이제 나오십니까, 아버님."

"소손들도 기다리고 있었습니다, 할아버님."

뇌전검(雷電劍) 현원득(玄遠得)과 그의 두 아들과 딸이었다. 그들은 자신의 부친이자 할아버지인 가주 현원승이 당당한 모습으로 내실을 나오자 깊숙이 고개를 숙이며 맞이했다.

"그래, 너희들도 왔구나. 오늘은 세가의 존망이 걸려 있는 날이니 너희들이 빠진다는 것은 있을 수 없겠지. 같이 가자꾸나."

"예."

부총관 현필환수 범친두는 내승전(內乘殿) 문인들과 함께 최전선에서 싸움을 진두지휘하고 있었다. 하지만 그 인원은 고작 삼천 명에 지나지 않았기에 두 눈에 혈광이 번뜩이는 무림맹 사람들과 군웅들을 막기에는 턱없이 부족했다.

그러나 아직 곽 총관에게서 후퇴하라는 명이 떨어지지 않았기에 범 부총관은 그동안 수족보다 더 아꼈던 수하들이 하나둘씩 쓰러지는 모습을 지켜볼 수밖에 없었다.

"부총관님, 총관님의 명이 떨어졌습니다."

"드디어 명이 떨어졌느냐?"

"예."

"알았다. 준비에 이상은 없겠지?"

"모두 각오하고 있습니다. 명령만 내려주십시오."

"너희들의 충정은 세가의 그 누구도 잊지 않을 것이다."

"감사합니다, 부총관님. 저희들의 목숨은 이미 세가를 위해 존재한 지 오래입니다. 부디 저희들의 충정이 헛되지 않도록 해주십시오. 충!"

"충!"

범 부총관 뒤에는 백 명의 문인이 엄숙하면서도 결의에 찬 표정으로 서 있었다. 모두 스무 살이 조금 넘는 청년들인데 그들의 손에는 검은 묵환이 하나씩 들려 있었다.

"부디 세가가 이 위기를 넘겨 당당한 모습으로 재탄생하기를 기원하겠습니다."

"세가가 건재하기를!"

"고맙다. 세가에서는 너희들의 충정을 잊지 않을 것이다. 전원 퇴각하도록 하라!"

"옛! 전원 이선으로 퇴각하라. 퇴각하라—!"

"퇴각—!"

한창 치열한 접전을 벌이고 있는데 현원세가 안쪽에서 지휘관으로 보이는 자의 목소리가 울려 퍼졌다. 그러자 명령을 기다리고 있던 현원세가 문인들은 휘두르던 검과 도를 멈춘 후 뒤도 돌아보지 않고 목소리가 울린 곳으로 분주하게 신형을 날렸다.

하지만 후퇴하는 사람들 틈을 비집고 오히려 군웅들 깊숙이 파고드는 자들이 있었는데 군웅들의 눈에는 자신들과 싸웠던 당사자들이 도망치는 모습만 보일뿐 그들의 움직임을 주시하는 사람은 없었다.

"적이 도망친다! 쫓아라~"

"놈들이 후퇴한다~"

"와~"

"이겼다~"

군웅들은 치열한 접전을 벌이던 중 현원세가에서 갑자기 뒤로 물러나자 승기를 잡았다는 생각에 일제히 그 뒤를 따르기 시작했다. 부딪쳐 오는 적은 위험하지만 후퇴하는 적은 두려움의 대상이 아니기 때문이다. 살기 위해 등을 보이는 적을 주살하는 것은 그만큼 쉬운 것이다.

"여러분! 적과의 거리가 떨어져서는 안 됩니다. 만약 공간을 만들어주면 적들이 다시 암기를 사용할 수 있습니다. 계속 공격해야 합니다—!"

제갈 맹주는 적이 후퇴하기 시작하자 그 뒤를 따르는 군웅들도 많았지만 주춤하고 서 있는 군웅들이 대부분이었기에 힘껏 목청을 높였다. 암기를 사용함에 있어서 가장 중요한 것이 바로 적과 일정한 거리를 두는 것이기에 제갈 맹주는 혹시나 있을 사태를 미연에 방지해야 한다 생각한 것이다.

"제갈 맹주의 말씀이 옳습니다. 밀어붙일 때 확실하게 해야지요."

"그렇습니다. 자, 계속 밀어붙입시다. 전원, 공격—!"

"와아아~"

"공격—!

콰앙! 콰아아아앙~

"끄아아아아~"

"커어억~"

"내 다리, 내 다리~"

"으아~"

"사, 살려줘~"

땅이 흔들리고 천지가 개벽하는 굉음.

도저히 세상에 이런 굉음이 있을 것 같지 않은 거대한 폭음과 함께 시작된 사람들의 처절한 울부짖음.

제갈 맹주와 다른 영수들이 정신을 차렸을 때는 이미 상황이 종료된 시점이었다. 얼마나 굉장한 폭발이 있었는지, 치열한 접전이 벌어졌던 마당은 발을 딛고 서 있을 곳이 없을 정도로 움푹 패여 있었다.

"과, 광천뢰입니다. 광천뢰가……."

"이럴 수가! 어떻게 이런 일이……."

'어떻게' 란 말만 입에서 맴돌 뿐, 그 누구도 이 상황에 대해 쉽게 말문을 열지 못했다. 보고 또 보아도 자신들의 눈이 의심될 정도로 상황은 처참함이란 말이 무색하게 피바다를 이루고 있었다. 팔과 다리가 분리된 것은 그나마 약과이고, 온몸이 갈기갈기 찢겨져 나가 그 형체조차 구분할 수 없는 시신이 대부분이었다.

폭발의 회오리에서 살아남은 사람들은 피륙이 널브러진 것을 보고는 멍한 표정으로 서 있었는데, 그들의 동공은 전의를 상실한 것처럼 풀려 있었다. 무인으로서 광천뢰의 대폭발은 정신적인 충격이었기 때문이다.

"제갈 맹주, 이게 어떻게 된 일입니까? 광천뢰가 사방에서 폭발을 하다니……."

"자살입니다. 현원세가에서 문인들이 죽음을 담보로 자살 공격을 한 것입니다."

"자살 공격이라고요! 어찌 그런……."

"아미타불."

"원시천존……."

담현 방장을 비롯한 영수들은 당 가주의 말에 심적으로 큰 타격을 받았다. 그 누구도 예상하지 못한 방법으로 피해를 입었다는 것도 컸지만, 현원세가에서 최악의 방법으로 나왔다는 것에 상당한 충격을 받은 것이다.

"이미 어느 정도 위력이 있다는 것을 보았지만, 광천뢰가 이 정도로 위력적인지는 정말 몰랐습니다. 아마도 백 개 이상이 한꺼번에 폭발한 것 같습니다. 한두 개도 구하기 힘든 광천뢰를 이 정도로 구비했다는 것도 놀랍지만, 그것을 이런 잔악한 방법으로 사용할 줄은 정말 몰랐습니다. 저 모습을 보십시오. 이건 사람이 행할 짓이 아닙니다. 지옥의 야차도 이와 같은 짓은 하지 않을 것입니다."

"원시천존. 현원세가에서 최악의 발악을 하는 것이 아니겠습니까. 어이 할꼬, 어이. 아……."

"아미타불……."

"어쩔 수 없습니다. 이번 일로 많은 사상자를 냈지만, 이대로 물러날 수 없습니다. 만약 지금 이곳에서 물러난다면 후일 우린 이보다 더 끔찍한 일을 당하게 될 것입니다. 저들의 영령을 위로하는 일은 오늘 승리한 다음에 해도 결코 늦지 않습니다."

"제갈 맹주의 말씀이 맞습니다. 분하고 원통하지만, 우린 지금 부상자보다 현원세가를 멸문시키는 것이 급선무입니다. 여러분도 보셨지 않습니까. 오늘이 지나면 언제 다시 현원세가를 공격할 수 있을지 모릅니다. 어서 문인들을 향해 공격 명령을 내리시지요, 맹주!"

"옳은 말씀입니다. 공격 명령을 내리시지요. 무슨 일이 있더라도 오늘 결판을 내야 합니다. 하다못해 그들에게 회생 불가능할 정도의 피해를 입혀야 후일에라도 불상사가 없을 것입니다."

"아미타불……."

"알겠습니다. 여러분 모두 제 뜻에 동참해 주셔서 감사합니다. 그럼 지금 공격 명령을 내리도록 하겠습니다. 무림맹 전 문인들은 간악한 현원세가 무리들을 주살하라! 공격하라!"

"간악한 현원세가를 멸문시키자. 가자!"

"죽이자! 죽이자!"

"도저히 용서할 수 없는 무리들! 죽여라!"

"와아~"

동료들의 죽음에 멈칫했던 군웅들은 제갈 맹주의 우렁찬 사자후가 울려 퍼짐에 따라 병장기를 잡고 있던 손에 힘이 들어갔다. 도저히 참을 수 없던 분노가 표출될 곳을 찾은 것이다.

"범 부총관님, 저들이 계속 공격해 오고 있습니다."

"어쩔 수 없겠지. 이진을 준비시켜라."

"예, 알겠습니다."

"저희들은 이미 준비하고 있었습니다. 명령을 내려주십시오, 범 부총관님."

"좋다! 마지막 공격이다. 이번 공격에도 무림맹이 물러나지 않는다면 우리에게 남은 것은 최후의 공격밖에 없다. 그러니 너희들이 최대한 무림맹에 피해를 주어야 한다. 알겠느냐!"

"알고 있습니다. 그럼 소인들은 이만. 부디, 저희들의 충정을 잊지 말아주시길……!"

오십 명의 문인은 범 부총관을 향해 일제히 고개를 숙여 보인 후, 자신들 발 앞에 놓여 있는 묵환을 하나씩 들었다. 그런 후 잠시 서로의 얼굴을 바라보았다. 하지만 가장 선두에 섰던 한 명이 늑대의 포효와 같은 공격 명령을 울부짖었다.

"전원, 공격~"

"공격~"

"와아~"

범 부총관은 오십 명의 문인이 무림맹을 향해 돌진하자, 이를 기다리고 있었던 듯 뒤를 향해 돌아섰다. 이미 뒤쪽에는 현원세가의 핵심이라 할 수 있는 천승뇌검전(天乘雷劍殿) 문인이 만 명 대기하고 있었다. 또한 그 뒤를 이어 현원세가의 네 기둥인 천룡기검단(天龍起劍團)과 지호패검단(地虎覇劍團), 그리고 적웅철검단(赤熊鐵劍團)과 현봉수검단(玄鳳秀劍團) 문인들 구천 명이 자신들의 상관 명령을 기다리고 있었다.

"저들의 희생을 헛되이 해서는 안 될 것이다. 이번에 광천뢰가 폭발하면 적들은 우리 세가의 또다른 공격에 두려움을 느낄 것이다. 이 호기를 절대 놓쳐서는 안 된다. 그러니 저들이 전열을 정비할 시간을 주지 않기 위해선 광천뢰가 터지는 즉시 전원 총공격을 해야 할 것이다. 알겠는가!"

"알겠습니다, 범 부총관님. 즉시 공격하도록 하겠습니다."

"여부가 있겠습니까. 명령만 내려주시지요."

쾅! 콰콰……! 콰아아앙~

"끄아아아아~"

"적들이 또 광천뢰로 공격한다! 모두 피하라~"

"커어어억~"

"사, 살려줘~"

멀리서 아비규환과 같은 사람들의 신음 소리가 울려 퍼졌다. 또다시 광천뢰가 폭발한 것이다. 이것은 바로 현원세가의 총공격 경령과 같은 것이기에, 범 부총관의 말이 끝남과 동시에 천승뇌검전과 함께 네 단의 문인들은 각자의 병장기를 힘차게 뽑고는 범 부총관의 얼굴을 주시했다.

"전원, 공격~! 세가의 이름이 건재하다는 것을 저들에게 알려줘라~"

"세가를 위하여~"

"와아~"

이만 명에 이르는 현원세가 문인들의 총공격이 시작됐다. 암기와 두 번에 이른 광천뢰 백오십 개의 폭발로 정신적으로 상당한 피해를 입은 무림맹과 군웅들이 멍한 표정이 되어 있을 때의 공격이었다.

"받아라~"

"죽어~"

"끄아아~"

두 번째 광천뢰 자살 공격에 멈칫하던 사람들은 한꺼번에 많은 사람들이 흉흉한 표정과 함께 병장기를 휘두르며 공격해 오자 충격에 휩싸였다. 또다시 광천뢰로 공격하려는 것이 아닌가 하는 두려움 때문이었다. 이러한 생각은 몸을 굳어지게 만들었으며, 덩달아 자신의 목이 떨어지는 비극을 맞게 되었다. 그만큼 갑자기 쇄도하는 현원세가의 공격에 적극적인 대응을 하지 못한 것이다.

이에 조금이나마 뒤쪽에 있던 군웅들은 전진하지 못하고 뒷걸음치는 사람들이 늘어났다. 아니, 그들 중에는 아예 싸우는 것을 포기하고 줄행랑을 치는 자들도 있었다.

상황이 이렇게 되자 무림맹 문인들과 군웅들을 지켜보고 있던 제갈 맹주가 분연히 앞으로 돌진하며 사자후를 터뜨렸다.

"적들은 더 이상 광천뢰가 없습니다! 그것이 바로 저들이 총공격을 하는 이유입니다! 전원 공격합시다~"

"아미타불! 제자들은 제갈 맹주의 말을 들었을 것이다. 그러니 이제 광천뢰를 두려워하지 말고 총공격하라!"

"공격~"

"와아, 죽여라~"

창! 차차차창……! 차차창~

현원세가의 총공격에 무림맹이 초반에 상당한 피해를 입었지만, 구파일방과 오대세가의 영수들이 이리저리 분주하게 움직이며 공격을 하기 시작하자 상황은 무림맹 쪽으로 조금씩 기우는 양상이 되었다. 하지만 곧 현원 가주와 각 단의 단주들을 비롯하여 원로원과 장로원의 고수들이 세가에 가세를 하여 구파일방과 오대세가 영수들의 발목을 잡기 시작하자, 대결 구도는 양쪽이 팽팽한 접전 구도로 돌입하게 되었다.

"당신이 가주인가?"

"그렇다. 내가 바로 현원세가를 이끌고 있는 가주 현원승이다."

"이제야 모습을 드러냈구나, 이 간악한 놈!"

"아미타불. 어찌 이 같은 짓을 한단 말인가! 그러고도 당신이 무림인이라 할 수 있는가?"

"저자에게 더 이상 무슨 말을 한단 말입니까. 그럴 것 없이 저 간악한 자의 목을 베는 것이 우선일 것 같습니다."

"이 노옴! 내 타구봉을 받아라~"

제갈 맹주와 담현 방장이 현원승의 앞으로 나서기 전, 뒤에 서 있던 궁 방주가 그동안 참고 있던 분노를 한꺼번에 폭발하면서 현원승을 향해 신형을 날렸다. 개방에서도 극히 일부의 사람들만 익힌 비천무영신법(飛天無影身法)이었는데, 어찌나 빠른지 그림자가 보이지 않을 정도였다.

"감히! 늙은 거지 놈이 가주님께 때로 찌든 손을 들이대다니!"

"흥! 어디 늙은 거지의 매운 손맛을 받아봐라. 하앗! 타단구퇴(打斷九槌)!"

"좋다! 천수일도(千手一刀)!"

개방의 방주만이 익힐 수 있는 타구봉법의 삼절초가 연달아 궁 방주의 손에서 펼쳐졌다. 하지만 그의 타구봉을 막은 사람은 바로 천승뇌검전 부전주 천수도(千手刀) 답천훈(畓天暈)이었다. 아무리 궁 방주가 개방의 방주라고 해도, 천수도 답천훈 역시 무림오대보도(武林五大寶刀)의 하나인 패왕도(霸王刀)의 주인으로서 절대 밀리지 않았다.

상황이 이렇게 되자 궁 방주에게 선수를 빼앗긴 다른 구파일방과 오대세가의 영수들은 지체없이 현원승이 있는 곳으로 돌진했다. 조금이라도 빨리 적의 수장 목을 베어야만 문인들의 희생을 줄일 수 있다는 판단이 들었기 때문이다.

그러나 이들 앞에 현원승을 향한 탄탄대로가 놓여 있는 것이 아니었다. 그 길목에는 열두 명의 장로와 함께 가주인 현원승에 못지않은 실력을 겸비한 세 명의 원로가 있었다. 그만큼 현원승에게 가는 길은 깊고 넓은 수렁을 건너는 것보다 어려웠으며, 하늘을 나는 매라도 쉽게 오를 수 없는 장벽이 있었다.

"장문 사형, 이대로는 안 되겠습니다."

"정 사제, 그러면 안 되네!"

"하지만 이대로 계속된다면 우리 장백검파에도 상당한 피해가 올 수 있습니다. 적들은 죽음을 각오하고 검과 도를 휘두르고 있습니다. 하지만 우리는 그렇지 못합니다. 지금은 다소 수적으로 우세를 점하고 있지만, 그것이 언제까지 갈 수는 없는 일이 아닙니까!"

"그렇다고 해도 지금은 정 사제가 나설 시기가 아니네. 원시천존……."

"그것이 무슨 말씀입니까, 장문 사형?"

운영은 현원승에게 신형을 날리려다가 현운 장문인의 제지를 받고는 의문이 가득 담긴 눈빛으로 현운 장문인을 바라보았다. 그것은 옆에서 문인들의 안전을 위해 이리저리 분주하게 움직이고 있던 정호(正號)도 마찬가지였다.

"지금은 우리가 나설 때가 아니라네. 아직 구파일방과 오대세가 영수들이 저렇게 버티고 있지 않은가. 만약 지금 정 사제가 그들을 제치고 현원 가주와 대결을 펼친다면 후일 그들을 적으로 돌릴 수가 있네. 그러니 지금은 혈기를 누그러뜨리고 자중하도록 하게. 그것이 현재 우리 장백검파의 입지라네."

"장문 사형께서 무슨 말씀을 하시는지 알겠습니다."

"알았다니 다행이네. 정호 너도 잘 듣거라. 무슨 일이 있더라도 너는 이곳에서 최대한 문인들의 피해를 최소화하는 데 주력해야 할 것이다."

"예, 그렇게 하겠습니다."

"흠, 너만 믿겠다. 정 사제, 아마도 현원 가주가 이대로 무림맹에 당하지는 않을 것이네."

"예? 그것이 무슨……?"

"정 사제도 현원 가주의 표정을 살펴보게. 저것이 어디 멸문을 앞두고 있는 자의 얼굴인가?"

"옛? 흐으음……."

운영은 현운 장문인의 말에 따라 바로 현원승을 향해 시선을 돌렸는데, 정말 현운 장문인의 말대로 현원승의 표정에서는 두려움을 찾아볼수가 없었다. 오히려 주변의 상황을 예의 주시하면서 상대에 대한 관찰을 하고 있는 것 같았다.

"그리고 내가 볼 때 현재 이곳에서 현원 가주를 상대할 수 있는 고수는 담현 방장과 매화검선(梅花劍仙) 호영검(弧榮劍), 그리고 남궁 가주밖에 없네. 수적으로는 우세하지. 하지만 현원세가에서도 그들을 상대할 수 있는 고수들이 없지 않네. 바로 저들 세 명의 원로네. 아마도 이들 세 명을 상대하고 있는 원로들 역시 현원 가주와 비슷한 실력을 지니고 있어 쉽게 결판이 나지 않을 것이네. 결말을 보자면 시간이 많이 걸릴 것이니 정 사제도 그에 대비하도록 하게."

"대비라 하심은……?"

"왠지 현원 가주의 얼굴엔 무림맹을 상대로 승리할 수 있다는 자신감이 보이네. 그것이 비록 내 우려였으면 좋겠지만, 그것을 쉽게 단언할 수 없는 불안감이 드네. 그러니 정 사제는 무슨 일이 있어도 참을성을 가지고 만약의 사태에 대비해 주게. 무슨 말인지 알겠는가?"

"장문 사형의 말씀에 따르겠습니다."

"흐음… 원시천존……."

얼마의 시간이 흘렀는지 알 수 없었다. 아무도 시간을 계산하고 있는 사람도 없었을 뿐만 아니라, 혈전의 와중에 그와 같은 생각을 할 수 있는 여유를 지닌 사람도 없었다. 그저 시간이 흐르면서 검과 도를 휘두르던 손에서 조금씩 감각이 사라져 간다고 느낄 뿐이었다. 하지만 아무도 병장기에서 힘을 빼는 사람이 없을 정도로 단 한순간도 적에게서 시선을 뗄 수 없는 숨 가쁜 혈전이 벌어지고 있었다. 특히 이러한 것은 절대고수들 간에 더욱더 치열했다.

"담현이라고 했던가? 역시 소림의 힘은 대단하구나. 백십 년을 살아오면서 지금처럼 본좌의 검을 이토록 길게 받아넘긴 자가 없었거늘."

"아미타불. 당신 같은 인물이 현원세가에 있다는 것이 우리에겐 큰 불행이오. 하지만 오늘은 기필코 악의 상징이 되어버린 현원세가의 현판을 내리는 데 빈승의 목숨을 걸겠소이다."

"좋을대로! 하지만 그것은 그대의 장담처럼 쉽지 않을 것이다. 하앗!"

"아미타불!"

쾅! 콰쾅~

원로원주 천원검(天元劍) 현원상엽(玄遠翔燁)을 맞아 담현 방장은 쉽게 승기를 잡을 수 없었다. 아니, 오히려 조금씩 뒤로 밀릴 정도로 박빙의 혈전이 벌어지고 있었다. 하지만 이러한 상황은 이곳만이 아니었다. 매화검선 호영검을 상대하고 있는 추혼환검(追魂幻劍) 곽원율(郭元律)과 남궁 가주를 상대하고 있는 혈봉검(血鳳劍) 현원련(玄遠蓮)은 주변에서 도저히 끼어들 엄두가 나지 않을 정도로 치열한 혈전을 벌이고 있었다.

그러나 다른 곳에서는 조금씩 승패의 윤곽이 드러나고 있었다. 아무리 현원세가의 장로들 무공이 뛰어나다고 하지만 구파일방과 오대세가의 영수들을 상대함에 있어서는 다소 무리가 따랐던 것이다. 지금까지 버티고 있는 것은 수적인 우세를 점하고 있었기 때문인데 시간이 지나면서 구파일방과 오대세가의 장로들이 속속 합류하자 급격하게 상황이 변화한 것이다.

"장문인, 저들은 저희들에게 맡기고 어서 적의 머리를 치시지요."

"그렇게 하십시오. 아무리 저들이 강하다고 해도 우리의 수는 저들의 세 배가 넘습니다."

"현원승의 목을 베는 것만이 이 혈전을 조기에 종식시킬 수 있는 유일한 방법입니다. 어서요!"

"알았네. 그럼 부탁하네."

"갑시다. 하앗!"

담현 방장을 비롯하여 두 명을 제외한 다른 영수들은 장로들에게 자신들을 막고 있던 현원세가의 장로들을 넘기고서는 일제히 현원승을 향해 신형을 날렸다.

"이제야 오는가! 하앗!"

콰아아아아아~

"이런! 하앗!"

"천룡패왕검(天龍覇王劍)입니다. 모두 몸을 보호하십시오. 하앗!"

"원시천존……."

쾅~

"흐윽, 으음……."

"헉! 이렇게 강했단 말인가?"

"으흑! 이, 이렇게 강할 수가……."

열두 영수는 현원승이 시전한 검강에 가로막혀 더 이상 전진할 수가 없었다. 하지만 더 이상 망설일 수 없기에 서로 일정한 간격을 유지하면서 현원승이 쉽게 공격할 수 없도록 모든 방위를 점해갔다.

"흥, 가소로운 것들! 받아라!"

쾅! 슈아아아앙~

"이번엔 어림없다. 대라무위신강(大羅無爲神罡)!"

"원시천존, 천뢰복마신강(天雷伏魔神罡)!"

"혼원벽력도강(混元霹靂刀罡)!"

"아미타불, 금정천룡선강(金靜靑龍禪罡)!"

쾅! 콰쾅……! 콰아아앙~!

이미 현원승의 공격을 예상하고 있던 영수들은 자신들의 최고 절학을 빠르게 시전했다. 더욱이 열두 명의 공력이 한곳에 집중되자 미처 이와 같은 상황을 예상치 못한 현원승은 그동안 보여주었던 무표정이 깨졌다.

'이런! 산개해서 공격할 줄 알았더니, 머리가 제법 돌아가는구면.'

서로의 강기가 정면으로 충돌하자 고막을 울리는 굉음과 함께 흙먼지가 자욱하게 일어났다. 하지만 이번엔 그 누구의 입에서도 가슴을 후벼 파는 비음이 흘러나오지 않았다.

"헛! 이, 이런!"

깡! 까깡……! 까까까깡……!

자신의 공격을 열두 명이 한꺼번에 받아내자 얼른 서 있던 자리를 뜬 현원승은 빠른 신법으로 청성파의 청운 장문인을 향해 검을 휘둘렀다. 어차피 적들의 수가 많은 이상 현원승으로서는 각개격파를 생각하고 있었고, 지금 그것을 몸소 실천하고 있는 것이다.

"어림없다. 우리들이 그렇게 쉽게 당할 것 같으냐! 받아라!"

"하앗!"

최고수 열두 명이 한 명을 두고 각 방위를 점하면서 합공을 하자 아무리 그들보다 월등한 실력을 겸비한 현원승이라 해도 그들의 공격을 모두 막아내기란 역부족이었다. 하지만 그렇다고 쉽게 수세로 몰리지는 않았다. 그만큼 이들 열두 명과 현원승의 실력 차이가 명백했던 것이다.

'현원세가의 무공이 이 정도였단 말인가? 어떻게 우리들이 체면 불구하고 합공을 하는데도?'

열두 명 모두 현원승을 공격하면서도 각자의 머리 속으로 생각하는 것은 한결같았다. 그만큼 현재 현원승이 보여주는 것은 괴력이라고 할 정도로 대단한 충격이었다. 그러나 이러한 정신적 충격은 얼마 지나지 않아 다른 양상으로 변질되었다. 현원세가의 저력에 대한 두려움을 온몸으로 경험한 이들에게 있어서 무슨 일이 있더라도 오늘 현원세가의 멸문과 함께 가주인 현원승을 필히 주살해야 한다는 강한 의지로 표출된 것이다.

"본좌가 이 정도로 무릎을 꺾을 것 같더냐! 어림없다. 하앗, 천승검강(天乘劍罡)! 천룡패혈강(天龍覇血罡)!"

현원승은 열두 명을 상대로 초식의 우의를 점한다는 것이 어렵다는 것을 깨닫고는 훌쩍 뒤로 신형을 뺐다. 하지만 열두 명의 공격 범위에서 벗어났다고 해서 다른 곳을 향해 움직인 것이 아니었다. 오히려 지금까지와는 달리 자신이 시전할 수 있는 최고의 내공을 발휘하였다.

"현원세가의 최고 무공입니다. 모두 최대한의 내공을 발휘해야 할 것입니다. 하앗!"

"알겠습니다. 받아라―!"

"원시천존."

쾅! 콰콰쾅……! 콰콰앙~

"크억! 크으으, 이럴 수가!"

"헉! 어떻게 이런 일이……!"

"크으으―"

"커으윽."

"호으음―"

마치 수십 개의 광천뢰가 한꺼번에 폭발한 것처럼 현원세가의 지축이 진동과 함께 천둥보다 수십 배는 더 큰 굉음이 울려 퍼졌다. 또한 이와 같이 해서 누가 흘린 것인지 알 수 없는 비음이 연속해서 터져 나왔다. 하지만 굉음에 놀라 멈칫하고 있는 군웅들의 눈에는 폭발로 인해 비산한 먼지 때문에 누구의 비음인지 구분할 수가 없었다. 그저 자신들이 생각하고 있는 자 역시 그 속에 속해 있기를 바랄 뿐이었다.

"컥! 크아아—"

"이런! 죽, 끄으윽—"

"헛! 누? 끄억—"

갑자기 들린 비명 소리.

이미 지칠 대로 지쳐 있는 양쪽 문인들의 머리카락을 곤두서게 만드는 비명이 먼지 속에서 울려 퍼졌다. 아직 눈으로 확인할 수 없지만 너무나 익숙한 비명 소리에 비명을 지른 자의 목숨이 다른 자의 손에 끊겼다는 것은 알 수 있었다.

비명 소리가 들린 후 얼마 지나지 않아서 먼지가 가라앉았다. 하지만 그 속에 있던 고수들은 일정한 간격을 유지한 상태로 진영을 이루고 있었는데, 군웅들은 이번의 격돌로 많은 것이 변했다는 것을 직접 두 눈으로 확인할 수 있었다. 그러나 무엇보다 모든 사람들의 시선을 사로잡는 인물이 있었는데, 그 사람은 지금까지 모습을 보이지 않던 인물이었다.

자색의 의복에 멋들어진 청룡이 승천하는 형상이 수놓아진 용포.

언제 무슨 일이 있었냐는 듯한 얼굴의 위풍당당한 모습.

얼굴만 본다면 사십대의 중년인으로 보였는데, 그런 그의 모습에서 이질적인 것이 있었다. 바로 가슴까지 내려온 흰 수염이었다.

현원승과 싸웠던 구파일방과 오대세가의 영수들은 갑자기 나타난 신비인의 얼굴에서 시선을 뗄 수가 없었다. 이미 신비인의 손에 의해 공동파의 복마선인(伏魔先引) 범광(凡光) 장문인과 종남파의 태을 진인(太乙眞人) 현청(玄淸) 장문인 및 황보세가의 가주 벽력신권(霹靂神拳) 황보천(皇甫天)이 가슴에 주먹보다 큰 구멍이 난 상태로 쓰러져 있었기 때문이다. 갑자기 나타난 것보다 누구이기에 이토록 강한지 궁금했기 때문이다. 그러나 이들의 궁금증은 현원승에 의해 곧 풀렸다.

"오셨습니까, 아버님."

"…아버님?"

"아버님이라니? 그럼 호, 혹시……?"

"그럴 리가! 이미 죽은 사람이 어떻게……?"

"그렇다면 저 사람이 천승검(天乘劍) 현원덕호(玄遠德虎)?"

"그런 말도 안 되는……!"

현원승의 말에 모든 사람들이 자신의 귀를 의심하면서 있을 수 없다는 듯 현원승과 신비인의 얼굴을 번갈아 쳐다보았다. 하지만 이런 이들의 시선을 무시하듯, 신비인은 현원승의 인사에 눈살을 찌푸리면서도 살짝 고개를 끄덕여 인사를 받았다.

"이, 이럴 수가! 정녕 당신이 천승검이란 말이오?"

"아미타불……!"

제5장

무슨 일이 있어도 저자만큼은 꼭 죽여 치길해야 한다!

제5장 무슨 일이 있어도 저자만큼은 필히 척살해야 한다!

치열한 혈전을 종식시킬 수 있는 절대고수의 등장.

수세에 몰려 있던 현원세가로서는 천승검 현원덕호의 등장은 최고의 강수였고, 무림맹과 군웅들에게는 마치 지옥의 야차를 대하는 듯한 두려움이었다.

"감히 이곳을 공격할 생각을 하다니, 그대들 중 맹주가 누구인가?"

"저올시다. 이미 죽은 줄 알았던 당신이 이곳에 버젓이 살아 있을 줄은 몰랐소. 정녕 현원세가는 악의 근원이었구려."

"하하하! 악의 근원이라……."

현원덕호는 제갈 맹주의 마지막 말에 크게 웃었다. 하지만 그 웃음 뒤에는 야차와 같은 포악함과 잔인함이 흠뻑 담겨져 있어 보는 이로 하여금 오금이 저리게 했다.

"악의 근원이 아니면 무엇이겠소. 또한 그 중심에는 당신이 있음을 만천하가 알게 되었소. 원나라의 개가 되어 충성했던 것도 모자라, 이제는 거짓 자결했음을 당신이 이곳에 나타남으로 인해 판명이 되었으니 더 이상 할 말은 없을 것이오. 그렇지 않소?"

"옳은 말이다. 본좌가 거짓 자결했음은 인정하지. 하지만 분명히 말해 두거니와 본좌는 원나라의 개가 아니다. 알겠느냐!"

"그것은 이미 모든 무림인들이 알고 있는 사실인데, 지금 그것이 말이 된다고 생각하시오? 아무리 한때 존경받았던 선배라고는 하나, 또다시 무림을 우롱하는 거짓을 말하고자 한다면 더 이상 듣지 않겠소."

"후후, 무언가 잘못 알아들은 것 같구먼."

"……?"

"본좌는 이미 말했듯 원나라가 던져 주는 고기나 받아먹던 개가 아니다. 본좌는 대원제국을 일으킨 성길사한(成吉思汗) 철목진님의 손자이자, 태종(太宗)이신 오고타이의 아들이며, 정종(定宗) 구유크의 동생이다. 이제 알겠느냐? 이런 본좌가 어찌 원나라의 개가 될 수 있겠느냐! 크하하하."

"뭐, 뭐라? 어찌 그런 일이……."

"헉! 아, 아미타불……."

"세상에……."

제갈 맹주를 비롯한 모든 사람들은 현원덕호의 말에 한동안 벌어진 입을 다물 수 없었다. 너무도 엄청난 말을 들었기 때문에 쉽게 충격에서 헤어 나오지 못한 것이다. 하지만 가장 충격을 받은 사람은 제갈 맹주였다. 조금만 생각해 보면 원나라의 전폭적인 지지를 받았던 현원세가가 원나라와 상당히 밀접한 관계였다는 걸 알 수 있었으며, 그 와중에서 생각해 볼 수 있었던 것이 바로 현원덕호가 황친일 가능성이었다.

그렇지 않고서야 한족에 대해서 의심이 많던 원나라의 황제가 전폭적인 지원을 하지 않았을 것이었기 때문이다.

'너무도 큰 실수를 했구나. 현원세가에 대해 좀 더 깊게 생각했어야 했는데… 만약 조금만 더 의심을 했다면 오늘과 같은 피해는 사전에 막았을 수도 있었던 것을. 흐으음.'

이미 무림맹과 현원세가 문인들은 싸움을 멈추고 양쪽 진영으로 복귀한 상태였다. 하지만 양쪽 다 막대한 피해를 입은 상태였기에 한창 접전을 벌였던 곳에는 부상자의 신음 소리와 붉은 피가 자그마한 웅덩이를 만들고 있었다.

역한 피비린내.

메케한 작약 냄새.

이것은 무림에서 흔히 볼 수 없는 참혹한 현장이었는데, 마치 국운을 건 나라의 군대끼리 전투가 벌어진 것처럼 보일 정도였다.

현원덕호는 자신의 말을 들은 군웅들의 표정이 각양각색으로 변화하는 것을 면밀히 지켜보았다. 하지만 대부분의 군웅들은 황당하다는 표정과 지금까지 속았다는 표정이 대부분이었다. 그나마 제갈 맹주와 담현 방장 등 몇 명만이 현원덕호의 의중을 살피고자 하는 모습을 보였다.

'훗, 그나마 무엇이 중요한지 생각할 줄 아는군. 맹주로서의 자질과 능력은 있지만, 이미 현 상황을 회생시킬 수 있는 기회는 사라졌지.'

"이제야 본좌가 누구인지 제대로 알았겠구나. 하지만 상황은 이미 돌이킬 수 없을 것이다, 알겠느냐? 크하하하!"

"크으으!"

"흐음, 아미타불……."

"하지만 우리들이 쉽게 당하지는 않을 것이오. 아무리 그대가 삼성이마의 전설적인 인물이라 해도, 우리들 역시 현 무림을 대표하는 사람들이오."

"그래, 무림을 대표하고 있기는 하지. 하지만 허울 좋은 구파일방과 오대세가가 언제까지 무림을 대표할 수 있을까?"

"흥! 마음대로 지껄여라. 하지만 오늘 이 자리에 나타난 것을 뼈저리게 후회하도록 해주겠다. 혼원귀일신강(混元歸一神罡)!"

안하무인 격인 현원덕호의 말이 계속 이어질수록 속에서 솟구치는 울화를 참을 수 없던 궁 방주가 쏜살같이 앞으로 달려갔다.

"좋다. 제 죽을 자리를 제대로 찾아오는구나. 하앗!"

콰앙……!

"크어억~"

"괜찮으십니까, 궁 방주?"

"이런! 어서 상처를……."

"난 괜찮네. 그보다 어서 저자를… 으헉! 흐으음……."

궁 방주는 앞으로 달려간 것보다 배 이상 빠른 속도로 튕겨짐은 물론, 모든 사람들이 지켜보는 앞에서 땅바닥에 고개를 처박으며 나뒹굴었다. 자신의 전 내공을 발휘하여 시전한 개방 최고의 강기공이라 할 수 있는 혼원귀일신강이 현원덕호의 간단한 한 수에 의해 무용지물이 된 것이다.

궁 방주는 너무도 어이없게 자신의 강기가 허물어지자 현원덕호의 일격이 격중된 가슴의 통증마저 잊어버렸다. 온몸을 마비시키는 찌릿찌릿한 통증보다 지금까지 죽도록 연마한 사문의 무공이 이 정도밖에 되지 않았나 하는 자괴감에 빠져든 것이다. 하지만 그 시간도 얼마 되지 않아 흐릿해졌다. 심장을 한순간에 멈추어 버릴 정도로 큰 타격을 받아 정신을 잃은 것이다.

"이런, 어서 궁 방주를 모시거라!"

"옛, 맹주님."

"사부님!"

홍무규지검 도연명은 궁 방주가 가슴을 부여잡고 쓰러지자 혼신의 힘을 발휘해서 궁 방주가 쓰러진 곳으로 신형을 날렸다. 하지만 이미 궁 방주의 몸은 뻣뻣하게 굳어 있었다. 그나마 다행인 것은 담현 방장이 얼른 궁 방주의 상세를 살폈다는 것이다.

그러나 도연명은 파랗게 질린 궁 방주의 혈색을 확인하고는 어찌할 줄 몰랐다. 그러나 사부의 목숨이 경각에 달려 있는 만큼, 도연명은 얼른 정신을 차린 후 제갈 맹주의 명을 받은 문인들과 함께 궁 방주를 안전한 곳으로 옮겼다.

"아버님, 검을 받으십시오."

"흐음, 오랜만에 이 검이 내 손에 들려지는구나. 그동안 잘해주었다."

"아닙니다, 아버님. 소자가 무슨 일을 했겠습니까, 모두 아버님께서 이루신 것입니다."

"허허, 그렇게 생각한다면 그렇겠지. 알았다, 잠시 물러나 있거라."

"예, 아버님."

현원승은 들고 있던 승천용혈검을 현원덕호에게 건네주었다. 비록 한때 자신의 손에 들렸던 검이지만, 이제 원주인이 왔으니 돌려준 것이다.

현원덕호는 승천용혈검을 들고 이리저리 살펴본 후, 흡족한 미소를 지어 보이며 아직 어떤 행동을 취해야 할지 결정을 내리지 못하고 있는 제갈 맹주와 담현 방장을 바라보았다.

"혜정 대사는 잘 있느냐?"

"그분께서는 건재하시오."

"훗, 앞뒤가 꽉 막힌 사람이니 아직 살아서 숨을 쉬는가 보군. 어디, 그럼 소림의 무공이 얼마나 발전했는지 견식해 볼까? 혜정 대사가 오지 않았으니 자네가 해줘야 할 것 같군. 이리 와서 본좌의 검을 받을 수 있겠나?"

"아미타불. 어찌 후안무치한 인간의 검을 받을 수 없겠소이까. 정의가 살아 있고, 부처님께서 보우(保佑)하시는 한 그대의 검은 꺾일 것이오."

"그거야 부딪쳐 보면 알겠지. 말을 했으니 실천을 보여줘야 하겠지, 그렇지 않은가?"

"아미타불……!"

담현 방장은 현원덕호의 말이 끝남과 동시에 자신이 발휘할 수 있는 최대한의 내공을 끌어올린 후 전면을 향해 대윤회겁륜장(大輪廻劫輪掌)을 시전했다.

콰아아아앙~

십여 장의 거리를 격하고 있었기에 담현 방장의 장공이 현원덕호에게 이르는 시간은 그리 짧지 못했다. 현원덕호가 마음만 먹는다면 충분히 피할 수 있는 시간이었다.

그러나 현원덕호는 담현 방장의 장공이 코앞까지 오는 동안 전혀 미동을 하지 않았다. 오히려 자신을 향해 다가올수록 입가에 미소를 띠었다.

'그래, 당신이라면 피하지 않을 줄 알았다! 이것도 받아봐라!'

무섭게 회전하는 대윤회겁륜장 뒤로 보리옥룡인(菩提玉龍印)이 그 형태를 완전히 갖춘 후 뒤따랐다.

콰아앙……!

팍!

"홋! 대윤회겁륜장으로 시선을 차단하고, 그 뒤로 한 수의 보리옥룡인을 시전했군. 좋은 공격이었다. 본좌에게 승리를 하기 위해선 지금과 같은 암수가 필요하겠지. 생각은 좋았다만 보리옥룡인이 완전하지 못했던 것이 아쉽구나. 오히려 완성하지 못한 무공보다 자신있는 무공을 시전했었다면 좋았을 것을. 하지만 본좌가 선공을 양보했으니, 이번엔 본좌의 공격을 막아봐라."

"흐으음……"

현원덕호는 보리옥룡인이 적중된 가슴을 몇 번 치면서 담현 방장에게 건재함을 직접 확인시켜 주었다. 호신강기도 뚫을 수 있는 보리옥룡인이었는데, 현원덕호의 살을 뚫지 못하고 막힌 것이다. 아니, 현원덕호의 호신강기를 뚫기는 했었다. 다만 현원덕호가 빠르게 보리옥룡인의 방향을 흩뜨려 놓음으로 해서 제대로 된 위력을 발휘할 수 없었던 것이다. 그러나 이러한 상황은 그 누구도 알아보지 못했음은 물론, 시전한 당사자 역시 이러한 상황을 모르고 있었다.

현원덕호의 수중에 들려진 승천용혈검.

담현 방장을 향해 조금씩 올려지면서 청명함을 자랑하던 검신에 새겨져 있는 용이 점점 붉은색을 띠기 시작했다.

"용이 하늘로 승천하기 위해선 물이 필요하듯이, 혈룡이 승천하기 위해선 온몸에 인간의 뜨거운 피를 적셔야 하지. 이 검이 지금 자네의 뜨거운 피를 마시고 싶어하네. 정말 오랜만에 이 녀석을 보게 되는 군."

"……."

"각오하도록! 하앗!"

꾸어어어어~

승천용혈검에서 서서히 붉은 아지랑이가 피어오르더니, 한순간 검신 자체가 붉은 강기로 휩싸임과 동시에 담현 방장이 서 있는 곳을 향해 용음(龍音)과 함께 뻗어갔다.

"수미불면장(須彌佛面掌)! 대력금강장(大力金剛掌)!"

담현 방장은 자신을 향해 쇄도하는 강기가 예사로운 것이 아니라는 것을 너무도 잘 알았다. 그렇기에 호신강기와 더불어 자신이 시전할 수 있는 무공 중 가장 강력한 두 가지를 동시에 펼쳐서 방어를 했다. 원래는 공격을 하기 위해 사용되는 것이지만 현 상황은 공격보다는 수비를 우선해야 하기에 방어에 모든 것을 치중한 것이다.

콰아아아앙~

"크억! 끄으으으~"

"제법이구나. 그럼 이것도 받아라! 하앗!"

슈아아앙~

"으… 오너라! 하앗……!"

쾅! 콰앙! 콰아아앙……!

"컥! 크으으."

털썩!

현원덕호의 두 번째 공격을 간신히 막은 담현 방장은 오 장이나 뒤로 밀려난 후 후들거리는 다리를 주체하지 못하고 땅바닥에 두 무릎을 끓었다. 하지만 군웅들은 이러한 것보다 담현 방장의 변화된 몰골에 집중되었다. 그 어디에도 지금까지 군웅들에게 보여주었던 인자한 모습을 찾아볼 수 없었던 것이다. 고통을 참아내기 위해 인자한 표정은 온데간데없이 사라져 버렸고, 단아하던 의복은 걸레보다 더욱 낡아 있었다.

"본좌의 공격을 두 번이나 막아내다니, 소림을 이끌어갈 만하군. 그러나 이것이 마지막이다. 하앗!"

현원덕호는 무릎을 꿇고 멍한 눈으로 자신을 바라보고 있는 담현 방장의 목을 직접 베기 위해 신형을 날렸다. 아직 해가 중천에서 떨어지지 않았는데도 어찌나 빠른지 그림자가 보이지 않았다.

"어림없다! 하앗!"

"여기도 있다!"

현원덕호의 검이 담현 방장의 목에 이르기 전, 매화검선 호 장문인과 남궁 가주가 함께 승천용혈검의 진로를 막았다.

"흥! 어리석은 것들!"

쾅! 콰쾅······!

현원덕호는 두 명이 한꺼번에 공격을 하자 코웃음을 지어 보인 후 검극의 방향을 담현 방장에게서 두 사람에게로 돌렸다.

창! 차차창······! 차차차창~

"좋군. 화산이 그동안 놀고 있지만은 않았구나. 남궁가의 검도 더욱 강하고 매서워졌군. 하지만 아직 속도와 정교함에서 본좌의 상대가 되지 못한다. 하앗!"

가슴을 향해 빠르게 회전하며 오는 남궁 가주의 검을 승천용혈검의 검신을 이용해 살짝 옆으로 튕긴 현원덕호는 몸이 역으로 꺾인 불리한 자세임에도 불구하고 호 장문인의 허벅지를 향해 검을 그어 올렸다.

팟!

"크윽! 이······! 받아라!"

"훗! 속도와 변화는 좋다만, 아직 강함이 부족하구나. 어찌 된 것이 화산은 수십 년의 세월이 흐르는 동안 하나도 변한 것이 없는 것 같구나."

"어찌 변한 것이 없겠느냐! 이것을 한번 받아봐라! 하앗!"

콰아아앙~

호 장문인은 허벅지에 흐르는 피를 지혈시키지도 않고 바로 매화삼십육신검형(梅花三十六神劍形)에서 탈명연환삼선검(奪命連環三仙劍), 그리고 뒤를 이어 자하검법(紫霞劍法)으로 빠르게 초식을 변화시켰다. 더구나 장문인만이 익힐 수 있는 자하신공(紫霞神功)이 극성으로 끌어올려진 상태였기에 호 장문인의 검에선 노을과 같은 자색 강기가 피어올라 그 위용을 자랑했다.

"좋구나, 자하강기라··· 화산에서 드디어 자하강기를 익히는데 성공했구나. 크하하하!"

현원덕호는 호 장문인의 검을 보면서 무엇이 즐거운지 하늘을 향해 박장대소를 했다. 하지만 얼른 신형을 옆으로 움직이면서 호 장문인의 검을 막아갔다.

절대고수들 사이에서 벌어지는 근접전은 지켜보는 사람들의 눈을 어디에 두어야 할지 모를 정도로 빠르게 움직였다. 아무리 두 눈에 온 신경을 집중하고 지켜보아도 어디를 어떻게 공격하고 있는지 알 수가 없었던 것이다. 하지만 그 누구도 이들의 싸움에서 시선을 떼지 못했다. 그만큼 이들의 혈전 향방이 양쪽 모두에게 중요한 상황이었기 때문이다.

끼긱! 챙~

"헛! 이, 이런……!"

"사부님, 검을 받으십시오!"

현원덕호의 승천용혈검과 정면으로 몇 번 부딪치자 지금까지 잘 막아주었던 호 장문인의 검이 두 동강이 나면서 땅바닥에 떨어졌다. 이에 소스라치게 놀란 호 장문인이 급하게 뒤로 물러섰고, 그 틈을 타서 호 장문인의 가슴을 노리던 현원덕호의 공격을 남궁 가주가 간신히 막아주었다. 이에 약간의 시간을 번 호 장문인은 급하게 주변을 두리번거렸는데, 마침 이러한 상황을 지켜보고 있던 매화검수(梅花劍手) 시문호(施文毫)가 수중에 있던 적하검(赤霞劍)을 호 장문인에게 던져 주었다.

적하검을 다시 손에 쥐자, 호 장문인은 지금보다 더욱더 용기백배하여 현원덕호에게 달려들었다. 또한 적하검은 자하강기를 최대로 끌어올릴 수 있는 보검이라 조금 전과 달리 자하강기의 색이 더욱더 짙어졌다.

물고기가 마치 물을 만난 듯, 호 장문인은 호기롭게 고함을 지르며 현원덕호를 향해 어검술을 시전했다. 자색 강기가 적하검과 함께 호 장문인의 온몸을 덮고 있었는데, 그 모습이 마치 하나의 검을 연상케 할 정도로 검과 하나가 되어 있었다.

하지만 현원덕호는 호 장문인의 모습을 보면서 눈썹 하나 까딱이지 않고 남궁 가주의 검을 힘껏 쳐낸 후 당당하게 마주 섰다.

"어디, 자하강기가 얼마나 대단한지 보자! 하아앗!"

콰아아앙……!

"크억! 크어어으~"

"흐음."

창! 창창~

"헉! 허억! 흐으으~"

'혼신의 힘을 다한 자하강기로도 안 통한단 말인가? 분명 지금의 자하강기는 최강이었다. 더 이상 오를 수 없는 극강인데, 어찌 저자에겐 통하지 않는단 말인가? 아······.'

"제왕검형(帝王劍形)!"

순백색의 검강.

남궁 가주 역시 호 장문인의 자하강기가 막히자, 더 이상 버틸 수 없다는 강박감에 혼신의 힘을 다한 제왕검형을 시전했다.

"흥, 그 정도로는 어림없다. 천룡패혈강!"

현원덕호의 사자후가 터짐과 동시에, 지금까지 붉은 용의 형상을 하고 있던 승천용혈검이 한순간 몇 배로 확장이 되면서 남궁 가주가 시전한 제왕검형을 덮어버렸다.

콰아아아앙—

붉은색 광채에 싸여 있는 백색 검형.

현세에 다시 볼 수 없는 격돌이었지만, 군웅들 중 그 누구도 두 눈을 똑바로 뜨고 두 강기의 격돌을 볼 수 있는 사람은 없었다. 너무나 눈부신 광채의 폭발에 모두들 두 눈을 가리고 뒤돌아설 수밖에 없었던 것이다.

"끄아아아~"

"크하하하, 뭘 하고 있느냐! 어서 나머지들을 주살하도록 하라!"

"와~ 태상가주님께서 승리하셨다! 죽여라~"

"무림맹 놈들을 모두 주살하라~"

"한 놈도 살려두지 마라! 닥치는 대로 숨통을 끊어줘라~"

남궁 가주가 현원덕호의 공격에 의해 십여 장을 날아간 후 담에 부딪쳐서 일어나지 못하자, 현원덕호는 더 이상 자신을 상대할 수 있는 상대가 없음을 알고는 뒤에 대기하고 있던 문인들을 향해 검을 뽑을 것을 명했다.

이에 현원세가 문인들은 지금까지 볼 수 없었던 용기백배한 모습으로 오대산 협두봉 전체에 울려 퍼질 정도의 함성과 함께 무림맹과 군웅들을 향해 돌진하기 시작했다.

"모두 자신의 자리를 사수하라! 뒤로 물러서지 마라~"

"아직 진 것이 아니다! 공격하라!"

제갈 맹주와 다른 영수들은 담현 방장을 비롯한 부상자들을 얼른 안전한 곳으로 옮기도록 한 후 자신들을 향해 돌진해 오는 현원세가 문인들을 상대하기 시작했다. 하지만 사기충천한 이들의 검은 예전의 검이 아니었다.

또한 현원승을 비롯한 최고수들이 문인들과 함께 싸움에 가세를 하자 상황은 더 이상 걷잡을 수 없을 정도로 최악을 향해 치닫기 시작했다. 도저히 몇 마디의 말로 상황을 반전시킬 수 없는 지경에 이른 것이다.

"훗! 이제 자네만 남은 것 같군. 맹주, 스스로 검을 꺾겠는가? 아니면 본좌의 손에 꺾이겠는가?"

"이……."

"어떤 선택을 하든 상관없겠지. 하앗!"

백팔십의 나이에도 불구하고 현원덕호는 오랜만에 접해보는 혈전이란 생각에 근접전을 선호하고 있었다. 그것은 담현 방장을 비롯한 호 장문인과 남궁 가주를 상대할 때도 그렇고, 지금 제갈 맹주를 향해 검을 들이댈 때도 마찬가지였다. 그러나 이런 현원덕호의 행동은 현재 이곳에 자신을 상대할 수 있는 고수가 없다는 것에 기인한 자신감이었다. 그렇지 않다면 초식 위주의 근접전을 굳이 하려고 들지 않았을 것이기 때문이다.

제갈 맹주는 현원덕호의 검이 자신의 목을 향해 쇄도하는 것을 보면서도 쉽게 몸을 피할 수 없었다. 상대의 강한 무공에 압도되어 생각하는 것처럼 몸이 제대로 움직여지지 않았던 것이다.

"피하십시오, 맹주!"

슈아아아아앙~

"응? 누가 감히……!"

콰앙……!

"헛! 누, 누구냐……?"

제갈 맹주의 목 한 자 앞에서 아슬아슬하게 막힌 현원덕호의 검이 작은 진동을 일으켰다. 현원덕호 같은 최강의 절대고수 손에 들려진 보검이 무엇에 가로막혔다고 해서 이 정도의 잔 떨림을 보인다는 것은 실로 놀라운 일이 아닐 수 없었다. 이에 깜짝 놀란 현원덕호는 얼른 삼 장을 뒤로 물러난 후 자신의 검을 막은 상대를 향해 시선을 주었는데, 상대는 청색 의복을 단아하게 걸치고 있는 젊은이였다.

운영이었다.

현운 장문인의 충고로 담현 방장과 호 장문인, 그리고 남궁 가주까지 모두 쓰러질 동안 조용히 때를 기다리고 있었지만, 상황이 급박하게 돌아가고 마침 제갈 맹주마저 목숨이 위태롭게 되자 나서지 않을 수 없었던 것이다.

하지만 상대가 전설적인 삼성이마 중 천승검 현원덕호라는 것을 알았기에 앞으로 나서는 것이 쉽지 않았다. 현원승이라면 모르겠지만, 아직 현원덕호의 검을 완벽하게 막기에는 자신이 부족하다는 것을 직접 두 눈으로 목격한 상황이었기 때문이다. 그러나 나서지 않을 수도 없었다. 지금 나서지 않는다면, 더 이상 무림맹은 이 세상에 명맥을 유지할 수 없다는 것을 잘 알기 때문이다.

"당신의 무공은 잘 견식했소. 하지만 이제는 내가 상대할 것이니 받아보시구려. 하앗!"

"겨우 본좌의 한 수를 막았다고 기고만장이구나. 어디 문하인지 모르겠지만, 오늘 네 녀석의 목을 베어 그 본보기로 삼을 것이다. 하앗!"

쾅! 콰앙……! 콰아아앙……!

운영은 내공으로 금단선공(金丹仙功)을 시전함과 동시에 유운천망(流雲天網)으로 몸을 보호하면서 현원덕호의 검을 최대한 조심스럽게 받아넘겼다.

예전에 보여주었던 백색 강기막이 아니라, 금빛이 영롱한 천망이었다. 이 모습은 흡사 하늘에서 지상을 굽어보는 천신(天神)의 강림을 보는 것 같았는데, 현원덕호 역시 운영의 이러한 모습에 쉽게 다가설 수 없는 위압감을 느낄 정도였다.

하지만 이미 싸움은 시작됐고, 운영은 현원덕호를 향해 무작정 돌진할 수 없었다. 아무리 현원덕호의 검법을 지켜보았다고 해도, 그것은 운영이 직접 상대한 것이 아니었기에 정확히 파악하지 못한 상태라 자칫 섣부른 공격으로 인해 위험해질 수 있기 때문이다. 하지만 현원덕호와 검을 부딪치는 횟수가 많아지고 시간이 조금씩 지나면서 운영은 자신의 검에 조금씩 자신감이 붙기 시작하는 것을 온몸으로 느낄 수 있었다. 비록 쉽게 승기를 잡을 수 없겠지만, 다른 사람들처럼 쉽게 패하지 않을 자신감이 생긴 것이다.

그에 운영은 처음과 달리 자신의 무공들을 하나씩 시전하기 시작했다. 가장 먼저 유운검법(流雲劍法)의 유수섬전(流水閃電)과 유수낙뢰(流水落雷), 유운천망의 파결(破訣)을 시전하였다. 하지만 현원덕호의 옷자락 하나도 자를 수가 없었다. 그에 유운만리(流雲萬里)를 시전하여 현원덕호의 가슴을 끈질기게 노렸다.

"좋은 이기어검술이다. 하지만 변화가 부족하다! 하앗!"

운영의 검이 하늘에서 아름다운 춤을 추었지만, 현원덕호의 검을 헤집고 가슴을 향해 파고들기에는 역부족이었다. 이에 운영은 더 이상 유운검법만을 고집할 수 없었다.

'역시 유운검법만으론 저자와 같은 절대고수를 상대하기에는 너무도 부족하구나.'

운영은 더 이상 유운검법에 미련을 버리고, 재빨리 장백검결(長白劍訣)을 시전하기 시작했다. 아무것도 없는 하늘에 한줄기 선을 긋는 듯한 자허일섬(紫虛一閃)이 그 모습을 드러냈고, 그 뒤를 이어 자허성원(紫虛星元)과 자허만봉(紫虛灣鳳) 및 자허환변(紫虛幻變)이 화려한 자태를 뽐냈다.

"하앗! 실로 놀랍구나. 지금까지 이런 검법이 있다는 것을 알지 못했는데, 너는 어디 문하냐?"

"장백검파다."

"장백검파? 북쪽 변방에 위치해 있는 그 장백검파란 말이냐?"

"그렇다. 받아라! 하앗!"

운영은 장백검결의 마지막 초식인 자허심경(紫虛心竟)을 시전하지 않고, 새롭게 창안한 검법을 시전하기 시작했다.

"칠성발섬(七星發閃)! 맹호강천(猛虎强天)! 유운과봉(流雲戈鋒)!"

"우웃!"

"천녀유운(天女流雲)! 풍뢰격붕(風雷擊崩)!"

"이크! 어림없다!"

"잠룡등천(潛龍騰天)!"

"크헛! 이얍!"

마치 하늘을 향해 용트림을 하며 승천하는 용처럼, 하늘을 향해 치솟는 금빛 강기에 휩싸인 현원덕호는 크게 사자후를 토하며 승천용혈검을 수직으로 내리그었다.

콰아아앙……! 쾅! 콰아앙……!

"크윽! 흐으음……."

"헉! 헉……! 흐으, 본좌를 이 정도까지 몰아붙일 수 있는 인물이 있는 줄은 정말 몰랐다."

빠름과 정지.

강함과 그 끝을 알 수 없는 화려한 변화.

현원덕호가 보는 운영의 검결은 실로 다시 볼 수 없는 대단한 검법이었다. 초식만으로 본다면 자신의 혈룡검결(血龍劍訣)과 충분히 비교할 수 있는 수준이었다.

"후우~ 본좌에게 새로운 검결을 견식하게 해주어서 고맙다. 하지만 본좌에겐 아직 보여주지 않은 것이 몇 가지가 더 있는데, 어디 받아보겠느냐?"

"나도 아직 모두 보여준 것이 아니오."

"크하하하! 좋다. 어디 끝까지 가보자꾸나. 하아앗!"

'어쩔 수 없다. 지금 자허심경을 시전하든가, 아니면 신뢰격천(神雷格天)을……'

운영은 자허검결의 마지막 초식인 자허심경을 떠올렸다. 하지만 그 것은 아직 완성한 상태가 아니었다. 순간의 실수가 목숨까지 위협하는 이런 위태로운 상황에서 운영은 자허심경과 같이 완성하지 못한 신공을 펼친다는 것은 적에게 자신의 목숨을 두 손으로 바치는 것과 같다는 것을 잘 알고 있었다. 그에 운영은 자신이 창안한 신뢰격천을 시전하기로 결심을 굳혔다. 만약 이번마저 통하지 않는다면 더 이상 버틸 수 없게 되겠지만, 그렇다고 해서 뒤로 물러설 수도 없는 상황이기에 이를 꽉 물고는 최대한 금단선공을 일으켰다.

"신뢰격천!"

운영은 자신이 알고 있는 최강의 강공을 펼쳤다. 신뢰격천 말고 더 이상 자신이 알고 있는 최극강의 공격 초식은 없었다.

오직 공격만이 전부인 신뢰격천.

운영의 온몸은 둥그런 금빛에 휩싸이기 시작했으며 주변 삼 장은 하늘로 휘감겨 오르는 강기의 폭풍으로 모든 것이 분해되고 있었다. 하지만 그것도 잠시, 하늘 끝까지 치솟을 것 같던 강기의 폭풍이 현원덕호를 향해 그 방향을 바꾸었다.

콰아아아아~

"정말 대단하구나. 좋다, 본좌가 지금까지 펼치지 않았던 최고의 무공으로 네 목을 취하겠다. 하앗! 혈룡무적!"

승천용혈검에서 발하기 시작한 붉은 강기가 완전한 용의 형상으로 변한 후, 큰 용음을 동반함과 동시에 운영이 시전한 신뢰격천을 향해 돌진했다.

꾸꼬ㅇㅇㅇㅇㅇㅇ~

마치 살아 있는 듯한 용처럼, 현원덕호의 강기는 운영이 시전한 강기 폭풍의 주변을 크게 맴돌다가 그 중심을 향해 머리를 들이밀었다.

콰앙……! 쾅! 쾅쾅……! 콰아아아아아앙~

"크어억! 끄으으으~"

"흐헉! 으음, 크으~"

휘이이이~

모든 것이 정지됐다.

운영과 현원덕호.

이 두 절대고수의 혈전이 멈추자 사람들의 움직임도 멈추었고, 시간도 멈춘 듯했다. 오직 움직이는 것은 자신의 가슴을 부여잡고 서로의 가슴을 향해 시선을 두고 있는 두 사람뿐이었다.

운영은 더 이상 두 발로 서 있을 수 없을 정도로 지쳐 있었다. 더구나 현원덕호의 마지막 공격에 치명적인 내상을 입어 입 밖으로 붉은 선혈이 계속해서 흘러나오고 있었다. 하지만 그것은 운영만이 아니었다. 현원덕호 역시 운영 못지않은 큰 내상을 입었다. 그것을 단적으로 보여주는 것이 바로 입가에 흥건히 묻어 나오는 뜨거운 피였다.

"크헉! 대, 대단하… 구나. 본좌를 이, 이… 정도까지 몰아붙… 이다니. 헉! 허억……!"

"커억……! 흐음. 크으, 아직 더 할 수 있소."

"후훗! 푸하하하하……."

"흐으……?"

"정말 오랜만에, 크으! 크하하하, 즐거운 시간이었다……!"

"……?"

"본좌, 크흐흐… 내 생애에 있어, 지금처럼 즐거웠던 적이 없었다. 알겠느냐? 크하하하~"

"크흐음, 그것은 당신의 생각일 뿐이오."

운영은 크게 웃는 현원덕호를 한동안 바라본 후 힘겹게 일어섰다. 하지만 일어서는 동안에도 현원덕호를 향한 시선을 거두지 않았다.

"크흐흐, 오늘 본좌를 즐겁게 한 네 공로를 인정해서 장백검파만큼은 곱게 살려서 보내주겠다. 하지만! 후훗, 자네는 이곳에 목을 두고 가야 할 것이다."

"그것은 쉽지 않을 것이다. 내 숨이 멈추지 않는 한, 또한 내가 존경하는 분을 만나지 못하는 한, 나는 결코 이곳에서 쓰러지지 않을 것이다."

"응? 존경……?"

"그렇다. 그분은 내 의형이시다. 만약 이곳에 의형께서 계셨다면 당신은 단 한 수에 무릎을 꺾었을 것이다."

"크큭, 허풍이 대단하군. 그러나 자네의 말대로 그렇다고 해두지. 여하튼 오늘 자네의 목이 본좌의 손에 떨어지는 것은 기정사실일 테니까! 받아라! 하아앗……!"

"와라!"

운영은 가슴의 통증을 꾹 눌러 참으면서 있는 힘껏 천수검을 휘둘렀다. 하지만 더 이상 현원덕호를 막을 수 있다는 자신감은 사라진 상태였다.

"장문 사형, 어서 문인들과 군웅들을 데리고 이곳을 벗어나야 합니다. 어서요!"

"알고 있네. 하지만 정 사제를 두고 어떻게 간단 말인가!"

"저는 염려 마시고 어서 가십시오. 빨리요! 만약 저 혼자라면 이곳을 충분히 빠져나갈 수 있습니다. 어서요!"

"알겠네. 부디 몸조심하게!"

"예, 알겠습니다. 부디, 장백검파의 꿈이 이루어지길……."

현운 장문인은 운영의 전음에 따라 제갈 맹주에게 후퇴할 것을 권유했다. 마침 제갈 맹주도 더 이상 현원세가에 머문다는 것이 좋지 않다는 생각을 하고 있었기에 주저없이 문인들과 군웅들에게 후퇴할 것을 명했다.

"모든 문인들은 즉시 현원세가에서 후퇴하도록 하라!"

"후퇴!"

"퇴각하라!"

"흥! 적들이 도망친다. 어서 공격하라!"

제갈 맹주의 명이 떨어짐과 동시에, 마치 썰물이 빠져나가듯 수많은 사람들이 뒤도 돌아보지 않고 현원세가를 빠져나가기 시작했다. 그러나 이러한 상황을 미리 예상하고 있던 곽 총관은 얼른 문인들에게 도망가는 군웅들을 주살할 것을 명했다.

현원세가 문인들은 무림맹과 군웅들에게 있어서 지옥의 야차와 같은 존재가 되었다. 전의를 완전히 상실한 무림맹과 군웅들은 동료들이 가슴을 부여잡고 쓰러지는 것을 지켜보면서도 무작정 협두봉을 내려가는데 여념이 없었다. 다만 아직 몸을 제대로 움직일 수 있는 몇 명의 영수들이 뒤에서 군웅들이 무사히 빠져나갈 수 있는 시간을 벌어주고 있었다.

이미 장백검파의 모든 문인들과 무림맹 및 군웅들은 현원세가에서 모두 퇴각한 지 오래되었다. 운영은 현운덕호의 공격을 간신히 막으면서 이러한 상황을 예의 주시하고 있었기에, 여차하면 자신도 몸을 뺄 생각을 하고 있었다. 그러나 현원덕호 역시 강호에서 최고의 연륜과 경험을 지니고 있었기에, 운영의 생각이 지금 어디에 있는지 훤하게 파악하고 있었다.

　"훗! 저들 역시 자네가 가망성이 없다고 생각한 모양이군. 그렇지 않은가?"

　"가망성이 없다 해도 상관없다. 받아라!"

　아래에서 위로 빠르게 솟구친 운영의 검은 현원덕호의 옷깃을 살짝 스친 후 다시 아래로 내려왔다. 일반적인 상식으로는 도저히 있을 수 없는 움직임이었지만, 운영은 공격이 실패한 후 빠르게 온몸을 급회전시켜 현원덕호에게 등을 보이지 않았던 것이다.

　"정말 예상 밖의 움직임을 보여주는군. 자네와 같은 고수가 만약 또 있었다면, 본좌의 꿈을 이루는데 많은 어려움이 있었을 것이다."

　"그 꿈은 망상에 지나지 않는 것이오. 이미 말했듯, 강호엔 당신의 상상을 뛰어넘는 분들이 계시오. 하앗!"

　"크하하하, 아직도 그런 망발을 하는구나. 좋다! 어디 본좌가 세상에 나가거든 자네의 말을 확인해 보겠다. 그러나 자네에겐 이것이 마지막이겠군. 자, 받아라! 마지막이다!"

　'어쩔 수 없다. 아무리 완성하지 못했다 해도, 지금은 모든 것을 이것에 걸 수밖에 없다. 형님! 제발 미천한 제게 힘을 주십시오. 형니임……!'

　"자허…… 심…… 경……!"

운영은 마지막 한 수에 자신의 모든 것을 걸었다. 만약 이것마저 통하지 않는다면 빠져나가고 싶어도 마음먹은 대로 할 수 있는 여유란 있을 수 없다는 것을 잘 알고 있었다. 그에 운영은 자신의 모든 것을 걸고서 하늘에 운명을 맡겼다.

쿠오호화아아아아~

운영의 마지막 바람에 하늘이 감복했음인가?

자허심경이 십 성에 이르기 전에는 볼 수 없는 현상이 지금 운영의 몸에서 일어나고 있었다. 더불어 금단선공이 빠르게 내공을 회복시켜 줌으로 인해, 자허심경으로 인한 빛의 폭풍은 더욱더 거세졌다.

"헉! 아직도 저런 내공이 남아 있었단 말인가? 이잇! 오늘 저자의 목을 베지 못하면 두고두고 낭패를 면치 못할 것이다. 죽어라! 하앗!"

콰아아앙……! 쾅쾅! 콰아앙……! 콰아아아아아앙~

운영과 현원덕호의 격돌.

떠오르는 신성과 전설이 되어버린 절대고수.

두 절대고수의 격돌로 인해 발생된 여파로 지금까지 멀쩡하던 땅이 요동치며 거북이 등짝처럼 갈라졌고, 그 속에서 나무들은 뿌리까지 뽑혔다. 또한 백 년의 세월 동안 현원세가를 굳건히 지탱하고 있던 건물들의 기둥에 금이 가는 것은 물론, 반경 삼십 장에 있던 건물들은 제대로 서 있지 못하고 그대로 무너져 버렸다. 더욱이 협두봉 전체에 지진이 난 것처럼 땅이 요동을 쳤는데, 이 일로 인해 현원세가 내에 제대로 서 있는 건물이 없을 정도였다.

"크아아아~"

"크어억! 크으으~"

두 절대고수의 비명 소리가 협두봉에 울려 퍼진 후에도 상당한 시간

동안 현원세가엔 충격에 의한 여파가 지속되었다. 하지만 일각의 시간이 흐르자 하늘로 비상했던 흙먼지들이 서서히 그 모습을 감추었고, 강기 폭풍에 휘말려 올라갔던 기왓장들과 시신들 및 수많은 병장기들도 모두 지면으로 떨어졌다.

"이런! 괜찮으십니까, 아버님?"

"크으, 나는 괜찮다. 어서 그자를, 크윽! 도주하기 전에 주, 죽여라……!"

"알겠습니다, 아버님."

현원승은 현원덕호의 명에 따라 운영을 찾기 위해 주변을 두리번거렸다. 그러나 무슨 일인지 아무리 찾아봐도 운영의 모습을 찾을 수가 없었다. 그에 이상한 생각이 들어 얼른 정문이 있는 곳을 향해 고개를 돌렸는데, 그곳에 마침 담을 넘고 있는 운영의 모습을 볼 수 있었다.

"이런! 저자가 도주를 하는구나!"

"뭐라! 안 된다. 무슨 일이 있어도 저자만큼은 필히 척살해야 한다!"

"염려 마십시오, 아버님. 곽 총관과 담 부전주는 어서 장로들과 함께 저자를 추격하라!"

"옛, 가주님. 담 부전주, 어서 추격합시다. 하앗!"

"무슨 일이 있어도 그자의 목을 가지고 오겠습니다, 태상가주님. 가시지요!"

휘이이익~

현원덕호는 순식간에 시야에서 사라져 가는 곽 총관과 다른 사람들의 뒷모습을 씁쓸한 표정으로 바라보았다.

"아버님, 저들이 그자의 목을 가지고 올 것입니다. 그러니 어서 상세를 살피십시오."

"흐음, 지금 상세를 살필 시간이 없다! 그자는 무슨 일이 있어도 잡아야 한단 말이다……!"

"알고 있습니다. 그래서 곽 총관과 장로들을 함께 보냈지 않습니까. 그러니 지금은 아버님 상세를 살피는 것이 중요합니다."

"휴~ 아무리 그들이라고 해도 그자를 잡는다는 것은 쉽지 않을 것이다. 아니, 어쩌면 어불성설일지도 모르지. 하지만 운신하기 힘들 정도의 부상을 당했다는 것에 한 가닥 희망을 걸고 있다."

"부상을 당했습니까? 그렇다면 큰 걱정하지 않아도 될 것입니다. 그들이 누구입니까. 현재 세가를 이끌어가고 있는 자들입니다. 한번 믿어보십시오."

"휴……."

'정말 네 말대로 믿어보고 싶구나. 하지만 만약 그들의 손에서 살아남는다면, 그것도 하늘의 뜻이겠지. 하아~'

현원덕호는 자신의 팔을 단단히 잡고 있는 현원승의 두 팔에 강한 힘이 전해지는 것이 느껴지자, 다소 안도하는 마음이 생겼는지 힘겹게 서 있던 다리에서 힘이 빠졌다.

"피곤하구나. 나를 안으로 옮겨다오."

"알겠습니다, 아버님. 이젠 잠시 쉬셔도 됩니다."

"후훗, 그렇게 하자구나."

'정말 무서운 무공이었다. 아직 대성을 하지 못한 것 같은데 그 정도의 위력이라니… 만약 대성했다면 이번 싸움에서 양패구상했을 것이다. 현 무림에 그와 같은 고수가 있었다니…….'

현원덕호는 현원승의 말에 의식의 끈을 놓았다. 혼절한 것이다.

운영의 마지막 공격에 외적으로 그리 큰 부상을 당하지는 않았지만,

백팔십에 이른 나이와 내상으로 정신을 잃은 것이었다. 이에 깜짝 놀란 현원승은 급히 문인들에게 현원덕호를 안전한 곳으로 옮기도록 지시한 후 몸조리를 할 수 있도록 조치를 취했다.

'아버님께서 저 정도의 내상을 입을 정도였단 말인가? 정말 대단한 젊은이로다. 정말 아버님 말씀대로 이번에 그자를 잡지 못하면 큰 낭패를 당할 수 있겠구나. 흐음, 휴~ 지금 내게 중요한 것은 아버님의 안위라 내가 직접 갈 수는 없지 않은가! 아무리 후일 이번의 결단으로 인해 위협을 받는다고 해도, 그것은 모두 내가 감당하면 그만이다. 또한 곽 총관까지 갔으니 믿어보는 수밖에!'

현원승은 현원덕호가 혼절하기 전 마지막으로 자신에게 보여준 눈빛이 무엇을 염려하는지 알 수 있었다. 자신이 직접 가보았으면 하는 의미가 다분히 내포되어 있었던 것이다.

그만큼 운영의 실력을 높게 평가하고 있는 것이지만 현원승은 도저히 현원덕호의 말에 따를 수가 없었다. 단 한 번도 아버지인 현원덕호는 제대로 고개를 들어 시선을 마주할 수 없었던 존재. 하지만 지금 현원덕호는 현원승에게 측은하기 그지없는 연로한 부친일 뿐이었다. 더욱이 목숨이 위태로운 중상자……

제 6 장

구름, 구름으로 가자……!

◆제6장 금릉, 금릉으로 가자……!

　　신농가를 내려온 호열 일행은 무한 근교까지 연정 장문인을 비롯한 무림맹 문인들과 함께 움직였다. 그러나 그동안 호열과 철혈검문 문인들은 많은 변화를 겪었다. 특히 이러한 변화의 중심에는 호열이 자리하고 있었다.

　　마교와의 접전 이후 호열은 더 이상 자신의 앞을 가로막는 것이 없다고 할 정도로 행동에 있어서 거칠 것이 없었다. 무한을 출발했을 당시와 다시 무한에 도착한 호열에겐 너무나 많은 변화가 있었던 것이다. 특히 이러한 변화가 있게 한 가장 큰 역할을 한 곳은 바로 세상을 주눅들게 만든 마교였다.

　　마교 교주인 천마호령 매천호와 손속을 겨루어본 결과, 흐열은 아무리 매천호를 높게 생각해 보아도 자신의 상대가 될 수 없다는 것을 알았다. 그것은 마교의 원로들이라고 하며 목에 힘주던 사람들 모두가

금릉, 금릉으로 가자……! 155

마찬가지였다. 그러나 마교와의 결전 이후 무엇보다 호열이 자신의 주관대로 밀어붙일 수 있는 배경에는 마교의 태상교주 천마황 혁무량에게 있었다.

호열이 보기에 천마황 혁무량은 실로 다시 볼 수 없는 천하의 절대고수였다. 특히 호열을 상대함에 있어서 한 치의 흐트러짐 없는 당당한 모습은 호열에게 깊은 인상을 남겼다. 또한 예전에 삼풍 진인을 상대했던 당시에 느꼈던 위압감마저 들 정도였다. 그만큼 호열은 천마황 혁무량이 삼풍 진인이 마지막에 보여주었던 상태, 자연인의 경지에 이르렀다는 것을 알 수 있었던 것이다.

이미 자연인이 되어버린 혁무량을 상대함에 있어서 호열은 자신 역시 승기를 쉽게 잡을 수 없다는 것을 알 수 있었다. 그러나 호열은 자신이 패할 거라는 생각은 추호도 하지 않았다. 비록 혁무량에게 삼풍 진인과 같은 비장의 한 수가 있다면 상처를 입을 수도 있겠지만 천마황 혁무량의 목숨을 완전히 끊는 데 다소의 시간이 걸린다는 것 정도일 뿐, 결과는 마찬가지라 생각되었다. 그만큼 호열은 자신의 무공에 대해 절대적인 믿음이 생긴 것이다. 이러한 것은 무한까지 오는 동안 호열의 머리에서 완전히 굳어진 상태였다.

무한 근교의 작은 마을에 도착한 직후 연정 장문인을 비롯한 다른 영수들은 오대산에서 무림맹이 현원세가에게 패해, 퇴각했다는 믿지 못할 소식을 접했다. 승리만 있을 뿐, 퇴각이란 도저히 있을 수 없다고 생각했고 장담했던 싸움이었는데 막상 사람들에게서 그와 같은 소식을 접하자 처음 일행은 이와 같은 사실을 쉽게 인정하려 들지 않았다. 그만큼 현원세가가 승리했다는 것은 이들에겐 충격 그 자체였던 것이다.

그러나 무림맹과 현원세가의 혈전 이후 들리는 또 다른 소식에 모든 사람들은 아쉽지만 '그럴 수도 있었겠구나' 하는 방향으로 의견들이 모였다.

죽었다고 알려진 천승검 현원덕호의 등장.

천마황 혁무량이 살아 있다는 것을 직접 두 눈으로 목격했던 당사자들이기에 천승검 현원덕호의 등장은 놀라운 일이라 할 수 없었다. 그러나 사람들이 모두 충격에 휩싸인 것은, 이미 죽었다고 알았던 사람이 버젓이 살아서 현원세가의 멸문을 막았다는 것과 그동안 알지 못했던 신분에 있었다.

"무량수불. 임 문주, 우리는 이곳에서 바로 회남으로 출발해야 할 것 같습니다."

"그렇게 하셔야겠지요. 그나마 현원세가가 오대산을 벗어나지 않으니 다행입니다."

"다행이지요. 하지만 아직 정확한 피해 상황을 알 수 없으니, 임 문주께는 죄송하지만 이곳에서 헤어져야 할 것 같습니다. 무량수불……."

"아닙니다. 마음 같아서는 연정 장문인을 비롯한 모든 분들께 문중에 도착하는 대로 크게 대접을 하고 싶었는데, 상황이 그것을 허락하지 않으니 어쩌겠습니까. 죄송한 것은 오히려 저이지요. 그러니 마음 쓰지 마십시오."

"고맙습니다. 그럼 저희들은 이만 가보겠습니다."

"예, 살펴가십시오."

"무량수불……."

연정 장문인은 호열에게 포권을 해 보인 후 다른 사람들을 대동하고 회남을 향해 신형을 날렸다. 하루라도 빨리 회남에 도착해, 어찌 된 상황인지 파악해야 한다는 조급함이 배어 있었다. 그만큼 오대산의 패배는 멀리 떨어져 있는 연정 장문인에게조차 큰 충격이었던 것이다.

호열은 연정 장문인 일행이 시야에서 보이지 않을 때까지 지켜본 후 호쾌하게 뒤돌아서서는 문인들을 데리고 무한의 철혈검문을 향해 걸음을 옮겼다. 그러나 신법을 이용하지는 않았다. 이미 무한 근교까지 온 마당에, 호열에겐 그리 급할 것이 없었던 것이다. 무림맹이 현원세가에게 패했든 말든 호열에겐 지금 그런 것은 아무런 가치가 없었다.

호열은 무한을 직접 관통하지 않고 우회하여 철혈검문을 향해 움직였다. 괜히 마을에 들어가서 다른 사람들의 눈길을 의식하고 싶지 않았던 것이다.

"이제 다 왔나? 안 전주와 위 부전주는 문인들이 놀라지 않도록 먼저 앞장을 서게."

"하하, 알겠습니다. 위 부전주, 우리들이 먼저 가세나."

"예, 전주님. 자, 너희들 몇 명은 전주님을 따라 함께 간다. 가자!"

"알겠습니다, 부전주님."

호열은 자신의 명을 받은 안 전주가 위 부전주와 함께 문인들을 대동하고 빠르게 신형을 날리는 모습을 흐뭇한 표정으로 지켜보았다. 그러나 호열의 걸음은 멈추지 않고 계속해서 앞으로 움직였다. 그것은 뒤따르는 문인들 역시 마찬가지였다. 비록 승리를 취하지는 못했지만, 마교와 당당히 겨룰 수 있는 철혈검문에 입문한 것이 그들의 걸음에 그대로 나타나고 있었다. 그만큼 살아서 철혈검문으로 다시 돌아왔다는 것이 자랑스러웠던 것이다.

또한 조금 있으면 동료들의 환대를 받으며 당당히 철혈검문에 들어갈 것을 생각하자 모두의 얼굴엔 절로 미소가 입가에 걸렸다. 이러한 것은 호열도 예외가 아니었다. 호열 역시 철혈검문에 가까워질수록 환하게 웃으며 맞아줄 한 여인의 얼굴을 떠올리고 있었다.

소호공주.

지금은 공주라는 신분을 버리고 자신의 안사람이 되었지만, 호열은 소호공주를 대함에 있어서 결코 예의를 잊지 않았다. 옛 신분이 공주였다는 것 때문이라기보다는 호열에게 있어서 아무런 목표가 없던 무의미한 인생에 환한 길을 열어준 고마움의 표현이었다. 그렇기에 소호공주는 호열에게 따뜻한 안식처인 고향과 같은 사람이다. 그만큼 호열은 소호공주의 얼굴을 떠올리는 것으로도 모든 생각이 부드러워짐을 느꼈다. 생각만 해도 모든 것이 훨훨 날아갈 정도로 몸과 마음이 가벼워졌던 것이다.

'후훗, 내 얼굴을 보면 꽤나 반갑게 웃겠군. 그나저나 신농가까지 갔다오는데 아무런 선물도 준비하지 못했구나. 이거 어쩐다……?'

즐거운 상상을 하면서 걷는 동안 철혈검문은 조금씩 가까워졌고, 그렇게 철혈검문이 한눈에 보일 때쯤 호열은 자신이 기억하고 있던 것이 변했음을 보았다.

"응……? 저, 저것이 어찌 된 일이냐!"

불길한 느낌.

호열의 의식은 이미 철혈검문이란 현판이 당당하게 걸려 있어야 할 정문에 이르러 있었고, 그의 신형은 한순간에 잔상조차 남기지 않고 정문에 도착해 있었다.

팟!

"헉! 오, 오셨습니까."

"무, 문주님. 오셨습니까……."

"이, 이게! 도대체 이것이 어떻게 된 일이냐! 어서 말해 봐라, 어서!"

호열은 넋이 나간 얼굴을 빠르게 주변을 둘러보았다. 무슨 일이 벌어졌는지 허물어진 담장에 이곳저곳 쓰러져 있는 문인들, 도저히 상상하지 못했던 광경이 눈앞에 펼쳐져 있었다.

"소인을 죽여주십시오, 문주님! 저희들이 제대로 방비를 하지 못해서……."

얼굴이 붉게 상기된 채 주변을 두리번거리고 있는 호열 앞에 두 명의 부축을 받으며 간신히 다가온 섬전도(閃電刀) 마상진(麻湘溱)이 털썩 무릎을 꿇으며 몸을 조아렸다.

"응? 너는 비전당 당주가 아니냐! 도대체 그 상처는 뭐냐? 그리고 이곳에 무슨 일이 일어났단 말이냐? 답답하다, 어서 말해 봐라!"

"그것은 소인이 아뢰도록 하겠습니다, 문주님."

호열의 앞에 양부(楊溥)가 고개를 깊이 숙인 상태로 그 모습을 드러냈다.

"양 군사로군. 지금 내 마음이 조급하니 어서 말해 봐라."

"예, 문주님. 본 문이 이렇게 된 것은 이틀 전 새벽에 괴한들이 습격했기 때문입니다."

"괴한들……? 그럼 그들이 누구였는지, 또 어디서 왔는지 모른단 말이냐?"

"그렇습니다."

"어째서? 아니, 어떻게 양 군사의 입에서 그런 한심한 말이 나온단 말이냐! 지금 그것을 말이라고 내 앞에서 당당하게 하고 있는 것이냐!"

"소인, 그 점에 대해선 백번이라도 할 말이 없습니다. 하지만 소인이 파악해 보려고 했으나 할 수가 없었습니다. 당시 그들 역시 본 문의 반격으로 인해 많은 사상자를 냈습니다. 그러나 그들이 물러난 아침에 사상자들을 찾아 신원 파악을 하려고 했으나 어찌 된 일인지 단 한 구의 시신조차 찾을 수가 없었습니다. 그들이 물러나면서 시신들 역시 철저하게 옮긴 것입니다."

"그렇다면 정말 그 녀석들이 어디서 왔는지조차 모른단 말이 아니냐!"

"송구합니다, 문주님. 하지만 아무리 본 문이 급습을 당했다고 해도, 일개 평범한 문파의 공격으로 이 정도까지 큰 피해를 입을 정도로 방비를 소홀히 하지 않았습니다. 최소한 구파일방과 오대세가의 정예들, 아니면 마교나 패혈맹과 같은 곳에서 보낸 자들이 아니면 본 문이 이토록 허무하게 당하지 않았을 것입니다."

"뭐라? 그것이 지금 할 말이냐! 지금 묻고 있는 것은 그것이 아니지 않느냐! 최소한 그들이 어떤 무공을 사용했는지는 알아야 할 것이 아니더냐!"

"송구합니다. 소인도 그것을 알아보기 위해 직접 그들을 상대했던 당주들에게 물어보았지만 괴한들이 자신들의 무공을 철저히 숨겼다고 했습니다. 그에 문인들의 몸에 난 자상을 살펴보았으나 당주들의 말처럼 특정 문파의 무공을 확인할 수 없었습니다."

"그렇다면 자신들의 신분을 철저히 숨겼다는 것인데, 그 정도로 신분을 숨겨야 할 정도면……?"

"그렇습니다. 그 정도로 철저히 숨기고자 하는 곳은 세상에 이미 큰 세력을 형성한 곳이란 말과 같습니다. 그래서 소인을 비롯한 문위당 책사들과 지금까지 정황을 면밀히 살펴본 결과, 그와 같은 결론에 도달하게 된 것입니다."

"아……! 양 군사, 그럼 양 군사의 결론은 문주와 정예들이 빠져나간 본 문을 치기 위해 급습을 했다는 것인데, 그것이 그들에게 무슨 득이 될 수 있다는 말이냐? 원래 급습을 하려면 무언가를 얻기 위해서인데, 그들에겐 아무런 이득이 없지 않느냐! 그렇지 않으… 이런! 호, 혹시……?"

"죄송할 뿐입니다, 문주님."

호열의 표정이 한순간 붉게 변하며 양 군사에게 묻자, 양 군사는 천천히 고개를 끄덕여 보이며 더욱더 고개를 깊숙이 숙였다.

"저, 정말이냐? 정말 그 사람에게 무슨 일이라도 생겼단 말이냐? 어서 대답해 봐라! 어서!"

호열은 양 군사의 두 팔을 앞뒤로 흔들며 다급하게 물었다.

"주모님께서 괴한들에게 납치를 당하셨습니다. 정말 문주님을 뵐 면목이 없습니다."

"나, 납치? 저, 정말이냐? 정말……? 아~"

'이럴 수는 없다. 어떻게 내게 이런 일이 일어날 수 있단 말인가! 어떻게…….'

호열은 정신이 멍하고 어지러워 도저히 두 발로 땅을 딛고 서 있을 수가 없었다. 하지만 정신을 잃기 직전까지 방긋 환한 웃음을 짓고 있는 소호공주의 얼굴이 호열의 눈앞에 아른거렸다.

마치 두 손을 뻗으면 만질 수 있을 것만 같은 얼굴.

하지만 아무리 팔을 뻗고자 해도 어찌 된 일인지 움직여지지 않았으며 눈앞에 보이던 소호공주의 얼굴도 희미해져 갔다.

양 군사의 너무나 황당한 말에 호열은 그만 혼절을 했다. 마치 아름드리 큰 나무가 쓰러지듯 호열은 양 군사의 앞으로 쓰러진 것이다.

"문주님! 문주님……! 이런, 위 부전주는 어서 의백당에 가서 의원들을 불러오게. 그리고 안 전주는 지금 즉시 문인들을 데리고 문주님을 안으로 모시게."

"알겠습니다."

"옛!"

간신히 호열의 뒤를 따라온 추 전주는 호열이 쓰러지자 재빠르게 상황을 정리했다. 그런 후 아직까지 고개를 푹 숙이고 있는 양 군사에게 시선을 돌렸다.

"어떻게 된 일인지 차근차근 다시 한 번 설명해 보게."

"예, 이미 조금 전에 문주님께 말씀드렸지만, 이틀 전에……."

호열이 정신을 차린 것은 두 시진 정도 지나서였다. 깨어나 보니 이미 해가 진 상태라 밖은 어둠이 짙게 깔렸는데, 폐가와 다름없는 전경에 으스스한 기운이 감도는 것 같았다.

호열은 잠시 정신을 추스른 후 추 전주를 불렀다. 하지만 사태의 심각성을 알기에 몸이 부르르 떨리고 심장이 벌렁거렸지만 침착함을 유지하려고 애를 썼다.

추 전주는 호열이 정신을 잃은 시간 동안 함께 온 문인들과 부상자들을 돌보는 한편, 양 군사를 비롯한 문위당 책사들과 함께 상황의 전모를 파악하는 데 주력했다. 특히 괴한들과 접전을 벌였던 비전당의 마 당주와 수문당 조 당주 등을 불러 가장 가능성있는 곳이 어디인지를 꼼꼼히 살폈다.

"그래, 어디가 가장 유력한가?"

"아무래도 패혈맹 같습니다."

"흐음, 패혈맹이라……? 그런 결론이 나오게 된 이유는 당연히 있겠지?"

"그렇습니다. 이미 양 군사가 문주님께 말씀드렸지만, 현재 본 문을 급습할 수 있는 곳은 무림맹과 마교 및 패혈맹밖에 없습니다. 그러나 무림맹은 마교와 현원세가를 상대하는 와중이라 이번 일을 벌일 정도로 여유가 있지 않습니다. 또한 마교의 주력은 신농가에 있었습니다. 그것은 문주님뿐만 아니라 소인도 알고 있는 일입니다."

"하지만 마교의 규모나 전력이 어느 정도인지 우리는 아직 모르고 있을 텐데? 이미 무한까지 마교의 비밀 분타가 들어와 있다면 이번 일에 충분히 가능성있지 않나?"

"옳으신 지적입니다. 또한 충분히 가능성있는 말씀입니다. 그들에게 있어서 문주님과 본 문은 눈엣가시와 같은 존재일 것입니다. 그러나 이번 일에 마교를 의심하기에는 시기가 좋지 않습니다."

"시기……?"

"예, 마교는 분명 앞으로 모든 일에 있어서 문주님과 본 문을 철저히 경계하면서 움직일 것입니다. 그러나 그들에겐 문주님과 본 문에 관한 정보가 없습니다. 아무리 중원에 진출해 있는 비밀 분타를 통해 정보를 얻었다 해도, 주력이 빠진 본 문을 친다고 해서 그들에게 이득이 될 것이 없습니다. 그들이 두려워하는 것은 본 문이 아니라 바로 문주님이기 때문입니다."

"흐으음……."

호열은 추 전주의 설명에 고개를 끄덕였다. 확실히 일리가 있는 설명이었다.

"그렇다면 추 전주의 말처럼 이번 일을 벌일 만한 곳은 피혈맹밖에 없다는 말이로군. 그러나 패혈맹이 본 문을 급습해 안사람을 납치할 만한 이유가 있다고 생각하는가?"

"그것까지는 아직 파악을 하지 못했습니다. 그러나 짐작이 가는 것이 있기는 합니다."

"짐작? 그것이 무엇인가? 어서 말해 보게!"

"신농가에서 마교와 접전을 벌였을 당시, 패혈맹 문인들을 이끌던 자는 장로원주 적혈마검 독고성준이었습니다. 장로원주라면 패혈맹에선 일인지하 만인지상의 지위입니다. 그만큼 무공으로도 절대 마교의 장로들에게 뒤지지 않는 자입니다. 그런데 그런 자가 부상을 당했습니다. 더구나 소인이 패혈맹을 의심하는 것은 다른 이유 때문입니다."

"……?"

"직접 확인하지 못해서 얼마나 큰 부상을 당했는지 모르지만, 독고성준을 비롯한 부상자들 과반수가 이미 우리가 신농가를 내려올 당시 철수를 한 상태였습니다. 그나마 우리가 본 것은 독고성준이 부상을 당해 패혈맹으로 급히 후송되었다는 전갈을 건네준 추환쌍검(錐幻雙劍) 형제와 몇몇 문인들, 그리고 부상 정도가 심하지 않은 자들뿐이었습니다."

"그렇지, 그건 맞는 말이네. 그런데?"

"아무리 부상이 심하다고 해도 패혈맹을 대표해서 왔다면 그렇게 일을 처리할 수는 없는 일입니다. 그것은 무림맹을 무시하는 처사와 다름이 없기 때문입니다. 또한 목숨이 위급할 정도로 큰 부상을 당했다면 부상자들을 데리고 가지 않아야 정상입니다. 어떻게 부상자들을 대동하고 그 먼 길을 갈 수 있겠습니까."

"그렇군! 옳은 지적이네. 맞아, 맞아……. 추 전주 말대로 이번 일엔 패혈맹이 관여되었을 확률이 높다. 특히 신농가에서 독고성준의 마지막 말이 마음에 걸리는군. 만약 패혈맹에서 이번 일에 정말 관여했다면 나를 패혈맹에 끌어들이기 위해서일 것이다. 그래, 가능성이 있어. 아니, 확실하다! 명확한 근거는 없지만, 모든 상황을 종합해 볼 때 패혈맹밖에 없다. 내 이놈들을 당장……!"

쿠화아아아아아앙~

모든 것이 명확해지고 이번 일을 행한 곳이 어디인지 결론이 나자 호열은 주체할 수 없는 분노를 폭발시켰다.

기의 폭풍.

호열의 몸에서 눈이 부실 정도로 흰색의 빛이 발광을 하면서 그 주변에 기의 폭풍을 만들었고, 그 뒤를 이어 건물에 급격히 금이 가더니 뿌지직 소리를 내면서 갈라지기 시작했다.

"헉! 무, 문주님……!"

꾸워어어어어~

"문주님, 제발 고정하십시오. 침착하셔야 합니다. 문주님……!"

"흐으, 휴~"

호열은 순간적으로 일어난 분노로 이성을 잃었다가 다급하게 외치는 추 전주의 목소리에 정신을 차릴 수 있었다.

"무, 문주님. 괜찮으십니까?"

"나는 괜찮네. 잠시 흥분했을 뿐이니 걱정하지 않아도 되네. 그보다 더 이상 이곳에서 이야기를 나눌 수 없겠군."

"아마도… 그래야 할 것 같습니다."

"집무실로 가지. 참, 혹시 선혜공주도 이번에 납치된 것은 아니겠지?"

"그렇지 않습니다. 그나마 천만다행스럽게도 저희들이 신농가로 출발한 후 며칠 지나지 않아서 동창에서 사람이 온 것 같습니다. 당시 소인이 없었기에 동창에서 온 사람을 양 군사가 만났는데, 황제 폐하께서 선혜공주님을 급히 찾으셨다고 합니다. 그래서 선혜공주님께서는 호위 군사들과 함께 금릉으로 출발하셨다고 합니다. 그러니 지금쯤이면 황궁에 계실 것입니다."

"그렇다면 정말 다행이로군."

'제길! 차라리 안사람 대신 선혜공주가 납치되었으면 좋았을 것을!'

호열은 추 전주와 함께 집무실로 향했다. 생각 같아서는 패혈맹으로 직행하고 싶었지만, 심증만 있고 정확한 증거가 없기에 그들의 자백을 받아내는 데 한계가 있다는 것을 잘 알고 있었다.

또한 만약 패혈맹이 자신이 짐작하고 있는 이유로 소호공주를 납치했다면 조만간 호열의 의사를 타진하러 사람이 올 것임을 알기에 그때를 기다리는 것도 좋다고 생각됐다. 그렇다면 소호공주의 안위는 보장받은 것이나 진배없고, 호열이라면 언제든지 패혈맹에 쳐들어가서 소호공주를 구할 수 있었기 때문이다.

호열이 철혈검문에 돌아온 지 일주일이 지났다. 그동안 추 전주의 노고로 인해 부서진 건물들과 부상자들의 치료가 어느 정도 마무리된 상태였다. 하지만 아직 그 어느 곳에서도 소호공주의 소식을 가지고 오는 사람이 없었다.

호열은 아직 시간이 되지 않아서 그럴 것이라 스스로를 달래고 또 달랬지만 하루하루 지날수록 초조함이 극에 다다르고 있었다. 그러나 호열의 이런 마음과는 달리 강호는 급격한 변화를 겪고 있었다.

세상엔 비밀이란 단어가 통용되지 못하는 곳임을 여실히 증명하듯 어떻게 알려지게 되었는지 모르지만, 혈전 이후 두꺼운 철문을 닫아 걸고 있던 무림맹의 정확한 피해 상황이 강호에 드러났다. 접근 자체가 아예 불가능한 현원세가는 예외로 치부한다 해도, 비밀에 싸여 있던 무림맹의 피해 상황이 만천하에 드러나게 되면서 엄청난 파장을 일으켰다.

무림맹을 실질적으로 이끌어가고 있는 구파일방과 오대세가의 영수들, 이들 중 이번 현원세가와의 혈전에서 무려 세 명이나 그 유명을 달리한 것이다. 바로 종남파의 태을 진인 현청 장문인과 공동파의 복마선인 범광 장문인 및 황보세가의 벽력신권 황보천 가주였다.

그러나 이들 외에 각 문파의 수많은 장로들이 사망했거나 운신을 못할 정도로 큰 부상을 당했으며, 죽은 사람들만 해도 무려 이만 명에 이르렀다. 하지만 이것은 당시 혈전에 참가했던 군웅들의 피해를 제외한 것이라 군웅들까지 포함하면 사망자 삼만 이천 명에 부상자도 일만 이천 명이 넘는 실정이었다.

처참.

경악.

충격.

그리고 시간이 지나면서 강호를 걱정하는 개탄으로 이어졌다.

육만 오천 명이 참가해서 사상자만 무려 사만 사천 명에 이르는 대패에 사람들은 차마 입을 다물 수 없는 충격 그 자체였기에, 이와 같은 믿지 못할 무림맹의 피해 사실을 접한 강호의 모든 사람들은 하늘을 개탄하며 앞으로 전개될 상황을 예의 주시하며 삼삼오오 모이면 토론을 벌이는 것이 일상생활이 되어버렸다. 그동안 홀로 강호를 주유하던 낭인들에서부터 지방에서 명성 좀 날리던 사람들 역시 예외가 아니었다. 그들에게 있어서 강호의 판도 변화는 피부에 와 닿는 상황이었기 때문이다.

또한 떠벌리기 좋아하는 일부의 지자들은 무림맹의 피해 상황에 따라 현원세가의 피해 상황이 최소한 어느 정도일 것이란 짐작을 내놓기도 했다. 그러나 이것은 짐작일 뿐 신빙성이 없었기에 크게 호응을 얻지 못했다.

무림인들에게 중요한 것은 신빙성없는 소문보다 현 무림의 상황을 짐작하게 하는 무림맹의 정확한 피해 규모에 모든 이목이 집중되었기 때문이다.

그러나 강호를 또 한 번 요동치게 만든 것이 있었는데, 그것은 삼성이마 중 삼풍 진인을 제외한 네 명이 세상에 그 모습을 드러낸 것이다.

이미 예전에 죽었다고 알려진 천승검 현원덕호가 현원세가에 당당히 그 모습을 드러낸 것은 무림맹의 패퇴 소식과 함께 강호에 알려진 상태였다. 또한 연정 장문인이 회남의 무림맹에 도착하면서 천마 혁무량 역시 마교의 태상교주로 건재하다는 것도 공표가 된 상황이었다.

하지만 강호가 들썩인 것은 이미 세상에 알려진 두 명의 절대고수 등장만은 아니었다. 이런 상황에 맞추어 소림의 성불이라 불리는 성불 혜정 대사가 무림맹에 그 모습을 드러냈고, 삼성이마 중 가장 나이가 어렸던 혈마(血魔) 독고신검(獨孤神劍) 역시 패혈맹에서 자신의 건재함을 온 천하에 공표한 것이다. 오직 무당파의 창건자인 삼풍 진인 장삼

봉만이 세상에 모습을 보이지 않고 있었다.

신비와 전설을 함께 만들었던 다섯 명의 절대고수.

삼성이마의 재림.

강호엔 이미 전설이 되어버린 삼성이마가 재림했다는 것을 인정하고 있었다. 아니, 인정하지 않을 수 없었다. 그만큼 앞으로 강호의 판도 변화는 이들을 중심으로 이루어질 것이기 때문이다. 그러나 사람들은 알고 있었다. 무림맹에 삼풍 진인이 등장하지 않으면 강호는 마교와 현원세가, 그리고 패혈맹에 의해 암흑의 시대로 흘러갈 것임을······.

*   *   *

도저히 앞으로 나갈 수 없을 정도로 빽빽이 자라난 나무들. 그러나 나무들을 헤치며 앞으로 나아가고자 안간힘을 쓰는 사람이 있었다. 바로 운영이었다.

현원덕호의 공격에서 간신히 목숨을 건진 운영은 최대한 빠르게 협두봉을 빠져나왔다. 그러나 무림맹과 군웅들이 퇴각한 방향으로 향할 수가 없었다. 이미 그곳에는 그들을 따라간 수많은 현원세가 문인들이 진을 치고 있었기 때문이다.

그에 운영은 무림맹이 진영을 구축했었던 대회진으로 향하지 않고 동남쪽으로 방향을 정하고 움직였는데, 벌써 이틀을 쉬지 않고 걷고 또 걷고 있었다. 그동안 운기조식을 할 시간도 없었거니와 할 엄두도 내지 못했다. 자신을 추격하는 무리가 있다는 것을 온몸으로 느낄 수 있었기 때문이다. 직접 두 눈으로 본 것은 아니었지만 왠지 모르게 움직이지 않으면 안 된다는 강박관념 같은 것이 정신을 가득 메웠던 것이다.

사실 지금 운영의 몸 상태에서 그들 중 누구를 만나도 목숨을 부지할 수 없는 상태였다. 아니, 그들이 십여 장 이내까지 접근하기만 해도 운영의 기척을 감지당할 수 있는 위험한 처지였다.

"헉! 허억~"

'이곳에서 머뭇거리면 안 된다. 계속 가야 돼! 계속……!'

운영은 자신이 움직이지 않으면 안 된다는 것을 절실하게 느끼고 있었다. 하지만 가파른 산세 때문에 도저히 앞으로 나아갈 수 없었다. 아니, 오히려 나무들 사이에 자란 잔가지들 때문에 더욱더 앞으로 전진할 수 없었다.

이미 의복은 갈기갈기 찢어진 지 오래되었으며, 정신없이 잔가지를 헤집고 다니면서 온몸에 수많은 잔상처들이 생겼다. 그러나 현재로서는 상처를 지혈할 여유마저도 없었다.

이미 운영은 중대(中台)인 취암봉(翠岩峰)을 지나 동대(冬台)인 망해봉(望海峰)과 남대(南台)인 금수봉(嶔秀峰)을 넘고 있었다. 조금만 더 가면 현원세가의 실질적인 영역이라 할 수 있는 오대산을 벗어날 수 있는 것이다. 그러나 그것이 생각처럼 쉽지 않다는 것을 알고 있기에 운영은 계속 움직이면서 어떻게 하면 빠져나갈 수 있는지 고민했다.

'남쪽으로 가면 가망이 없다. 오히려 동쪽으로 가야만 한다. 산서성! 그래, 산서성을 거쳐서 안휘성까지 가는 길이 가장 안전할 것이다.'

운영은 산동성 제남(濟南)까지 간 후 무림맹이 있는 안휘성 회남으로 이동 경로를 정했다. 아무래도 지금 현 상황에서 바로 회남까지 간다는 것은 너무나 위험 부담이 크다 생각한 것이다. 그렇기에 세부적인 상황은 추적자들을 따돌린 후 안전한 곳에서 정하기로 하고, 운영은 한시라도 빨리 제남으로 출발해야 한다는 생각에 발걸음을 재촉했다. 이미 이동 경로가 정해졌기에 운영의 움직임은 중도에서 방황하는 일 없이 앞으로 계속 전진하기 시작한 것이다.

그러나 산서성의 경계를 넘기 위해서는 많은 위험이 따랐는데, 운영은 그럴 때마다 철저히 관도를 배제함으로 해서 곽 총관의 추격을 힘겹게 따돌릴 수 있었다. 하지만 무작정 산길로만 다닌 것은 아니었다. 아무리 위험해도 이따금씩 관도를 지나기도 했는데, 이와 같이 위협을 감수하면서도 관도행을 고집한 가장 주된 이유는 무림맹이 현원세가에서 퇴각한 후 변화된 무림의 동향을 살피기 위함이었다.

무림맹의 피해 상황과 삼성이마의 등장 소식을 접한 운영은 당장에 회남으로 가고자 하는 마음이 굴뚝같았다. 그러나 그렇게 할 수가 없었다. 이미 산동성에 접어든 지 며칠이 지났고 하루만 더 가면 첫 목적지로 정했던 제남에 도착하지만, 현원세가의 집요한 추격에서 자유롭지 못한 상황이란 것을 너무나 잘 알고 있었기 때문이다.

누가 따라오는지 모르지만 운영은 먼발치에서나마 자신을 추적하고 있는 무리가 있음을 두 눈으로 확인할 수 있었다. 또한 그들의 추적은 세밀하면서도 집요했다. 비록 멀리서 관찰하는 관계로 치밀하게 살피지는 못했지만, 운영은 추적자들이 자신이 정한 이동 경로를 이미 파악했음을 알 수 있었다.

아무리 머리가 아둔한 사람들이라 해도, 그동안의 추적 경로를 통해 운영이 가고자 하는 방향이 어디인지 대략적이나마 파악하지 못했다는 것은 말이 되지 않았기 때문이다. 그만큼 운영이 향하는 이동 경로가 확연히 드러날 정도로 일직선을 긋고 있었기 때문이다. 이에 운영은 신중에 신중을 기하면서 움직이지 않으면 안 되었다.

곽 총관은 그동안 자신이 추적하고 있는 인물이 가고자 하는 최종 목적지가 어디인지 짐작할 수 있었다. 그동안 추적 경로에 대해 조금이라도 관심을 가지고 본다면 누구라도 충분히 알 수 있을 정도로 단순한 경로였기 때문이다. 그러나 혹시라도 이동하는 중간에 황하를 건널 수도 있다는 것을 염두에 두지 않을 수 없기에 본가에서 현원승의 명으로 지원 나온 문인들을 황하 유역에 배치시켰다. 무슨 일이 있어도 태상가주인 현원덕호의 명을 기필코 완수해야 한다는 사명감에 더욱더 치밀해지지 않으면 안 되었기 때문이다. 더불어 곽 총관은 장로들에게 문인들과 일정한 간격을 유지하고 제남으로 오도록 한 후, 함께 온 답 부전주와 제남으로 먼저 가서 주변 상황을 점검하였다.

운영은 난감했다. 추적자들의 수가 갑자기 늘어난 것도 자신에게 불리했지만 그들이 황하 유역을 꼼꼼히 살피며 움직이고 있었기 때문이다. 또한 추적자들이 움직이는 경로가 자신의 이동 경로와 일치하고 있기에 고심하지 않을 수 없었다.

그만큼 제남으로 향하는 길목을 건너는 데 많은 애를 먹었으며 한 고비를 무사히 넘을 때마다 운영은 자신의 실수를 뼈저리게 깨달았다.

하지만 그것은 너무도 뒤늦은 후였다. 지금으로서는 현원세가의 추적대가 이미 제남으로 향하는 길목인 황하 나루터 근처에서 진을 치고 운영이 도착하기를 기다리고 있었기 때문이다.

운영은 황하가 바라다 보이는 언덕까지 다다른 후, 차분하게 운기조식을 할 수 있는 자리를 찾아서 앉았다. 지금까지 급한 마음에 뒤도 돌아볼 여유조차 없이 왔지만, 앞으로는 그렇게 하면 자기 목숨을 제 손으로 바치는 꼴이 된다는 것을 알고 있었기 때문이다. 그렇기에 더욱더 운기조식에 모든 것을 걸고 몰두했다.

세 시진이 지났다. 하지만 너무나 극심한 내상으로 인해 삼성 정도도 회복하지 못했다. 아무리 애를 써도 더 이상은 무리였던 것이다.

"휴~ 어쩔 수 없구나. 하지만 이 정도 회복된 것도 하늘의 도움이 있어서 가능했겠지. 그나저나 어떻게 한다? 제남으로 가기 위해선 황하를 건너야 하는데……."

자신의 어리석음으로 인해 목적지가 드러난 상황이라 현원세가에서 그 길목을 차단하고 있다는 것을 짐작한 운영은 앞으로 어떻게 해야 할지 방향을 쉽게 정하지 못했다. 그러나 현재로서는 무조건 황하를 건너야 했다. 지금 이곳에서 다른 곳으로 돌아간다면, 언제 또다시 현원세가의 집요한 추적에 곤경을 당할지 알 수 없기 때문이다.

"어쩔 수 없구나. 다소 무리가 있더라도 배를 탈 수밖에."

생각을 정리한 운영은 자리를 훌훌 털고 일어서서는 한발 한발 제남으로 출발하는 배가 있는 나루터로 향했다.

육 년 전, 이미 거쳐 갔었던 곳이지만 너무도 많은 것이 변해 있었다. 기억은 잘 나지 않지만 당시보다 거리를 지나가는 사람들도 훨씬 많아진 것 같았다. 또한 이곳저곳에 당시 보지 못했던 건물들이 들어선 것 같았고, 오랜만에 시장이 섰는지 길게 늘어선 대로엔 북적거리는 사람들로 인해 쉽게 앞으로 발을 옮길 수가 없을 정도였다.

그에 운영은 사람들을 피해 골목길을 이용하고자 했지만, 골목길에 무슨 사람들이 그리 많은지 골목골목마다 가득 메우고 있어 도저히 들어갈 엄두가 나지 않았다.

'사람들이 많은 것은 좋지만, 이러다가 그들의 눈에라도 띄면 더욱 위험하지 않을까?'

북적거리는 사람들로 인해 운영은 자신의 모습을 좀 더 쉽게 감출 수 있었다. 그러나 장점이 있는 반면 그에 따르는 큰 부작용도 함께 수반되었다.

운신의 부자유스러움.

운영은 현원세가에 자신의 행적이 노출되기 전에 나루터를 향해 조심스럽게 전진했다. 하지만 나루터에 다다르기 전, 주의를 기울이지 않으면 찾을 수 없을 정도로 주위를 서성이거나 지나다니는 사람들을 예의 주시하는 몇 명의 무인들을 볼 수 있었다. 한눈에 보아도 이들이 관가에서 나온 관병들이 아니라는 것을 알 수 있었다. 이미 현원세가의 문인들이 제남으로 직행할 수 있는 나루터를 장악한 후였던 것이다.

이들은 삼삼오오 조를 이루며 지나다니는 사람들을 면밀히 관찰하고 있었는데 운영은 이들이 자신을 찾고 있다는 것을 알 수 있었다.

'휴~ 확실히 저들이 내 이동 경로를 파악했군. 어떻게 한다? 이곳에 더 머물다가는 고립될 뿐인데…….'

나루터 근처에서 한참을 고민하던 운영은 마을을 벗어나야 한다는 방향으로 결론을 냈다. 큰 기대를 하지는 않았지만, 어업을 주로 하는 마을인만큼 외곽으로 나가도 작은 배 정도는 구할 수 있을 것 같았기 때문이다.

천만다행으로 운영의 예상은 적중했다. 마을을 벗어난 후 굽이굽이 흐르는 황하의 물줄기를 따라 동쪽으로 이동하면서 물가에 정박해 둔 나룻배가 있는지 찾아보았는데, 조금이라도 잘못 건들면 폭삭 부서질 정도로 많이 낡았지만 배가 있기는 했다.

그에 희망을 얻은 운영은 주변에서 배를 띄우기 위해 준비하고 있던 어부를 찾아 황하를 건너게 해달라고 부탁을 했다.

어부는 사십이 조금 넘어 보였는데 포근한 인상답지 않게 예리한 눈으로 운영의 모습을 살폈다. 행색은 남루하고 초라해 보였지만 운영의 손에 들려져 있는 천수검을 본 순간 예사롭지 않다 여긴 것이다. 워낙 배가 낡았기에 운영의 부탁을 들어주기가 어렵다는 말로 일축한 어부는 더 이상 운영에 대해 신경 쓰지 않고 자신의 일에 열중했다.

그러나 운영은 어떻게 해서든 배를 띄워야만 했기에 매몰찬 어부의 반응에 아랑곳하지 않고 거듭 부탁을 했다. 하지만 몇 번의 부탁에도 어부는 꿈쩍도 하지 않았다. 이에 운영이 자신의 수중에 지니고 있던 은자 열 냥을 어부의 앞에 모두 꺼내 보이며 부탁을 하자 어부는 좀처럼 만져 볼 수 없는 거액에 넋두리 한마디를 남기며 승낙을 했다.

어렵사리 어부의 승낙을 받은 운영은 드디어 제남으로 갈 수 있다는 안도의 한숨을 쉴 수 있게 되었다. 그러나 운영의 고행은 이것으로 끝난 것이 아니었다.

배가 출발하기 직전.

계산했던 대로 운영이 나타날 날짜가 지났음에도 그 모습이 보이지 않자, 곽 총관은 문인들에게 주변 수색을 명했다. 당연히 물가에 정박해 있던 배들은 크든 작든 이들의 주요 경계 대상이 되었고 어부와 실랑이하는 운영의 모습이 그대로 포착된 것이다.

"저기 있다! 어서 총관님께 알려라!"

"옛, 알겠습니다."

퓌휴우우~ 파앙~

"응? 아니, 저들은······?"

하늘에 요란한 모양을 형성하며 폭죽이 화려하게 폭발했다. 아직 폭죽놀이를 할 때가 아니지만, 시내 한복판에서 흥겨움에 못 이겨 폭죽을 터뜨리는 것은 있는 일이라 운영이 상관할 바가 아니었다.

그러나 지금 운영이 있는 곳은 시내와 한참 떨어진 곳이었다. 당연히 비싼 폭죽을 터뜨릴 만한 사람도 없었다. 더구나 하늘에서 화려한 모양을 수놓을 수 있는 폭죽은 사용자의 특별한 목적이 있지 않고서는 좀처럼 볼 수 없다는 것을 몇 년간의 강호 경험을 통해 알고 있었다.

"폭죽이네?"

"어서, 어서 배를 띄워야 합니다. 어서요!"

"왜 그러는가?"

"빨리 이곳을 벗어나야 합니다. 그렇지 않으면 아저씨도 위험합니다."

"아니, 그것이 무슨 말인가? 내 목숨이 위험하다니……? 혹시 저자들에게 쫓기는 중인가?"

"그렇습니다. 그러니 어서 배를 출발시켜 주십시오. 한시가 급합니다. 어서요!"

"이런, 역시 승낙하지 않는 것인데."

어부는 운영의 말을 듣고서 자신이 돈에 눈이 뒤집혔었음을 뒤늦게 깨닫고는 개탄을 했다. 하지만 지금에 와서 가지 못하겠다고 할 수도 없는 노릇이었다. 운영의 수중에 들려져 있는 검이 장식품이 아닌 이상 분명히 그에 해당하는 쓰임새로 사용될 가능성이 농후하다는 것을 잘 알기 때문이다.

비록 어부가 운영의 성품에 대해 알지 못했기 때문에 비롯된 오해라 해도 그것은 차후의 일일 뿐이었다. 지금으로서는 어부에게 그와 같은 사항을 세세하게 따져 볼 시간적 여유가 없었던 것이다.

"멈추어라! 어서 멈추지 못할까……!"

휘이이이~

"이크! 무슨 뜀박질이 저리도 빠르단 말인가. 이보게, 그렇게 서 있지만 말고 어서 나를 좀 도와주게. 그래야 조금이라도 빨리 배를 띄울 것이 아닌가!"

"아, 알겠습니다."

운영은 자신을 향해 달려오고 있는 현원세가 문인들을 향해 검을 뽑으려 하다가 어부의 다급한 목소리에 뽑으려던 검을 도로 집어넣고는 배를 힘차게 황하로 밀었다.

촤아아아아~

"이크! 이거 참, 젊은 사람이라 그런지 힘 하나는 좋구먼. 그나저나 어서 타게. 그렇게 멀뚱거리고 있다가는 타지도 못할 것이네. 빨리!"

어부가 힘을 쓰기도 전에 이미 배는 힘차게 황하를 향해 움직이기 시작했다. 이에 깜짝 놀란 어부는 배가 완전히 떠밀려가기 전에 숙련된 솜씨로 배에 오르며 운영을 향해 어서 타라는 손짓을 했다. 운영이 공력을 사용해 배를 힘차게 밀었기에 이미 배는 물가와 삼 장이나 떠밀려 갔던 것이다.

"하앗……!"

휘이이이~

비록 평소의 삼 분의 일밖에 되지 않는 공력에 내상도 깊어 운신이 자유롭지 못했지만, 운영에게 있어서 삼 장이 조금 넘는 거리를 뛰어넘는 것은 충분히 가능했다.

"이크! 정말 대단하군. 이렇게 먼 거리를 도약 한 번에 뛰어넘다니."

“그렇게 있지 말고 아무 곳이나 꽉 잡으십시오. 배를 조금 더 멀리 보내야 합니다. 어서요!”

“아, 알았네. 이러면 되겠는가……?”

배에 오르기 전, 운영은 자신을 향해 달려오고 있는 무리들 중 언젠가 한번 보았던 낯익은 얼굴을 확인할 수 있었다. 천수도 답천훈이었다. 그러나 운영이 급하게 행동하는 이유는 답천훈 때문이 아니었다. 답천훈을 비롯한 몇 명의 고수들이 한꺼번에 달려오고 있었던 것이다.

“하앗……!”

푸아앙! 푸아아아앙……!

쏴아아아아아~

“뭐, 뭐야? 으아~”

“떨어지지 않게 꽉 잡아야 합니다. 하앗!”

운영이 배의 뒤에서 황하를 향해 힘차게 장력을 내뻗었다. 그러자 장력의 반작용으로 배는 한 차례 큰 요동을 친 후 힘차게 반대쪽으로 뻗어나갔다.

“이런! 어림없다. 하앗……!”

“여기도 있다. 하아앗!”

쿠아아아앙~

“받아라! 이야압……!”

콰아아앙~

곽 총관과 답 부전주가 도착한 것이 조금 늦었지만 이들은 함께 온 장로들과 함께 운영을 향해 힘차게 강기를 날렸다. 비록 먼 거리이긴 하지만 이들로서는 가만히 서서 운영이 멀어지는 모습을 그냥 지켜볼 수만은 없었던 것이다. 특히 답 부전주는 패왕도를 힘껏 앞으로 뻗으며 어기충도술(御氣充刀術)을 시전했다.

"이런! 이대로 당할 수는 없다. 하앗!"

쿠아아아앙~

배를 향해 쇄도하는 장력은 거리가 멀리 떨어진 관계로 크게 걱정이 되진 않았지만, 어기충도술로 날아오는 답천훈의 도는 쉽게 생각할 수 없을 정도로 운영에게 위협적이었다. 그에 운영은 자신이 발휘할 수 있는 전 내공을 천수검에 집약시킨 후 유운과봉을 시전하며 앞으로 쭉 내뻗었다.

비록 삼성밖에 되지 않는 내공이 실려 평소에 비할 바는 안 되지만, 유운과봉에 의해 뻗어나가는 강기는 어기충도술을 시전하고 있는 답천훈의 쇄도를 멈추게 하기엔 충분했다.

콰아아앙~

"이런……!"

휘이이이, 풍덩~

"으헉! 꾸웩……! 끄으으으~"

혼신의 힘을 다한 운영의 반격에 답천훈은 마치 뛰어넘을 수 없는 장벽에 가로막힌 듯 황하로 떨어지고 말았다. 하지만 운영 역시 무사하지만은 못했는데, 아직 내상에서 완전하게 회복되지 않은 몸으로 무리하게 공력을 운용한 운영은 그 자리에서 토혈을 한 후 쓰러져 버렸다.

"이, 이런! 이보게, 괜찮은가?"

"으음, 괜찮습니다. 그보다 우선……."

"아, 알겠네. 나머지는 내게 맡기고 자네는 어서 한쪽에 앉아서 쉬도록 하게."

"휴우~ 감사합니다. 그럼 제남까지 부탁을 좀 드리겠습니다."

운영은 어부의 말에 따라 배의 한쪽 귀퉁이를 잡고는 힘겹게 자세를 바르게 했다. 비록 자세를 바로 세우기가 여간 어려운 일이 아니었지만 워낙 황하의 물길이 세서 자칫 내상이 커져 버릴까 염려가 되었기 때문이다.

하지만 운영의 시선은 황하에 빠져 있는 답천훈에게 고정되어 있었다. 또 다른 공격이 염려되었기 때문이다. 그러나 다행인지 답천훈은 다시 공격을 하지 않고 분기를 띤 눈빛으로 운영과 어부를 노려볼 뿐이었다.

'다행이다. 만약 다시 공격했다면 큰 낭패를 면할 수 없었을 텐데……'

답천훈이 다시 공격할 기미가 보이지 않자 운영은 크게 안심이 되었는지, 힘차게 노를 젓는 어부와 멀리서 발을 동동 구르고 있는 곽 총관 등 현원세가 문인들을 쳐다보았다. 더불어 생에 가장 힘들고 위험천만했던 이 주일을 떠올리며 씁쓸한 듯 입맛을 다셨다.

'만약 형님께서 그 자리에 계셨다면 그토록 무참하게 패하지는 않았을 것을. 정말 안타깝구나. 그토록 많은 사람들이 죽임을 당했다니……'

운영이 생각에 잠겨 있는 동안, 이미 배는 황하를 건너고 있었다. 잠깐 생각에 잠겼다고 여겼던 것이 무려 반 시진이 넘어버린 것이다.

"이보게, 괜찮은가? 강변에 다 왔네."

"아, 다 왔군요. 정말 감사합니다. 이 은혜, 나중에라도 꼭 보답해 드리겠습니다."

"보답은 무슨. 은자도 넉넉하게 받았는데 또 다른 것을 욕심내면 사람도 아니지. 그나저나 몸은 좀 괜찮은가?"

"예, 덕분에 한결 좋아졌습니다."

"좋아졌다니 다행이군. 보아하니 젊은이는 말로만 듣던 무림인 같은데, 요즘 한창 떠들썩하던 오대산에서 왔는가?"

"예, 그렇습니다. 아까 보았던 자들이 바로 현원세가 사람들입니다. 하지만 그들이 아저씨를 해치지는 않을 것입니다. 그러니 안심하고 돌아가십시오."

"나도 그들이 별 볼일 없는 나를 해코지하지는 않을 것이라 생각했네. 그나저나 혹시 제남으로 갈 것인가?"

"예, 아마도 그래야 할 것 같습니다."

"그렇다면 생각을 접게. 아까 그 사람들과 같은 복장을 한 무리들이 어제 제남으로 향하는 것을 얼핏 보았네."

"그렇습니까? 흐음, 그렇다면 제남도 안전하지 못하단 말이군요. 정말 감사합니다. 만약 아저씨께서 말씀해 주시지 않았다면 큰 곤혹을 치를 뻔했습니다."

운영은 자신의 안위를 신경 써주는 어부에게 고마움을 느꼈다. 더욱이 운영에게 있어서 너무도 중요한 정보를 알려준 것이기에 운영에게 있어서 어부는 두 번이나 생명을 구해준 은인이라 할 수 있었다. 운영은 어부를 향해 최대의 예를 표했다.

"뭐, 그런 걸 가지고. 다른 뜻은 없네. 그저 내가 자네에게 받은 은자가 너무 많아서 그냥 돌아가기 미안하니까 혹시라도 도움이 되지 않을까 해서 꺼낸 말이네."

"아닙니다. 제겐 너무도 중요한 정보였습니다."

"그렇다면 다행이고. 그럼 조심해서 가게."

"예, 조심해서 가십시오."

"하하, 알겠네. 어이, 엿차……"

어부는 운영의 인사에 환한 미소를 지어 보인 후, 한 발로 힘차게 땅을 밀어서 배를 띄운 후 노를 젓기 시작했다.

'제남까지 그들이 따라왔다면, 지금 회남으로 향하는 길목도 안전하지 못하단 것인데……. 그럼 어디로 향한단 말인가? 흐음……. 그렇지. 금릉으로 가야겠구나. 그래, 어차피 금릉에 가게 된 이상 시간을 내서 형님에 관한 소식도 알아봐야겠다. 철혈검문 문주가 형님과 같은 이름을 쓴다고 해서 혹시나 하는 마음에 서찰을 보냈는데 지금까지 아무런 답장이 없었으니 그는 아닐 것이다. 만약 형님이셨다면 내가 보낸 서찰을 보고 그냥 계시지는 않았겠지. 그렇다면 형님께서는 아직 황궁에 계실 수도 있다는 말인데, 이 참에 형님께 무림맹을 도와달라 부탁해야겠다.'

"하하, 오히려 잘됐다. 금릉, 금릉으로 가자……!"

운영은 강변을 벗어나 힘찬 걸음으로 금릉을 향해 출발했다. 지치고 힘이 들었지만, 운영은 금릉에 도착하면 호열을 만날 수도 있다는 설렘에 발걸음이 생각보다 가벼움을 느꼈다. 또한 호열은 만나지 못하더라도 금릉까지만 가면 추적자들을 걱정하지 않아도 된다는 생각에 발걸음이 빨라졌다. 금릉은 엄연히 황제가 있는 황도였기에 아무리 현원세가라 해도 그곳까지 따라올 생각은 할 수 없을 것이라 판단한 것이다.

어차피 헌 무덤은 내가 주춧이 되어야 하지 않겠느냐

어차피 현 무림은 네가 주축이 되어야 하지 않겠느냐

텁수룩한 수염에 보기만 해도 흉칙해 보이는 검상이 얼굴에 일자로 그어져 있는 중년인은 침중한 얼굴로 넓은 대전에 고개를 푹 처박고 있었다. 상관의 지시를 충실히 수행하지 못한 책임을 묻는 자리였다.

혈수광검(血手狂劍) 호상교(胡象獟).

혈검신룡(血劍神龍) 독고룡(獨孤龍)이 단주로 있는 혈검비룡단(血劍飛龍團)의 부단주였다.

"실패하다니! 그게 지금 말이라고 본좌 앞에서 떠벌리는 거냐! 어떻게 문주도 없는 빈집을 공격했는데 실패할 수 있단 말이냐! 말해 봐라, 도대체 무엇이 잘못되었단 말이냐!"

"죄송합니다, 원주님. 공격에는 성공했습니다. 저항이 만만치 않았지만 주력이 빠져나간 상태라서 그런지 첫 번째 임무를 수행하는 데 큰 어려움은 없었습니다."

"그런데? 그렇다면 지금 본좌 앞에 임 문주의 내자가 와 있어야 하지 않느냐!"

"예, 그렇습니다. 하지만 호송을 하는 와중에 예상치 못한 기습을 받는 바람에…….'"

"뭐라? 기습이라니! 그것이 무슨 말이냐? 어디서 기습을 했다는 말이냐!"

"소인이 수하들을 통해 알아보라고 지시를 했지만 워낙 생각하지 못한 기습이었고 행동이 신속하여 어디 소속인지 짐작할 수도 없는 상황입니다."

"이런……."

탁, 탁, 타아악!

적혈마검 독고성준은 호상교의 설명을 들으면서 속에서 화가 치솟는 것을 억지로 참아야만 했다. 비록 원해서 부상을 당한 것이지만, 노기가 건강을 회복하는 데 크게 해롭다는 의원의 말에 따르고자 함이었다. 하지만 너무나 아까운 기회를 놓쳤다는 생각에 아무런 죄 없는 탁자만 두들겼다.

'안타깝구나, 정말 절호의 기회였는데…….'

독고성준은 호열과 철혈검문을 끌어들일 수 있는 절호의 기회를 코앞에서 놓쳐 버렸다는 사실에 한참을 안타까워하며 호상교를 쳐다보았다. 그러나 이미 상황은 벌어진 후였고, 지금으로서는 철혈검문에 그 어떠한 단서도 포착되지 않아야 했다.

"철혈검문에서 실수를 하지는 않았겠지?"

"예, 그것은 염려하지 않으셔도 됩니다. 퇴각하는 와중에 부상자는 물론, 사망자들의 시신 역시 모두 옮겨왔습니다. 아무리 찾으려고 해도 그들은 우리가 기습했다는 단서를 찾을 수 없을 것입니다."

"그렇다면 다행이고! 만약 이번 일을 철혈검문에서 알게 된다면 큰일로 번질 것이다. 그러니 앞으로도 철저히 단속하도록 하라."

"예, 원주님."

"됐다. 그만 물러가라."

"옛!'

'휴~ 살았군. 원주께서 이 정도로 마무리짓다니, 오늘은 내가 운이 좋은가 보네. 정말 다행이다.'

평소의 성격답지 않게 말 몇 마디로 사건이 마무리지어지자 호상교는 대전을 나오면서 이마에 흥건히 맺혀 있던 땀을 소매로 닦아냈다. 호가(胡家)의 조상이 도왔음인지 최소한 팔 하나 정도는 떨어져 나갈 것을 각오한 자리였기 때문이다.

호상교가 대전을 나가자 독고성준은 옆에 서 있던 다른 장로들과 혈검신룡 독고룡 및 혈리호천단(血靂護天團)의 흑마검군(黑魔劍君) 독고린(獨孤璘)에게 시선을 돌렸다.

"룡 단주는 이번 일을 어떻게 생각하는가? 혹시라도 철혈검문에서 우리가 기습한 사실을 모를 것이라 보는가?'

"그렇지는 않을 것입니다. 그러나 저들에게 우리가 했다는 물증이 없는 이상, 원주님의 우려대로 움직이지는 않을 것입니다."

"그렇다면 다행이지. 본좌가 마지막까지 신농가에 남아 있었어야 했는데, 그렇게 했다면 지금과 같은 실수는 하지 않았을 것을. 휴~"

독고성준은 부상을 당하자마자 부하들의 부축을 받으며 임시로 마련했던 막사에 돌아왔다. 그곳에는 패혈맹 문인들뿐만 아니라, 이미 부상을 당한 무림맹 문인들도 상당수 치료를 받고 있었다.

이미 독고성준은 이와 같은 사항도 예상하고 있었다. 그렇기에 부상을 당하자마자 수하들의 부축을 받으며 막사로 향했던 것이다. 아무리 부상을 당했어도, 연정 장문인을 비롯한 다른 영수들이 그것을 믿어줄 만한 근거를 만들어야 했기 때문이다. 당연히 독고성준의 엄중한 부상 사실은 막사에 먼저 와 있던 다른 무림맹 문인들에게 일파만파로 전해졌다.

독고성준은 자신이 의도했던 대로 일이 자연스럽게 진행되자 쾌재를 부르며 수하들과 함께 신농가를 내려왔다. 하지만 신농가를 내려오면서 한 가지 소문을 소리 소문 없이 퍼뜨렸는데, 그것은 독고성준이 마교의 장로원주 추원도일(呸洹刀日) 이모수(異车需)를 비롯한 네 명의 장로들이 합공하는 바람에 큰 부상을 당해서 패혈맹으로 호송한다는 것이었다. 너무도 엄중한 부상으로 더 이상 신농가에 머물 수 없다는 것을 같은 무림맹 문인들로 하여금 연정 장문인의 귀에 들어가도록 조치를 취한 것이다.

그러나 문제는 이러한 것이 아니었다. 신농가를 출발한 직후 호상교에게 명하여 철혈검문을 급습하도록 지시를 한 것에 있었다. 일이 잘 풀렸으면 별다른 큰 문제가 없었겠지만, 상황은 그렇지 못했다. 자칫하다가는 너무나 큰 적을 스스로 만든 꼴이 되기 때문이다. 차라리 일을 시작하지 않았으면 좋았다는 생각이 들 정도로. 현재 독고성준의 심정은 복잡하기 이루 말할 수 없을 정도였다.

'휴~ 마교 교주가 제대로 된 공격도 못하고 그자에게 패하다니! 그리고 대승할 상황이었는데 어떻게 천마황 혁무량이 수적인 우위와 자신의 명성에 오점을 남기는 일임에도 불구하고 공격 명령을 철회할 수 있다는 말인가! 어떻게……? 왜지? 왜일까……? 정말 무림에 떠도는 소문대로 천마황이 일부러 그자를 피하고자 한 것인가? 정말 그런가……? 어떻게 그런 일이…….'

독고성준이 말하는 그자, 그는 바로 호열이었다.

신농가에서 벌어졌던 일들이 요즘 패혈맹에선 큰 화젯거리가 되어 있었다. 그와 더불어 독고성준을 비롯해 당시 참관했던 모든 사람들이 자신의 두 귀를 의심할 정도의 엄청난 소문이 있었다. 바로 호열에 관한 사항이었다.

삼성이마 중 어쩌면 가장 강했을 수도 있는 천마황 혁무량이 호열과의 접전을 피하고자 했다는 소문이었다. 하지만 이 소문은 얼마 지나지 않아서 사실로 드러났다. 그러나 이 모든 것이 사실로 드러난 만큼, 철혈검문을 급습하도록 지시했던 독고성준과 패혈맹은 예상 밖의 큰 난관에 부딪치게 된 것이다.

"그건 그렇고! 앞으로 본 맹의 향후 행보에 관해서 태상맹주님께 보고를 올려야 하는데, 그에 관해서 좋은 의견이 있으면 말해 보게."

"지금으로서는 향후 무림맹과 현원세가의 움직임을 관망하는 것이 좋을 것 같습니다. 양쪽 모두 큰 피해를 입은 만큼, 조금 더 지나면 예상외로 회복이 불가능할 정도의 타격을 입지 않겠습니까."

"저도 반부형 장로의 말에 동의합니다. 어차피 마교와는 태상맹주님의 지시로 향후 동반자가 되지 않았습니까. 그러니 무림맹은 마교가 알아서 처리할 것으로 생각됩니다."

"크흠! 하지만 현원세가야말로 우리를 탄압했던 원나라의 주 세력으로 판명이 났지 않은가. 이것을 본 맹이 어떻게 받아들여야 할 것 같은 가?"

"그것은 우리 모두 충분히 분노할 만한 일이지만, 본 맹의 앞날을 위해선 맹주님께서 직접 현원세가를 본 맹의 적으로 간주한다는 성명을 만천하에 공표하는 것으로 일단락될 수 있을 것입니다."

"공표라, 공표……."

독고성준은 예락승의 말을 곰곰이 생각해 보았다. 확실히 일리가 있었다.

"하지만 공표만으로 모든 일이 마무리지어질까? 무림맹에서 이번처럼 지원을 요청하면 어떻게 할 것인가? 맹주님께서 현원세가를 적으로 공표한 이상, 우리에게 무림맹이 손을 내밀면 잡아주어야 할 것이 아닌가."

"만약 그럴 경우 마교를 들먹이면 될 것입니다. 다소 위험 부담이 크지만 무림맹이 현원세가를 완전히 멸문시킬 동안 본 맹이 마교가 동진하지 못하도록 총력을 기울이겠다고 말입니다. 그렇게 되면 무림맹에서도 본 맹의 뜻을 받아들일 것입니다."

"무림맹은 현원세가를 맡고, 본 맹은 마교를 상대한다? 그럴 수도 있겠군. 그렇게 되면 마교와 본 맹은 서로 자중하면서 상황을 살피면 되겠고, 만약 무림맹과 현원세가 중 어느 한쪽이 완전히 패할 때 본 맹이 나서면 상황은 완전히 종료가 되겠군."

"그렇습니다. 이미 오래전부터 태상맹주님과 마교의 태상교주께서 의형제를 결의한 상황이니, 두 곳들 중 어느 한곳이 무너지면 강호무림은 본 맹의 수중에 들어온 것이나 진배없게 되는 것이지요."

"흐음, 반 장로와 예 장로의 의견은 잘 들었네. 어떠한가, 진 장로?

내가 들어도 그리 나쁜 의견 같지는 않은데…….”

반부형과 예락승의 설명을 들은 후, 독고성준은 자신의 생각과 일맥 상통하는 부분이 많은 것 같아 흡족한 마음에 좌중을 조용히 둘러보았다. 이러는 와중에 장로원 서열 이위인 패도마군(覇刀魔君) 진유정(秦柳霆)이 지금까지 아무런 의견도 제시하지 않고 있었다는 것을 깨닫고는 시선을 고정시켰다.

“글쎄요. 전 잘 모르겠습니다. 하지만 이런 것은 알아들을 수 있었습니다.”

“진 장로의 표정이 굳어진 것을 보니 뭔가 못마땅한 것이 있나 보군. 그것이 무엇인가, 진 장로?”

“저는 무인입니다. 그렇기 때문에 이런 회의엔 어울리지 못합니다. 그러나 이것 한 가지는 말씀드려야 할 것 같군요.”

“……?”

“본 맹이 살아남기 위해선 무엇보다 먼저 실리를 챙기는 것이 좋겠지만, 제 생각은 다릅니다. 본 맹이 왜 생겨났습니까! 아니. 패왕성(覇王城)이 어떻게 만들어졌습니까? 바로 원나라의 무차별적인 탄압에서 벗어나고자 만들어진 것이 아닙니까. 한때 본 맹은 현원세가 역시 당시 시류에 편승해 어쩔 수 없이 원나라의 뜻에 동참했다고 생각했습니다. 현원세가가 다른 중소문파처럼 시류에 편승해 원나라를 따랐던 것이 아니라, 태상맹주께서 패왕성을 만들어야 했던 직접적인 원인이었다는 것입니다. 다시 말해, 현원세가는 본 맹의 주된 적이라는 것입니다. 그런데 본 맹은 고작 공표 한마디만 할 뿐, 모든 것을 무림맹에 떠넘기려고 합니다. 그것은 본 맹의 창건 취지와도 맞지 않을뿐더러, 도저히 있을 수 없는 일이라 생각됩니다. 원주, 그렇지 않습니까?”

"그, 그것은……."

쾅!

"좋은 말이다! 본좌가 하고 싶었던 말을 진 장로가 해주고 있구나."

"응? 누, 누구……?"

뚜벅, 뚜벅, 뚜벅…….

갑자기 나타난 중년인. 그러나 겉으로 보이는 외모와는 달리 백육십 오 년이나 산 노인 중의 노인이었다.

"태, 태상맹주님……!"

"태상맹주님을 뵙습니다."

"어서 오십시오, 태상맹주님."

"맹주님께서도 오셨군요, 자리에 앉으시지요."

혈마황 독고신검.

의형인 천마황 혁무량이 절벽 아래로 떨어지면서 마지막으로 부르 짖었던 항우(項羽)의 시를 아직까지 생생하게 기억하고 있는 독고신검 은 오랜만에 대전으로 들어오다가 진유정의 말을 들을 수가 있었다. 꼭 막혔던 무언가가 꽉! 하고 풀리는 느낌이었다.

독고신검은 뒤따라오는 맹주 독고후와 함께 독고성준이 안내해 준 자리에 앉았다.

"모두 자리에 앉도록."

"예, 태상맹주님."

독고성준은 독고신검에게 자신의 자리를 양보한 후 진유정의 맞은 편에 가서 앉았다. 딱히 대립적인 관계라서 그리한 것이 아니라, 맹주 인 독고후가 회의를 주관할 때 항상 앉았던 자리였다.

"아까 들어오다 얘기를 들어보니 좋은 의견들이 많이 나온 것 같구먼. 하지만 마지막 진 장로의 얘기가 가장 마음에 드는데, 혹시 이보다 더 좋은 의견이 있는가? 있으면 말해 보게."

"흠! 사실 그 얘기를 가지고 한창 논의하던 중이었습니다, 태상맹주님. 사실 진 장로의 의견이 좋다는 것은 저뿐만 아니라, 이곳에 있는 장로들 모두 공감할 것입니다. 하지만 현 무림의 실상을 생각해 볼 때 본 맹이 무림맹과 공조를 한다는 것은 위험 부담이 큰 것이 현실입니다."

"원주의 말이 쉽게 이해되지 않는구먼. 도대체 무슨 위험 부담이 있다는 것이지? 본좌가 알기론 현재 무림맹과 현원세가가 입은 피해에 비한다면, 본 맹이 입은 피해는 조족지혈일 텐데?"

"그렇기는 합니다. 그들에 비한다면 피해라고도 할 수 없습니다. 하지만 앞으로 무림의 판도 변화를 생각해 볼 때, 본 맹은 더욱더 내실을 기해야 할 것이라 생각합니다."

"내실을 기한다? 흐음… 좋은 말이지. 그러나 본 맹의 창건 목적을 생각할 때 현재의 주된 것은 무림맹보다 현원세가가 우선이 아닌가? 그렇다면 외세인 현원세가를 먼저 멸문시킨 후 무림맹과 무림을 놓고 자웅을 겨루는 것이 순리일 것 같은데?"

"하지만 본 맹이 간과하지 말아야 할 것이 있습니다. 바로 마교입니다. 비록 태상맹주님께서 마교의 태상교주이신 천마황 혁두랑님과 결의형제이시긴 하지만, 현재 마교를 실질적으로 이끌어가고 있는 사람은 매천호 교주와 그 휘하 세력들입니다. 그것을 감안할 때, 본 맹은 혹시라도 발생할지 모를 만약의 사태를 대비하는 것이 좋지 않을까 합니다."

"후훗! 그것도 일리가 있는 말이긴 하군. 아무리 형님께서 태상교주로 계시긴 하지만 원주의 말처럼 현 마교를 실질적으로 이끌어가고 있는 자는 교주라 할 수 있지. 그러나 그것은 본좌에게 큰 의미가 없다.

어차피 형님께서 세상에 나온 이상, 마교 역시 형님의 그늘에서 완전히 벗어나지 못하기 때문이다. 무슨 말인지 알겠나, 원주?"

"상황이 그렇다면 다행입니다. 하지만……."

"원주, 자네는 '하지만'이란 말을 상당히 좋아하는가 보구먼."

"옛? 그것이 무슨……? 아! 죄, 죄송합니다. 소인이 너무 주제넘었습니다. 주의하도록 하겠습니다, 태상맹주님."

"원주 개인 습관이니 본좌를 위해서 주의할 필요는 없겠지. 하지만 회의를 하는데 상당히 신경 쓰이는구먼."

"흐으음……."

독고성준은 독고신검의 갑작스러운 말에 당황한 나머지 더 이상 고개를 들고 독고신검의 얼굴을 바라볼 수가 없었다.

은근한 압력.

이 상태가 지속되든 그렇지 않든, 독고성준으로서는 독고신검의 말에 반문을 제기한다는 것은 앞으로 도저히 생각조차 할 수 없을 만큼 정신적인 충격을 받았다.

두려움.

독고성준의 심장은 활발하게 요동치고 있었다. 스스로는 인정하고 싶지 않겠지만, 단 한 마디의 말로 지금까지 자신이 쌓아 올린 최소한의 입지마저 뒤흔들어놓는 독고신검에 대한 두려움이었다.

독고신검은 독고성준이 더 이상 앞으로 나서지 않으려는 모습을 보이자 좌중을 한번 훑어보면서 흡족한 미소를 지어 보였다.

"독고 원주 말고 장로들 가운데 이보다 더 좋은 의견이 있는가?"

"……."

"없는 것 같군. 그렇다면 이 문제는 더 이상 거론할 필요가 없겠군.

그렇지 않은가?"

"그렇습니다, 태상맹주님."

"옳으신 말씀이십니다."

"좋다. 모두들 본좌와 같은 생각을 하고 있다는 것을 알았으니 본좌의 마음이 너무도 흡족하구나. 말이 나왔으니 하는 말인데, 본좌는 본맹이 세롭게 재탄생했으면 한다. 또한 그것을 위해 옆에 있는 맹주와 상의를 할 것이다."

"⋯⋯?"

"본 맹의 모체는 예전에 본좌가 세웠던 패왕성이다. 당시 패왕성의 창건 배경은 무림을 탄압하고 억압하는 원나라에 대한 반감에서 시작했다. 당연히 원나라를 이 땅에서 몰아내고 예전의 자유로운 무림을 만드는 것이 목적이었다. 그것은 여기 있는 장로들 모두 알고 있을 것이다. 자유, 그것이 진정한 무림 아닌가?"

"그렇습니다, 태상맹주님."

독고신검의 말에 맹주를 비롯한 장로들 모두 이구동성으로 동의를 했다. 이때는 아직 심적 충격에서 벗어나지 못하고 있던 독고성준 역시 마찬가지였다. 목적을 이루기 위한 전략과 전술은 다르지만, 독고성준의 최종 목적 역시 독고신검과 별반 차이가 없었기 때문이다.

"하지만 본 맹이 결성된 후 지금까지 무림에 보여준 것은 이와 반하는 것이었다. 비록 기득권을 지키려는 무림맹의 뜻에 반하여 결성되었지만 본 맹은 끝까지 무엇 때문에 결집을 하게 됐는지 잊지 말아야 한다. 그래서 본좌는 현원세가를 멸문시킬 동안은 무림맹과 공조를 하는 것이 앞으로 본 맹의 세력을 확장시킬 수 있는 기회가 될 것임은 물론, 명분까지 얻을 수 있지 않을까 생각했다. 어떠한가? 본좌가 잘못 생각하고 있는 것인가?"

"아닙니다, 태상맹주님. 태상맹주님의 말씀을 듣고서 그동안 저희들이 크게 잘못하고 있었다는 것을 깨닫게 되었습니다. 옳으신 지적입니다."

"그렇습니다. 소인들은 태상맹주님의 뜻에 따를 것입니다."

"충!"

마치 독고신검에 대한 충성 맹세와 같은 혈리검천 예락승의 발언은 다른 장로들에게 빠르게 전파가 되었다. 비록 옛날처럼 피의 서약을 한 것은 아니지만 이 맹세는 독고신검이 살아 있는 한 영원할 것처럼 보였다.

원나라의 탄압에 아무런 힘도 되지 못했던 정파들.

하지만 자신들의 선조들이었고 사부였던 이들은 독고신검과 함께 꺼져 가던 국운을 일깨웠던 영광된 삶을 살았다. 그만큼 녹림을 비롯한 사파의 모든 영수들은 독고신검으로부터 옛날의 영광을 꿈꿀 수 있는 희망을 본 것이다.

"하하하! 좋다. 맹주는 장로들과 함께 오늘 회의에서 결정된 사항을 실행에 바로 옮길 수 있도록 조치를 하라."

"알겠습니다, 태상맹주님!"

"소인들이 충성을 다해 맹주님을 보필하도록 하겠습니다. 충!"

독고신검은 자신을 향해 일제히 부복을 하는 장로들을 뒤로하고 대전을 빠져나갔다. 이제 모든 일 처리는 맹주가 알아서 할 사항이었다.

"아버님, 그냥 가시는 것입니까?"

"목적지만 알려주었으면 되었다. 어차피 현 무림은 네가 주축이 되어야 하지 않겠느냐. 내가 굳이 이곳에 와서 장로들에게 떠든 것은 네가 목적을 확실히 알지 못하는 것 같아서였다."

"그럼 아버님께서는……?"

"그래, 떠나야겠지. 돌이켜 보니 벌써 백육 년이나 흘렀구나. 형님께 기별이 왔으니 당연히 가보아야 하지 않겠느냐."

"알겠습니다, 아버님. 그럼 평안하십시오."

"허허, 알겠다. 그리고 고맙구나. 하지만 잊지 말거라. 이 아비가 어떤 삶을 살았고, 또 어떤 삶을 살고자 했는지. 알겠느냐?"

"예, 명심! 또 명심하겠습니다."

독고신검은 대전을 빠져나가면서 단 한 번도 아들인 독고후가 앉아 있는 곳을 향해 뒤돌아보지 않았다. 그만큼 아들을 믿는다는 표현이었고, 향후 어떠한 일이 있어도 패혈맹에 돌아오지 않겠다는 의지가 담겨져 있는 행동이었다.

이것은 태산 같은 아버지 독고신검의 뒷모습을 쓸쓸한 눈빛으로 바라보고 있는 독고후 역시 알고 있었다. 다시는 독고신검이 돌아오지 않을 것임을. 하지만 독고신검이 대전을 완전히 빠져나가 그 모습을 볼 수 없을 때까지 독고후는 맹주의 자리에서 일어서지 않았다. 아버지의 믿음을 철저히 따르겠다는 다짐을 마음속에 반복해서 되새길 뿐이었다.

'아버지…….'

*   *   *

호열의 눈은 며칠 새에 붉게 충혈되어 있었다. 아무리 기다려도 소호공주를 납치한 곳에서 아무런 연락이 없었던 것이다. 현재 호열은 그들이 누가 되었든 무엇을 원하든 간에 그들이 어떠한 요구 조건을 제시하더라도 무조건 수락할 상태였다. 무림맹과 등을 지라면 질 것이고, 마교와 싸워달라면 싸워줄 용의도 있었다. 아니, 총력을 기울여 싸움에 임할 것이다. 다만 그 전제 조건으로 소호공주의 안위만 철저히 보장된다면. 그 외에 더 이상의 말은 호열에게 필요없었다. 그만큼 호열은 소호공주를 생각하며 극도의 불안감에 하루하루를 힘겹게 보내고 있었다.

"아직도 소식이 없는가?"

"예, 문주님. 아쉽게도 패혈맹의 경비가 워낙 철저해서 잠입하는 데 실패했습니다. 마교와 무림맹, 그리고 현원세가의 일로 인해 주변 경계에 많은 신경을 쓰고 있었고, 더구나 혈마황 독고신검이 태상맹주로 추대되면서 그 세력을 확장하고 있는 실정이라 어려움은 더욱 컸다 합니다. 그에 차선책으로 남창 주변과 그 인근 마을까지 백방으로 수색하고 패혈맹에 왕래하는 사람들을 통해 탐문을 하고 있습니다만, 아쉽게도 아직 주모님의 행방에 관한 단서조차 그 어디에서도 발견할 수가 없었습니다."

"상황이 그와 같다면 일반적인 방법으로 안사람의 행방을 찾는 데는 한계가 있겠지. 그렇다고 이대로 기다리고 있으란 말인가? 이젠 그럴 수 없네."

"하지만 현재로서는 달리 방법이 없……."

"내가 직접 패혈맹으로 갈 것이네. 그러니 떠날 수 있도록 준비를 하게."

"문주님, 그럴 수는 없습니다. 어떻게 문주님께서 패혈맹에 직접 가신단 말씀입니까. 더구나 그곳에는 삼성이마 중 한 명인 혈마황 독고신검이 있습니다. 자칫 그와 대면하여 불상사라도 발생하게 된다면……."

"상관없네. 패혈맹이 이번 일과 조금이라도 관련이 있다면 그때는 그에 상응하는 대가를 치러야 할 것이네. 그것이 혈마황이든 무엇이든 상관없겠지."

"그러나 만약 문주님께서 자리를 비우신다면 본 문은 여러 가지로 어려운 일에 직면하게 될 것입니다."

"아마도 추 전주가 가장 우려하는 부분은 마교겠군."

"그렇습니다, 문주님. 마교의 급습이 있기라도 한다면 그때는 아무도 그들의 공격을 막을 수가 없을 것입니다. 그러니 문주님께서 패혈맹에 가시는 것은 무리가 있다 여겨집니다. 재고해 주십시오."

"흐으음……."

'이거 참, 그럼 나보고 어쩌란 말인가? 가정도 지키지 못한 내가 과연 앞으로 무슨 일을 할 수 있겠는가? 하지만 추 전주의 말에도 일리가 있음인데. 휴우우~'

생각하면 할수록 어떤 해답이 나오는 것이 아니라 더욱더 복잡해지는 것 같았다. 그만큼 호열에게 있어서 해결해야 할 과제가 너무도 많았던 것이다.

그러나 이후로도 추 전주와 한 시진 가까이 이 문제를 가지고 논의를 한 결과, 소호공주의 안위는 당분간 염려하지 않아도 된다는 것으로 결론을 지었다. 호열에게 있어서 심적 부담으로 자리잡았지만 철혈검문만 본다면 아직 해야 할 일들이 태산처럼 많았기에 어쩔 수 없는 조치였다.

"마교도 우리가 신농가를 벗어났던 시기와 비슷하게 난주로 이동했다고 들었는데, 그럼 당분간은 마교의 공격이 없다는 것으로 받아들여도 괜찮은가?"

"소인과 양 군사의 생각으론 그렇습니다. 본 문은 물론 현원세가에 총력을 기울여야 하는 무림맹으로서도 좋은 결과라 할 수 있습니다."

"그럴 수도 있겠지. 하지만 마교가 서안이 아닌 다른 경로를 통해서 오대산을 향한다면? 그럴 경우 무림맹이 과연 현원세가를 다시 공격할 수 있을 것 같은가? 더구나 이번 일로 인해 황제의 눈과 귀 노릇을 하고 있는 동창이 현원세가의 실체를 알게 되었을 텐데, 자네는 그 문제를 황제가 어떻게 처리할 것 같은가?"

"우선 문주님께서 첫 번째로 물으신 것에 관해서 말씀드리지만, 흐음… 양 군사를 비롯한 책사들과 이 문제에 관해서 논의를 해보았지만, 소인 역시 정확한 판단이 서지 않아서 뭐라고 말씀드리기가 애매합니다. 그러나 문주님의 말씀대로 그럴 가능성이 없는 것도 아닙니다. 하지만 동맹 관계가 어떻게 될지는 아직 미지수인 것 같습니다."

"……?"

"그것은 이번 일로 인해 마교 역시 현원세가를 창건한 천승검 현원덕호가 원나라의 황친이었다는 것을 알게 되었을 것이기 때문입니다. 이런 상황에서 마교가 계속 현원세가와 동맹 관계를 유지한다면, 그것은 본 문은 물론 무림맹과 패혈맹으로서는 큰 부담이 아닐 수 없습니다. 하지만 이것은 앞으로 마교의 행보에도 큰 부담으로 작용할 것입니다. 그런데 향후 무림을 장악하려는 마교가 과연 이런 부담을 떠안고 현원세가와 동맹을 고수할지 의문입니다."

"그렇지, 이미 전 무림에 알려진 사실이니 마교로서도 부담이 되겠지. 그렇다면 황제의 반응은 어떨 것 같나?"

"소인도 그것이 제일 걱정입니다. 기대를 걸었던 북벌이 실패를 한 이상, 폐하께서는 어떻게든 책임을 지울 대상을 찾을 것이기 때문입니다. 그 대상이 현원세가가 아니었으면 좋겠지만, 폐하의 성격상 그럴 가능성이 농후합니다."

"나도 그렇게 생각하네. 만약 그럴 경우, 아마도 본 문이 선봉에 서게 되겠지."

호열은 추 전주의 말에 고개를 끄덕이며 우려 섞인 목소리로 공감을 표했다.

"그렇습니다. 아마도 폐하께서 선혜공주님을 황궁으로 불러들인 것이 북벌에서 패했기 때문으로 보이며, 이번 소식까지 더해진 이상 우려가 현실이 될 확률이 클 것이라 생각됩니다."

"휴～ 어쩔 수 없지 않은가. 황제가 선봉에 서라면 그렇게 해야 되겠지."

"그러나 그렇게 될 경우 상황은 심각해집니다. 우선 본 문이 무림에서 차지했던 입지가 상당히 약화될 것이 자명하며 문인들 역시 상당수 이탈하게 될 것입니다. 그럼 그동안 문주님께서 공들였던 모든 것이 수포로 돌아갈 것입니다."

"그건 상관없네. 어차피 본 문은 황제가 무림인들을 복종시키기 위해서 만든 것이 아닌가. 황제가 스스로 그 뜻을 접은 것이니 나로서는 할 일이 없어지는 것뿐이지. 그렇지 않은가, 추 전주?"

"흐으음……."

다분히 자조 섞인 호열의 말에 추 전주는 순간적으로 대꾸할 말이 없었다. 그만큼 상황은 철혈검문에게 좋은 쪽으로 흘러가지 않았던 것이다.

"우리 그 얘기는 그만 하도록 하지. 어차피 자네나 나나 이곳에서 아무리 떠들어보았자, 황제가 어떻게 결정을 내리느냐에 따라서 달라질 것이 아닌가. 그러지 말고 오늘은 나와 함께 술이나 한잔하세나."

"옛? 아, 알겠습니다. 지금 당장 준비시키도록 하겠습니다."

"그렇게 하게. 잠시 후 후원으로 가겠네."

"예, 문주님."

추 전주는 난데없이 호열이 술을 한잔하자고 하자 깜짝 놀란 표정으로 호열의 얼굴을 쳐다보았다. 지금까지 호열이 술을 마시는 것을 본 적이 없었기 때문이다. 그러나 호열의 착잡한 심정을 누구보다 잘 알고 있었기에 추 전주는 더 이상 반문하지 않고 집무실을 나왔다.

추 전주가 집무실을 나간 후, 호열은 한참 동안 앉아 있던 자리에서 일어서지 않았다.

'어차피 내가 할 수 있는 최선을 다했다. 비록 본 문이 내 뜻에 의해 세워진 것이 아닐지라도 나름대로 황제의 앞에 당당하게 설 수 있을 정도라 생각한다. 그것이면 되었지 않은가. 더 이상 황제에게 무엇을 바라겠는가. 오히려 이 정도로 마무리되는 것이 나와 무림을 위해서 좋을 수도 있겠지. 후후……'

한일 자로 굳게 다물어져 있던 호열의 입술 한쪽이 살짝 위로 올라갔다.

'추 전주는 이미 이와 같은 상황을 짐작했겠지. 나도 생각한 것을 그가 모를 리 없지 않은가. 그러나……'

호열은 천천히 의자에서 일어나서는 집무실 문을 활짝 열고 밖으로 걸음을 옮겼다. 더 이상 길게 생각해 보았자 머리만 복잡해질 뿐이란 것을 잘 알기에 생각을 애써 접은 것이다. 그러나 생각을 접고자 해도 쉽게 접을 수가 없었다. 철혈검문의 향후 진로가 어떻게 되든 호열에게 가장 중요한 것이 빠져 있었기 때문이다.

소호공주.

아직 행방조차 묘연한 소호공주를 찾는 문제가 해결되지 않는다면 호열에게 있어서 황제의 명을 수행할 명분이 사라진 것이나 다름없기 때문이다.

혜정 대사께서 은거를 하신다는 말씀입니까……?

혜정 대사께서 은거를 하신다는 말씀입니까……?

　장엄하지는 않지만 넓은 대전에 가지각색의 복장을 한 사람들이 모여 있었다. 그러나 어느 누구도 쉽게 말문을 열지 않고 있었는데, 그것은 아무도 자신들의 앞날을 예측할 수 없었기 때문이다.

　고요한 분위기 가운데 엄숙함.

　하지만 바닥을 알 수 없을 정도로 가라앉은 분위기는 사람들에게 칙칙함마저 느끼게 하고 있었다.

　"원시천존, 실로 통탄할 만한 일입니다. 아니, 그럴 수는 없는 일입니다. 어떻게 혜정 대사와 같은 덕망 깊으신 분께서 본 맹의 뜻에 동참하지 않으시겠다니, 그것이 말이 되는 소리입니까? 또한 어떻게 우리들에게 말도 없이 본 맹을 떠나실 수가 있다는 말입니까?"

　"그렇습니다. 더구나 담현 방장과 제갈 맹주는 혜정 대사께서 본 맹을 떠나셨다는 것을 일주일이 넘도록 우리들에게 숨겨야만 했다는 것을 이해할 수 없습니다."

"그렇습니다. 담현 방장께서 가장 잘 아실 것이니, 우리들이 이해할 수 있게 말씀 좀 해보십시오."

"그렇습니다. 본 맹은 창건한 이래 가장 큰 위험에 봉착해 있습니다. 이런 시기에 오히려 격려와 힘은 보태주시지 못할망정, 어떻게 본 맹을 떠나실 수가 있습니까?"

"아미타불, 실로 여러분께 뭐라고 드릴 말이 없습니다. 하지만 조사께서는 그 누구보다 본 맹을 생각하시는 분입니다."

"본 맹의 위기를 알고도 떠나신 분이 본 맹에 대해 무슨 생각을 하신다는 말입니까!"

"험! 팽 가주, 그 말은 좀 심한 것 같습니다."

"이거 참! 그럼 내가 지금 못할 말이라도 했단 말입니까, 남궁 가주?"

"흐음……."

남궁 가주는 성격이 급하고 직설적인 팽 가주에게 자중할 것을 은근히 말했으나 팽 가주는 그것을 알면서도 일부러 목소리를 높였다. 평소 남궁 가주의 뜻을 지지하던 팽 가주의 행동이 아니었다.

그러나 이러한 팽 가주의 언행에 아무도 이의를 제기하지 않았다. 그만큼 대전에 모인 영수들은 혜정 대사의 거취 문제를 무림맹과 밀접한 관련성을 지녔으면 하는 바람이 있었던 것이다.

담현 방장은 팽 가주의 언행에 불쾌해했지만 바로 반박하고 나서지 않았다. 조용히 침묵을 지키면서 팽 가주로부터 시작된 소요가 조금씩 사그라지기만을 기다렸다.

"담현 방장, 아무래도 우리들에게 혜정 대사에 관해서 아는 것이 있다면 털어놓는 것이 좋을 듯하네. 사안이 사안인만큼 그렇게 해야 하지 않겠는가?"

"옳으신 말씀입니다. 사실 조사(祖師)께서 아무런 대안도 없이 본 맹을 떠나신 것은 아닙니다."

"응? 그게 무슨 말인가?"

"조사께선 아무래도 이번 일을 해결함에 있어서 마교의 힘이 필요하다 생각하신 듯합니다. 그래서 천마황 혁무량을 만나기 위해 난주로 가셨습니다."

"뭐, 뭐라고?"

"아니, 그게 지금 무슨 말입니까! 마교라니요!"

"정말 혜정 대사께서 혁무량을 만나러 난주로 가셨단 말입니까?"

"어찌 그런 황당한 일을……."

"그렇습니다. 다른 분도 아니고, 어떻게 혜정 대사께서……?"

"있을 수 없는 일입니다. 그게 말이 된다고 생각하십니까? 다른 곳도 아니고 어떻게 마교로 갈 생각을 하셨단 말입니까? 더구나 혁무량을 만나러 가셨다니……."

궁 방주에 의해 조용해진 대전이 담현 방장의 말이 끝남과 동시에 또다시 웅성거림으로 시끄러워졌다. 혜정 대사가 소리 소문 없이 무림맹을 나섰다는 것을 알았을 때보다 더하면 더했지, 덜하지는 않았다. 그만큼 담현 방장의 말대로 혜정 대사가 마교로 향했다면 그냥 넘길 수 없는 엄청난 사건이었기 때문이다.

"조용! 조용! 모두들 조용히 좀 해주게!"

"……."

"헛! 흐으음……."

"흠흠! 담현 방장, 조금 전 이야기를 자세하게 설명해 줄 수 있겠는가? 만약 이 일이 혜정 대사 단독 의사에 결정된 것이 아니라, 그 배후에 만약 다른 세력… 즉 소림사가 존재한다면 우리가 납득하기 어려울 것 같아서 물어보는 것이네. 소림사 내부적인 문제로 말하기 곤란한 사정이 있다면 모르겠지만, 그렇지 않다면 답변해 줄 수 있겠는가?"

궁 방주는 담현 방장을 향해 평소와 다른 정중하면서도 강경한 어조로 말문을 열었다. 그만큼 담현 방장의 말은 무림맹 창건의 취지와 근본을 뒤흔드는 중요한 사안이었기에 궁 방주로서도 신중한 모습을 보일 수밖에 없었다.

"유감스럽지만, 그것은 사실입니다. 하지만! 그 일은 조사께서도 그리 달갑지 않게 생각하셨습니다. 마교가 어떤 곳인지 잘 알고 계신 분이 좋아서 가셨겠습니까? 그러나 본 맹의 현 상황을 잘 알고 계셨기에 그분도 어쩔 수 없이 마교로 가신 것입니다."

"아니, 그것이 무슨 말입니까? 어쩔 수 없이 가셨다니요?"

"그렇습니다. 만약 담현 방장께서 말씀하셨듯이, 혜정 대사께서 어쩔 수 없이 마교로 가셔야만 할 일이 있었다면 우리에게도 그 사실을 알리셨어야 하지 않습니까? 그것이 순리라는 것은 담현 방장께서도 잘 아시리라 봅니다."

"호 장문인의 말씀이 옳습니다. 저 역시 그렇게 생각합니다."

"자자, 그것은 이곳에 있는 모든 사람들이 아는 사실이니 더 이상 거론하지 말았으면 하네. 어차피 혜정 대사께서 마교로 향했다니, 지금은 그 이야기를 먼저 들어보는 것이 좋지 않겠는가? 담현 방장, 말을 계속해 보게. 만약 우리들 모두 납득시킬 수 있는 명분이 없다면 이번 일에 대한 모든 책임을 소림에 물을 수밖에 없네. 알겠는가?"

"흐으음… 알겠습니다. 사실 조사께서는 현재 본 맹의 힘으로는 현원세가를 멸문시킬 수 없다고 생각하신 것 같습니다. 정말 안타까운 현실이나 그것은 빈승 역시 부인하지 못했습니다. 현재로서는 이 국면이 계속되었으면 되었지, 빠른 시일 안에 결판을 지을 수 없는 것이 현실이니까요. 더구나 마교는 현원세가와 동맹을 맺은 상태가 아닙니까? 그에 조사께서는 그동안 현원세가의 숨겨진 모든 실상을 혁무량에게 알린 후, 당분간 마교가 현원세가를 도와주는 동진을 강행하지 않았으면 좋겠다는 뜻을 전하고자 가신 것입니다."

"아니, 그렇다면 혜정 대사께서 숙적인 마교에 고개를 숙이려 가셨다는 말이 아닙니까!"

"말도 안 되는! 어떻게 그런 중대한 일을 혼자서 결정한단 말입니까! 정말 그 일 때문에 본 맹을 나선 것이라면 지금이라도 당장 돌아오도록 해야 합니다."

"그렇습니다. 죽으면 죽었지, 어떻게 마교에 고개를 숙인단 말입니까! 그렇게는 못합니다!"

"흐으음……."

큰 파문이 있을 것으로 예상했었지만, 현재 보이고 있는 반응은 담현 방장의 예상을 뛰어넘는 수준이었다.

그에 담현 방장은 아직 아무런 말을 하지 않고 있는 제갈 맹주를 돌아보았다. 담현 방장의 생각과는 달리 제갈 맹주는 지금 자신이 나설 때가 아니라고 생각한 듯 조용히 지켜만 볼 뿐이었다.

"잠시만 조용히 해주십시오. 잠시만! 흐음… 제가 생각해 볼 때, 이번 일을 원만히 해결하기 위해서는 우선 소림의 뜻이 어디에 있는지 알아야만 할 것 같습니다. 담현 방장께서는 이 문제에 대해 명확한 답변을 부탁드립니다."

"소림의 뜻은 언제나 마찬가지입니다. 불변입니다."

담현 방장은 남궁 가주의 물음에 단호한 어조로 목소리에 힘을 주었다. 상황이 좋지는 않지만, 담현 방장의 이와 같은 언행은 많은 이들의 불만을 어느 정도 잠재우는 데 효력을 발휘했다. 그만큼 담현 방장의 뜻이 어디에 있는지, 단 한 마디의 말로 인해 증명이 되었던 것이다.

"그렇다면 정말 다행입니다. 그럼 우리가 혜정 대사의 행동을 어떻게 받아들여야 하는 것입니까? 담현 방장께서 이야기를 나누셨을 것이니 그에 대해서 말씀해 주시지요."

"이미 말씀 드렸지만, 조사께서는 혁무량 시주를 만나 현원세가와 관련된 일에 더 이상 마교가 개입하지 않았으면 하는 뜻을 전하려는 생각이십니다. 아마도 이런 생각을 하신 것은 현원덕호의 신분 때문인 것 같습니다. 아무리 마교라 해도 이 문제는 가볍게 여길 수 없는 사안일 테니까요. 아미타불……."

"흠! 무슨 얘기인지 알겠네. 하지만 아무리 좋은 의도로 행한 일이라 해도, 독단적인 행동은 무리가 따를 수밖에 없는 것이네. 그러나 본 맹으로서는 혜정 대사께서 뜻하신 것을 이뤄주셨으면 좋겠군. 그나저나 단독으로 혁무량을 찾아간다는 것은 위험하지 않겠는가?"

"궁 방주께서 조사의 안위를 염려해 주셔서 감사합니다. 그래서 빈승의 생각으론 최악의 상황에 직면해 있는 우리에게 가장 시급한 것이 무엇인지 상의할 때라 봅니다."

"흐음~ 좋네! 담현 방장의 말에 일리가 있는 것 같네. 자네들은 어떻게 생각하는가? 그리고 맹주는?"

믿었던 혜정 대사의 이탈이 서운하기는 하지만, 궁 방주는 무림맹이 당면해 있는 사태의 심각성을 생각할 때 담현 방장의 말에 따르는 것이 현명하다는 판단을 했다. 그에 가장 연장자인 자신이 앞으로 나서서 다른 사람들을 설득하는 것이 보기에 좋다는 생각을 했다.

"좋습니다. 궁 방주께서 그렇게 말씀하시니 우선은 그에 따르도록 하지요."

"어쩔 수 없겠지요. 혜정 대사께서 그와 같은 생각을 하시고 본 맹을 떠나셨으니 우리로서도 다른 방법을 찾아야 하지 않겠습니까. 저도 동의합니다."

"동의합니다."

"혜정 대사께서 그런 행동을 취할 수밖에 없도록 만든 책임이 우리에게 있겠지요. 원시천존……."

"옳은 말씀입니다. 이 일이 있게 된 원인은 우리라고 보아도 무방하다는 생각입니다. 빈도 역시 동의하고자 합니다."

"흐으음… 좋습니다. 동의하겠습니다. 더 이상 혜정 대사의 일은 거론하지 않겠습니다."

"허허, 대부분 뜻에 동의를 했고, 또한 남궁 가주까지 동의를 했으니 혜정 대사의 일은 이쯤해서 덮어두는 것이 좋겠군. 어떠한가, 맹주? 이제 맹주가 회의를 주관해도 될 것 같은데?"

"고맙습니다, 궁 방주님. 그리고 현명한 판단을 내려주신 여러분께 뭐라고 감사의 말을 해야 할지 모르겠습니다."

제갈 맹주는 궁 방주의 말에 고마움을 정중하게 표한 후, 자신을 향해 이목을 집중하고 있는 다른 사람들에게 역시 깊은 감사의 말을 전했다.

"그럼 회의에 앞서서 혜정 대사께서 하신 말씀을 다시 한 번 짚어보

지 않을 수 없습니다. 그분께서 말씀하신 것이 어느 정도 실현 가능성
이 있는지 장담을 하지 못하겠지만, 만약 그것이 성사된다면 사방에 적
으로 둘러싸인 본 맹은 당분간 큰 시름을 덜 수 있을 것입니다."

"그렇긴 하지만, 과연 혜정 대사께서 말씀하신 것이 가능하리라 보
십니까?"

"그렇습니다. 이곳에 계신 모든 분들도 이미 아시겠지만, 그것은 거
의 있을 수 없는 일이 아닙니까? 백이면 백, 불가능한 일이라 생각할
것입니다. 마교가 이 좋은 기회를 그냥 보아 넘기지 않을 것입니다."

"흐음… 사실 회의를 주관하고 있는 저 역시, 지금은 남궁 가주의
말에 공감을 하고 있기는 합니다. 하지만 혜정 대사께서 하신 말씀을
믿어보고 싶습니다."

"맹주의 말대로, 우리들 역시 그렇게 되기를 희망하고 또한 믿고
싶은 심정입니다. 본 맹이 현원세가와의 일을 매듭지을 동안 마교가
동진을 멈춘다면 얼마나 좋겠습니까. 그러나 그것은 불가능하다는 것
을 우린 너무나 잘 알고 있지 않습니까? 그러니 혜정 대사께는 미안하
지만, 우리들 나름대로 다른 대안을 찾아보는 것이 좋을 것 같습니
다."

"빈도는 믿어보는 것이 좋다고 생각합니다. 그분은 쉽게 앞으로 나
서지 않는 분입니다. 그런 만큼 이번 일엔 자신의 모든 것을 버릴 각오
로 임하실 것입니다. 어쩌면 이번 일이 혜정 대사께 영원한 은거로 이
어질지도 모르는 일입니다. 무량수불……."

"연정 장문인, 영원한 은거라 하심은……?"

"아니! 그럼 혜정 대사께서 은거를 하신다는 말씀입니까?"

"빈도의 생각으로는 혜정 대사께서는 이번 일의 성사 조건으로 자신

의 은거를 제시하실 수도 있다는 것입니다. 본 맹으로서는 향후 마교와의 대전에 큰 손실로 이어지겠지만, 마교로서는 두 마리의 토끼를 한꺼번에 취할 수 있는 명분을 줄 수 있기에 충분히 가능한 일이라 봅니다."

"연정 장문인께서 말씀을 잘하셨습니다. 빈승도 조사께서 본 맹을 떠나실 때, 언뜻 그와 같은 느낌을 받았습니다."

"그렇군요. 원시천존……."

"그렇다면 성사될 가능성이 크군요. 하지만 본 맹으로서는 좋은 것만 생각할 수 없는 처지입니다."

"남궁 가주, 그것이 무슨 말씀입니까?"

"마교가 가세하지 않는다면 더없이 좋은 일이지만, 그렇게 될 경우에 현원세가를 물리치는 데 온 힘을 기울인 본 맹이 향후 마교의 공격을 막을 수 있겠습니까? 마교가 힘을 키우는 동안, 우리는 현원세가를 상대하느라 지칠 대로 지쳐 있는 상태일 텐데요."

"그렇군요. 일리가 있는 말입니다. 그렇다면 그에 대한 대비도 해야 하겠군요. 그렇다면… 이 참에 패혈맹과 공조를 하는 것이 어떻겠습니까? 현원덕호를 상대할 고수가 패혈맹에 있지 않습니까. 혈마황 독고신검 말입니다. 만약 패혈맹이 본 맹과 동조를 하게 된다면 향후 마교를 상대하는 데 있어서도 큰 도움이 될 것입니다."

"그렇군요. 인정하고 싶지는 않지만, 독고신검은 옛날 원나라를 이 땅에서 몰아내는 데 앞장선 인물입니다. 그러니 원나라의 전신이라 할 수 있는 현원세가를 공격하는 데 도움을 줄 수도 있을 것입니다. 신농가의 일도 있고 하니, 이 참에 맹주께서 패혈맹에 서신을 보내는 것이 어떻겠습니까?"

"그것도 한 방법이 되겠군. 어떤가, 맹주? 썩 내키지는 않지만 내 생각에도 남궁 가주의 의견도 이 난관을 타개하는 데 좋은 방법인 것 같구면."

"흐으음… 알겠습니다. 그렇게 하도록 하겠습니다. 그러나 본 맹에도 현원덕호를 상대할 고수가 없는 것은 아닙니다. 지금은 어떻게 됐는지 생사 여부도 모르지만, 정 대협은 당시 현원덕호와 자웅을 겨루었습니다. 그러니 하루라도 빨리 정 대협의 행방에 관해 파악해야 할 것입니다."

"그렇군요. 유운검선 정 대협이 있었지요. 휴~ 별 탈이 없었어야 할 텐데……."

"아미타불."

"허황도군께서 보살펴 주셨을 것입니다. 무량수불……."

"여러분의 성의에 감사합니다. 그러나 정 사제의 일은 그리 염려하시지 않아도 될 것입니다. 정 사제는 당시 현원세가를 빠져나왔을 것입니다. 아니, 빠져나왔습니다. 빈도와 본 파의 모든 제자들은 그렇게 믿습니다. 원시천존……."

지금까지 아무런 발언도 하지 않던 현운 장문인은 화제의 중심에 운영의 이름이 거론되자 제갈 맹주의 앞으로 한 발 나섰다. 그런 후 강한 어조로 사람들을 둘러보며 운영의 무사함을 주장했다.

요 며칠 동안 현운 장문인의 눈가에 지어진 주름이 보는 이의 마음을 안타깝게 할 정도였지만, 현운 장문인과 장백검파의 모든 문인들은 운영의 무사함을 믿고 있었다. 그렇기에 운영이 무사히 돌아올 때까지 자중하고 있었다.

그러나 현운 장문인의 표정엔 자신의 발언에 대해 확신하지 못하는 느낌이 언뜻 보였다. 그만큼 현원덕호의 공격은 무서웠으며, 현원세가의 치밀함은 현운 장문인의 마음을 무겁게 하기에 충분했던 것이다. 다만 현운 장문인이 할 수 있는 일은 잊지 않았다. 암중으로 북경에 있는 지부에 기별을 넣어 운영의 소식을 파악하도록 지시를 내린 상태였던 것이다.

"현운 장문인의 말씀처럼 정 대협이 무사했으면 좋겠습니다. 그건 그렇고… 연정 장문인과 다른 분들의 말씀을 들어보니 신농가에서 보여준 임 문주의 실력이 예상 밖으로 뛰어났다고 들었습니다. 마교의 교주조차 상대가 되지 못했다는데, 그것이 정말 사실인지 확인을 해봐야 하지 않겠습니까? 만약 그렇다면 임 문주는 물론, 철혈검문에 대한 처우도 다시 한 번 생각해 보아야 할 것입니다."

"맹주, 그 일에 대해선 이미 알고 있습니다. 하지만 철혈검문에 대해서 처우 개선까지 할 필요가 있겠습니까? 이미 본 맹은 임 문주에게 장로 직을 수여한 상태이니 이렇게 따로 논할 문제는 아니라고 봅니다."

"옳은 말이네. 그 역시 본 맹의 일원이고, 또한 책임을 갖고 있기에 싸운 것이 아니겠는가. 또한 우리는 그를 인정했네. 그러면 된 것이 아니겠는가? 그렇지 않은가, 맹주?"

"알겠습니다. 모든 분들이 그렇게 생각하신다면 철혈검문에 관한 일 역시 더 이상 거론하지 않겠습니다. 그럼 정리를 하는 차원에서, 앞으로 본 맹이 행할 일을 말씀드리겠습니다. 우선 혜정 대사께서 마교에 가신 것은 그분 독단에 의해서 행한 일이라……."

제갈 맹주의 정리 이후, 회의는 장장 세 시진에 걸쳐서 진행이 되었다. 현원세가가 보인 무서운 집념과 결의를 이미 뼈저리게 경험했었기에 앞으로 무림맹의 행동은 신중할 수밖에 없었다.

지금까지 취했던 저돌적인 공격 지향보다는 주변과의 공조를 강조하면서 세부적인 공격 방향을 정하고자 했다. 또한 패혈맹에 보내질 제갈 맹주의 서안 작성도 논의되었는데, 쉽지는 않았지만 그럭저럭 모두 만족할 만한 초안이 작성되었다. 이제 모든 것은 패혈맹에서 어떤 태도를 취하느냐에 달려 있었다.

* * *

휘이이이이이~ 번쩍! 쾅……! 콰쾅! 콰아아앙—

무림맹과 현원세가의 치열했던 혈전이 벌어진 지 벌써 이십 일이 흘렀다. 그러나 그동안 가뭄으로 인해 치열했던 현장은 아무리 치웠어도 시체 썩는 냄새와 진한 혈향(血香)의 흔적이 남았었는데, 강한 비구름을 동반한 태풍으로 혈전의 흔적은 조금씩 씻겨 내려갔다. 마치 당시의 처절했던 아픔과 고통도 함께 씻어 내리려는 듯, 태풍은 오대산 기슭을 지날 때 강한 용울음을 내며 비를 퍼붓고 있었다.

"이제야 당시의 흔적이 조금이나마 지워지겠군."

"아마도 그렇게 될 것 같습니다. 아무리 시체를 태웠다고 해도, 땅속으로 흘러들어 간 피까지는 씻어내지 못했으니까요. 이번 비로 인해 전부 씻겨질 것입니다."

"그렇게 되어야지. 하지만 본 가가 입은 피해를 복구하는 데는 수많은 세월이 흘러도 모자랄 것이다. 그만큼 위험이 따르겠지."

"하지만 무림맹 역시 근시일 내에 본 가를 공격하기 힘들 것입니다, 가주님."

"흐으음……."

현원승은 곽 총관의 나지막한 말에 고개를 끄덕였다. 그러나 안도의 마음은 들지 않았다. 시간이 문제일 뿐, 무림맹의 공격이 완전히 끝난 것은 아니었기 때문이다.

현원세가가 입은 피해는 무림맹이 예상하는 것보다 훨씬 심각했다. 문인들의 사망자가 무려 일만 이천 명에 이르렀고, 부상자도 삼천 명이 넘었다. 다시 말해, 무림맹이 위험을 무릅쓰고 다시 공격할 경우 세가를 위해 검을 들고 싸움에 임할 수 있는 문인들은 고작 칠천 명이 전부였다.

"가주님, 이런 말씀을 드려야 할지 말아야 할지 고민했지만 총관으로서 가주님께 말씀을 드리는 것이 좋을 것 같습니다."

"…무슨 일인가? 말해 보라."

"예. 본 가가 광천뢰의 위력을 통해 무림맹을 압도한 만큼 모든 문인들의 뇌리엔 광천뢰에 대한 믿음이 생겼습니다. 차라리 불안해하는 문인들의 마음을 잡기 위해서라도 광천뢰를 만드는 데 주력하는 것이 어떻겠습니까? 당시 제작했던 광천뢰 모두를 사용했기에 현재로서는 무림맹의 공격에 대처할 만한 방비책이 없습니다. 또한 추후 무림맹과의 혈전에 필요할 것입니다."

"곽 총관! 자네는 아직도 광천뢰를 고집하고 있었단 말인가? 본좌가 이미 그에 관해서 더 이상 거론하지 말 것을 지시했을 텐데?"

창문을 통해 장대처럼 쏟아지는 빗물을 바라보던 현원승의 몸이 곽 총관을 향해 돌려졌다. 또한 잠잠하던 실내에 현원승의 몸에서 비롯된 살기가 넘실거렸다.

"죄, 죄송합니다. 그러나 믿었던 타타르 국에서 아직까지 지원군이 오지 않을뿐더러, 마교도 동진을 멈추었다는 것이 걸려서 그만 실언을 했습니다."

"본좌도 그 점에 관해서는 우려하는 점이 없는 것이 아니다. 그러나 또다시 광천뢰를 만든다는 것은 용납할 수 없다. 아무리 문인들이 두려움에 떨고 있다 해도, 그것은 무예를 연마하고 정진하면 자연적으로 해소될 것이니 너무 염려치 말라. 그리고! 현재로서는 광천뢰를 만들고 싶어도 본 가엔 그만한 여력이 남아 있지 않다. 곽 총관이 그것을 모르지는 않을 텐데?"

"알고 있습니다. 그러나 작약만 구할 수 있다면 어떻게든 방법을 강구할 수 있을 것 같다는 소인의 짧은 생각에 그만……."

"흐음, 무슨 말인지 알겠다. 하지만 작약을 구한다는 것은 명황제를 자극할 수도 있는 일이다. 지금에 와서 명황제를 자극할 필요는 없겠지. 이미 본 가의 내력이 만천하에 알려진 이상, 명황제가 어떤 반응을 보일지는 아무도 예측할 수 없으니 당분간 자중하는 것이 현명할 것이다."

"무슨 말씀인지 잘 알겠습니다. 그렇게 하겠……."

"총관님, 밖에 범 부총관께서 오셨습니다."

"범 부총관이?"

"예, 총관님."

곽 총관은 문인의 말에 바로 대꾸하지 않고, 자신의 얼굴을 바라보고 있는 현원승을 잠시 올려다보았다. 현원승의 승낙이 떨어지지 않았기 때문이다.

"무슨 일인지는 모르느냐?"

"예, 그것이 급한 일이라고밖에는……."

"알았다. 내가 곧 밖으로 나갈……."

"들어오라고 하라."

"옛? 아, 알겠습니다. 범 부총관을 들여보내라."

곽 총관은 현원승에게 양해를 구한 후 밖으로 나가려고 하다가, 현원승이 범 부총관을 들어오도록 명하자 얼른 고개를 숙여 보인 후 문인을 향해 목소리를 높였다.

"가주님을 뵙습니다."

"그래, 무슨 일이냐?"

"예. 오대산 일대를 경계하고 있는 문인들로부터 급한 전갈이 왔는데, 거의 만 명에 달하는 사람들이 지금 오대산을 오르고 있다 합니다. 행색으로 보아서는 일반 백성의 복장을 하고 있지만, 그들의 눈빛과 행동이 예사롭지 않아 보였다 합니다."

"뭐라? 그럼 무림맹에서 또다시 공격을 강행하기라도 했다는 말이냐?"

"이런! 자네는 좀 더 자세히 말해 보게."

현원승과 곽 총관은 범 부총관의 설명에 깜짝 놀랐다. 만 명이나 되는 사람들이 험한 오대산을 지나는 것도 예사롭지 않은 사안이었지만, 그들의 행동에서 수상한 기미가 보였다는 것은 도저히 묵과할 수 없었기 때문이다.

"예, 가주님. 아직 정확히 파악된 것은 아니지만, 문인들의 보고대로라면 무림맹은 아닌 것 같습니다. 그러나 모두들 태양혈이 확연히 드러날 정도라 하였고, 그들이 향하는 방향이 본 가가 있는 곳 같다고 했습니다. 그래서 급하게 총관님을 찾아온 것입니다."

'본 가를 향하는 것 같다……? 흐음, 혹시 그렇다면?'

"가주님, 확인해 봐야 알겠지만 소인은 그들이 타타르 국에서 온 병사들일 것 같습니다."

"본좌도 그런 생각을 했다. 하지만 정확한 것이 아니니, 범 부총관이 직접 그들을 확인해 보도록 하라."

"알겠습니다, 가주님. 그럼 소인은 이만……."

현원승의 명령이 떨어짐과 동시에 범 부총관은 신속하게 밖으로 나갔다. 적이라면 모르겠지만, 만약 지원군이라면 시름에 빠져 있는 세가에 큰 도움이 될 것이다. 더불어 바닥이 보이지 않을 정도로 떨어져 있는 문인들의 사기를 끌어올릴 수 있는 계기라 생각되자 범 부총관의 신형은 빗속을 뚫고 힘차게 앞으로 향했다.

태풍을 뚫고 현원세가의 정문 앞에 선 일만의 사람들, 그들은 불평 한마디 없이 일정한 간격을 두고 정렬해 있었다. 더불어 그들 앞에는 현원승이 빗물을 그대로 맞으며 자리하고 있었는데, 그의 표정은 상대에게 더할 수 없는 고마움을 표하고 있었다.

후두두두두~

"본국의 사정은 익히 소문을 들어 알고 있었네. 그런데 이렇게 어려운 걸음을 하다니, 고마울 뿐이네."

"당연히 와야 하는 길이 아닙니까. 그런데 이렇게 가주께서 직접 환영을 해주실 줄은 몰랐습니다."

"허허, 어찌 고맙지 않겠는가. 자, 인사는 간단히 하도록 하지. 우선 범 부총관은 병사들이 편안히 쉴 수 있도록 조치를 하고, 곽 총관은 우승상이 쉴 수 있도록 자리를 안내하라."

"알겠습니다, 가주님."

"명을 이행하겠습니다."

"자, 병사들은 범 부총관이 알아서 잘할 것이니, 어서 안으로 들어가세나."

"알겠습니다."

염상백은 예상치 못한 현원승의 환대에 힘들었던 여독이 풀리는 것을 느꼈다. 더불어 장대 같은 빗물에 찌들었던 때까지 씻겨져 내려가는 것 같아 여간 기분이 좋은 것이 아니었다.

염상백은 곽 총관의 안내에 따라 몸을 씻은 후 정갈한 의복으로 갈아입었다. 그런 후 저녁때가 조금 지나서 곽 총관의 안내에 따라 진수성찬이 차려져 있는 내실로 향했는데, 그곳에는 이미 현원승이 자리를 하고 있었다.

"기다리고 있었네. 자, 자리에 앉으시게."

"감사합니다."

염상백은 현원승의 말에 따라 자리에 앉았다. 그러자 곽 총관이 맞은편에 앉으며 염상백의 앞에 놓여져 있던 술잔에 한 가득 술을 따랐다.

"우선 한잔 들고 회포를 풀도록 하지."

"예, 그렇지 않아도 생각이 간절하던 참이었습니다."

염상백은 술잔을 한 번에 비웠다. 그러나 술이 잠시 머물렀던 입 안에 향기가 가득 머물렀다. 목구멍을 넘어가기 전에 입에서부터 은근하게 퍼지는 향기가 일품이었는데, 지금까지 먹어보았던 술과는 도저히 비교할 수 없는 기품이 느껴졌다.

"좋은 술이군요. 무슨 술입니까?"

"백화로(百花露)입니다. 본 가에서도 그리 많지 않은 술이지요."

"아~ 백화로라면 백 가지 꽃잎에 맺힌 이슬로만 만들었다는 술이 아닙니까? 이 귀한 술을 맛볼 수 있게 해주셔서 감사합니다."

염상백은 곽 총관의 대답에 연신 고개를 끄덕이더니 현원승을 향해 고개를 돌린 후 고마움을 표했다.

"우승상처럼 약속을 지킬 줄 아는 사람에게 무엇을 아끼겠는가. 어려워 말고 맘껏 마시게. 오늘은 본좌도 마시고 싶구먼. 허허~"

현원승은 염상백의 예를 받으며 연거푸 세 잔을 비웠다. 오랜만에 기분 좋게 술을 넘긴 것이다. 그동안 피로에 지치고 괴로워서 술을 마셨다면, 지금은 든든한 원군을 얻은 기쁨의 술을 마시고 있는 것이다.

"만 명의 병사들을 거느리고 만리장성을 넘는 일이 쉽지 않았을 텐데, 그동안 고생이 많았겠군."

"힘든 여정이긴 했습니다. 하지만 와야지요. 비록 삼십만의 대군을 이끌고 오지는 못했지만, 제가 거느리고 온 만 명의 병사들은 청랑군에서도 가장 우수한 병사들입니다. 저들이 있었기에 정로군을 물리칠 수가 있었으니까요."

"흐음……."

현원승은 염상백의 설명을 들으며 고개를 끄덕였다. 무공을 할 줄 아는 병사들이 있었다면, 아무리 사십만 대군이라도 막는 것은 그리 어려운 일이 아니었기 때문이다.

"아~ 그렇군. 그들의 모습을 보니, 모두 일류 수준을 웃돌더군요. 그만한 수준의 병력을 키우는 데 그간 고생이 많았겠습니다."

"곽 총관 말씀대로 고생은 많았지만 지금은 저들이 없었다면 저 역시 없었다는 생각을 하고 있습니다. 그리고 앞으로도 저들이 있기에 제가 있을 것이고요."

"우승상처럼 병사들을 아끼는 마음이 그와 같다면, 저들의 용맹함은 눈으로 보지 않아도 알 수 있겠군. 허허허~"

"소인도 우승상의 말씀을 들으니 그들의 용맹함을 보는 것 같습니다."

"감사합니다, 가주님."

현원승은 염상백으로부터 흡족한 대답을 듣게 되어 여간 기분 좋은 것이 아니었다. 세가 문인들 못지않은 실력과 조직력을 갖추고 있음을 짐작할 수 있었기 때문이다.

전투는 병력이 전부가 아니었다. 얼마나 튼튼한 결속력으로 다져진 조직인지에 따라 그 승패의 절반 이상이 달려 있다고 해도 과언이 아니었다. 그만큼 조직력이란 병사들의 개인 실력 이상의 능력을 지니게 해주는 것이었다.

"이미 본 가에 오시는 중에 소문을 들어서 알고 계시겠지만, 본 가 역시 무림맹과의 혈전으로 큰 피해를 입었습니다. 겨우 칠천 명이 목숨을 건졌지요."

"아니지, 곽 총관은 말을 정확하게 하도록 하게."

"예, 가주님. 정확히 말하면 본 가에서 검을 들고 싸울 수 있는 문인들의 수는 겨우 사천 명에 지나지 않습니다. 유감스럽지만, 나머지 삼천 명은 적이 쳐들어온다고 해도 운신을 할 수 없는 부상자들입니다."

"흐음. 무림맹이 크게 패했다는 소문은 들었는데, 현원세가가 그 정도로 큰 피해를 입었는지는 몰랐습니다. 자칫 그들의 공격이 한 번만 더 있었다면 상황은 지금보다 더욱 심각했겠습니다."

"그랬을 수도 있겠지. 하지만 태상가주께서 건재하신 것이 천하에 알려진 이상, 그 누구도 쉽게 공격하지 못할 것이네. 그것은 마교라 해도 예외일 수 없겠지."

"흐으음……."

염상백은 현원승의 자신만만한 설명을 들으면서 절로 고개가 끄덕여졌다. 염상백 역시 무공을 익힌 사람이기에, 삼성이마의 전설에 대해서는 그 누구보다 잘 알고 있는 사람이었다. 또한 어릴 때는 이들을 찾아 스승으로 모시고 싶은 꿈을 수없이 꾸기도 했을 정도로 삼성이마는 염상백이 추구하고자 하는 개인적인 이상향이었다.

"하지만 이렇게 우승상께서 병력을 이끌고 왔으니, 본 가는 오히려 이 기회를 빌어 근시일 안에 무림맹을 공격할까 하네. 우승상의 생각은 어떤가?"

"역공격이라… 사기가 떨어질 대로 떨어져 있는 무림맹을 공격하는 것은 괜찮은 생각인 것 같습니다. 그러나 승리가 보장되지 않으면 오히려 하지 않느니만 못하게 될 것입니다."

"옳은 말이네. 그래서 이번엔 태상가주께서 직접 지휘하시게 될 것이네. 이미 신화경에 드신 그분의 능력이라면 무림맹을 단죄하는 것은 그리 어려운 일이 아니지. 아무리 혜정 대사가 무림맹을 도와준다 해도, 그분의 검을 쉽게 막지는 못할 것이네."

"흐으음……."

'이거 참… 공격하는 것은 좋지만, 가주의 말에 숨겨진 의도가 있는 것 같구나. 아무래도 지금 내 지휘권을 넘겨달라는 말인 것 같은데…….'

염상백은 현원승의 말을 되새기며 그 숨은 의도가 무엇인지 파악하고자 했다. 그러나 아무리 좋게 생각해 보아도, 염상백에게 현원승의 말은 명백한 지휘권 양보를 돌려 말한 것으로 해석됐다. 그도 그러한 것이 엄밀히 말하면 현원승 역시 황친이었기에 당연히 권리를 요구할 만한 신분이었기 때문이다.

"허허, 무슨 생각을 하시는지 알겠습니다. 그러나 어찌 본 가가 우승상에게 지휘권을 요구하겠습니까. 당연히 천랑군의 지휘는 우승상이 해야지요. 다만, 이번에 무림맹을 공격할 때 함께 움직였으면 하는 것입니다."

"아… 하하, 죄송합니다. 제가 크게 잘못 생각했었나 봅니다."

"아니네. 그런 생각을 할 만했었네. 본좌가 처음부터 상황 설명을 제대로 했었다면 우승상이 그런 생각을 하지 않았겠지."

"오히려 제가 송구할 뿐입니다. 이런 때일수록 서로 간에 믿음이 있어야 하는데, 제가 그만 가주님께 큰 실수를 저질렀습니다.'

"허허, 그럼 본좌가 따라주는 술 석 잔을 마신다면 우승상의 죄를 사해주겠네. 자, 받게."

"예, 감사합니다."

현원승은 가벼운 손짓으로 염상백 앞에 놓인 술병을 들어 올렸다. 그런 후 술잔에 넘치지 않도록 따랐는데, 이 모든 것이 허공을 격하고 행한 일이었다.

염상백은 현원승의 신공을 감상하면서 연신 고개를 끄덕였다. 아무나 쉽게 할 수 있는 일이 아니었기에 이번 한 수의 시범으로 현원승의 능력이 어느 정도인지 알 수 있었던 것이다.

현원승과 염상백은 장마가 그친 후 무림맹을 향해 본격적으로 움직이는 것에 합의를 보았다. 무림맹이 있는 회남까지 가려면 큰 강을 넘어야 했는데, 바로 황하였다. 그렇기에 매년 장마가 있을 때마다 큰 홍수와 범람하는 황하를 건너는 것은 쉽지 않았기 때문이다.

더불어 힘든 여정으로 지쳐 있는 병사들에게 또다시 강행군을 시킬 수 없었기에 염상백은 장마 기간 동안 병사들이 맘껏 쉴 수 있도록 현원승과 곽 총관에게 배려를 요구했다. 앞으로 언제 죽을지 모를 전쟁을 치르러 출정하는 만큼 염상백은 잠시나마 편안한 휴식을 주고자 했다.

현원세가의 출정일은 팔월 오 일로 잡혔다. 이 정도면 범람했던 황하도 어느 정도 잠잠해질 것으로 판단했고, 더 이상 휴식 기간을 길게 잡을 수도 없었기 때문이다. 휴식 기간이 길어지면 길어질수록, 오히려 무림맹이 대비할 수 있는 시간을 벌어주는 결과를 만들 수 있기 때문이다.

제 9 장

소신들은 이웃을 천명회(天明會)과 부르고 있습니다

제9장 소신들은 이곳을 천명회(天明會)라 부르고 있습니다

오랜만에 태양이 하늘 높이 자리했다. 세상이 불변하지 않는 한 태양이 하늘에 뜨는 것은 당연했지만, 열흘 내내 내리던 장마로 인해 그동안 햇빛을 볼 수 없었다. 더욱이 비가 멈춘 후라서 그런지 하늘은 눈이 시릴 정도로 깨끗하고 상쾌했다.

호남성 장사(長沙).

장사의 기후는 약간의 특징이 있는데, 봄에는 변화가 다양하며 여름에는 온도가 높고 뜨거웠다. 또한 가을에는 하늘이 높고 상쾌하며 겨울에는 뼈를 에이는 추위로 여행하기에 가장 좋은 계절은 가을이며 단풍도 구경할 수 있었다. 더구나 북쪽으로 조금만 가면 동정호(洞庭湖)가 자리하고 있어, 한가한 고관대작들이나 시인묵객 및 혼인을 앞둔 연인들이 서로의 사랑을 확인하고자 많이 찾는 곳이었다.

장사 시내 중심 한가운데 자리하고 있는 저택.

언뜻 보면 고관대작의 저택으로 보였는데 장사에 거주하는 사람들 모두 그렇게 생각하고 있었다. 오죽하면 높은 관직에 있다가 물러난 사람이 머물거나 황친이 살고 있다는 말이 공공연하게 나올 정도로 관에서조차 쉽게 접근할 수 없을 만큼 화려하고 웅장했다.

　"본인을 언제까지 이곳에 가둘 생각이냐?"

　"가둔 적 없습니다."

　"가두지 않았다니, 지금 본인을 기만하는 것이냐!"

　"기만한 적 없습니다. 단지 명을 받고 이곳으로 모신 것입니다."

　"흐음, 그럼 한 가지만 더 묻겠다."

　"말씀하시지요."

　"본인과 함께 온 아이들, 둘 다 모두 무사한가?"

　"그것은 걱정하지 않으셔도 됩니다. 그 둘은 현재까지 무사합니다."

　"알았다."

　'그 아이들이 무사하다니 다행이구나. 혹시라도 좋지 않은 일이 있었으면 어쩌나 했는데…….'

　"그럼 더 이상 제게 하실 말씀이 없으시면 물러가겠습니다."

　"자, 잠깐!"

　"……?"

　"언제쯤 이곳의 주인을 만날 수 있겠느냐?"

　"그렇지 않아도 잠시 후면 만나실 수 있으실 것입니다. 주군께서 잠시 후에 사람을 보낼 것이니 그때까지 기다리시면 됩니다. 또 다른 질문 있으십니까?"

　"아니다. 그대의 주군이 오늘 만나겠다고 하니 궁금한 것은 그에게 물으면 되겠지."

"그럼 그렇게 하십시오. 그럼 소인은 이만……."

하인으로 생각하기에는 무언가 다른, 그러나 절대 상대에 대해 예의에 벗어나는 행동을 하지 않고 있는 중년인.

소호공주는 한편으로 자신의 생명을 구해준 중년인에게 고마운 마음을 가지면서도, 또 다른 한편으로는 자신의 의지와는 상관없이 어딘지 모르는 곳까지 끌고 와 가둔 납치범이라 생각하고 있었다.

한 사람만 보더라도 온몸에 품위와 절도가 배어 있었다. 그러한 것은 쉽게 배어 나오는 것이 아니었다. 어릴 적부터 그러한 교육을 받아야 하고, 또한 성품이 바르고 곧아야 하는 것이다. 이러한 것을 너무도 잘 알고 있는 소호공주는 마음이 무척 무거웠다. 자신이 모르는 또 다른 곳에 실체를 알 수 없는 무서운 세력이 도사리고 있는 것 같았기 때문이다.

그러나 가장 걱정이 되는 것은 자신의 안위가 아니었다. 자신으로 인해 혹시라도 부군인 호열의 신상에 해가 되지나 않을까 전전긍긍하고 있었던 것이다.

'이곳은 어디인가? 도대체 나는 왜 데리고 온 것이지? 분명 처음 나를 납치하고자 했던 자들은 아닌데. 모르겠다. 너무나 많은 것이 급작스럽게 변해 버렸다. 마치 옛날의 그때처럼…….'

소호공주는 방 안을 이리저리 거닐면서 앞으로 자신이 어떻게 대처를 해야 할지 생각에 빠졌다. 얼마나 심취했는지 해가 지고 시간이 흐르는 것도 잊어버릴 정도였다.

"소인입니다. 잠시 들어가도 되겠습니까?"

'응? 이런, 벌써 시간이 이렇게 흘렀나?'

"들어와라."

소호공주는 밖에서 들리는 소리에 정신을 차린 직후, 방 안을 빠르게 둘러보았다. 혹시라도 이상한 징후가 없는지 확인하기 위해서였다. 그러나 별다른 이상이 없자, 소호공주는 자신의 의복을 다시 한 번 정갈하게 한 후 밖을 향해 차분하게 말문을 열었다.

드드드드―

문이 열렸다.

"이제 시간이 됐나 보네요. 본인은 준비되었으니 지금 가도… 헉! 다, 당신은……?"

소호공주는 항상 보아왔던 중년인이 모습을 보이자 한발 앞으로 다가가려다가, 그 뒤에서 어디선가 본 듯한 얼굴이 드러나자 자신도 모르게 뒤로 물러섰다. 풍상을 많이 겪은 듯, 얼굴에 난 상처가 유난히 눈에 띄는 자였다.

공손추(恭遜醜).

소호공주의 앞에 나타난 사람은 만리표국(萬里鏢局)의 부국주라 소개받았던 공손추였다.

"안녕하셨습니까. 철혈검문에서 한 번 뵈었지요?"

"그, 그렇군요. 부군과 함께 있었던 당신을 본 것 같군요."

"하하, 기억해 주시니 감사합니다. 공주… 님."

"헉! 지, 지금 뭐라고……?"

소호공주는 깜짝 놀랐다. 공손추의 입에서 공주라는 호칭이 나올 줄을 꿈에도 몰랐던 것이다. 그만큼 정신적인 충격은 이루 말할 수 없을 정도였다.

"그렇게 놀라지 않으셔도 됩니다, 소호공주님. 이미 공주님에 관해서 모든 것을 알고 있으니 편안하게 생각하십시오."

"그, 그렇다면 혹 이곳이……?"

"그렇습니다. 그러니 이곳은 공주님께서 안전하게 생각하셔도 되니 더 이상 걱정하지 마십시오."

"아~"

"우선 소신의 예를 받으십시오, 공주님. 충!"

"공주님을 뵙습니다. 충!"

소호공주는 갑작스러운 변화에 당황하여 놀란 가슴만 벌렁거릴 뿐 아무런 행동을 취할 수가 없었다. 만리표국의 부국주 정도로 알고 있던 공손추가 자신의 동생이자 황제였던 혜제(惠帝)의 충직한 신하라는 것에 놀랐고, 또한 자신이 있는 곳이 지금의 황제를 몰아내고 혜제를 복귀시켜야 한다고 주장하는 이름 모를 단체의 본영이라는 것에 더욱 더 놀랐다.

"그동안 소신들이 공주님께 불충을 저질렀습니다. 벌하여 즈십시오, 공주님."

"벌하여 주십시오, 공주님!"

"아니네. 그렇지 않네. 오히려 그대들과 같은 충직한 신하들을 이렇게 본 것만으로도 본인은 고마울 뿐이네. 그러니 어서들 일어나게."

"송구합니다."

"감읍합니다, 공주님……."

소호공주가 직접 두 손을 잡아서 일으켜 주자 공손추와 중년인은 얼른 일어나 소호공주의 배려에 정중한 예를 올렸다.

"그런데… 그대들의 말처럼 이곳이 정말 그런 곳이라면, 그럼 혹 이곳에 폐하께서……."

소호공주는 고개를 들지 못하고 있는 공손추를 향해 혜제에 관해 물어보려다가 말끝을 흐렸다. 혹시라도 혜제에게 무슨 일이 생겨 오지 못한 것이 아닐까 하는 우려 때문에 쉽게 말이 이어지지 않았던 것이다.

"예, 그렇습니다. 폐하께서는 이곳에 계십니다. 그렇지 않아도 폐하의 명을 받아 공주님을 모시고자 왔습니다. 그러니 잠시 후면 만나보실 수 있을 것입니다."

"그러한가? 그럼 어서 안내를 해주게. 보고 싶구먼."

"알겠습니다. 그럼 소신이 안내를 하겠으니, 소신을 따르십시오. 참, 공주님께 한 가지 말씀드릴 것이 있습니다."

"무엇인가?"

"아무리 이곳이 폐하께 충성하고 있는 사람들이 많다지만, 현재로서는 최측근이 아닌 이상 그 누구도 믿을 수 없습니다. 또한 이곳에는 수많은 하인들이 있으니, 공주님께 죄송하지만 폐하의 존안을 뵙거든 회주라는 호칭을 사용해 주시기 바랍니다."

"무슨 말인지 알겠네. 그런데 회주라니……?"

"소신들은 이곳을 천명회(天明會)라 부르고 있습니다. 당연히 폐하께선 천명회의 회주시고요."

"아, 천명회… 알겠네. 그렇게 하겠네."

"그럼 이쪽으로……."

"알겠네."

'천명회 회주라… 모르겠다. 지금은 그런 것이 중요한 것이 아니지. 그나저나 정녕 폐하를 볼 수 있다는 말인가? 내 아우, 주윤문(朱允炆)을……? 감사합니다, 정말 감사합니다. 조상님들의 보살핌으로 인해 이렇게 소녀가 살아서 동생을 보게 되나 봅니다. 아~'

소호공주는 공손추의 안내를 받으면서도, 한편으로는 쿵쾅쿵쾅 뛰는 심장이 멎는 것 같은 흥분에 휩싸였다.

세상에서 단 하나밖에 없는 혈육.

이미 죽었다고 세상에 공표가 됐고, 자신 역시 그렇게 여기고 있었던 동생.

소호공주는 동생인 혜제가 살아 있다는 것을 조금 후면 직접 확인할 수 있다는 생각에 다리까지 후들거려 걸음을 빨리 할 수가 없었다.

반 각 정도를 걸어서 안쪽으로 들어가자 순백색의 비단으로 주변이 아름답게 장식되어 있는 아담한 정자가 눈에 들어왔다. 또한 그곳에는 몇 명의 사람들이 분주하게 음식들을 안으로 들이고 있었는데, 모든 시녀들의 얼굴에는 붉은 기색이 감돌고 있었다. 이따금씩 불어오는 바람에 천들이 하늘하늘거리면서 안에 좌정하고 있는 사람의 얼굴이 살짝 보였던 것이다. 비록 송옥(宋玉)이나 반악(潘岳)처럼 가인(佳人)들의 마음을 사로잡을 만한 절세미남은 아니었지만, 단아하면서도 항상 정갈한 자세를 유지하는 모습에서 함부로 접근할 수 없는 품위가 배어 나오고 있었다.

공손추는 정자 바로 앞에서 멈춘 후 정자를 향해 고개뿐만 아니라 허리까지 깊게 숙이며 최대의 예를 취했다.

"회주님, 모시고 왔습니다."

"알았네. 모시고 올라오게."

"아~"

'이 목소리, 정녕 폐하란 말인가……?'

정자 안에서 은은하게 울려 퍼지는 목소리에 소호공주의 눈가에 작은 이슬방울이 맺혔다.

"예, 회주님. 안으로 오르시지요."

"알겠네."

소호공주가 정자 위로 거의 다 오를 때쯤 흰 천이 좌우로 걷히면서 한 사람이 그 모습을 드러냈다. 멀리서 볼 때와 달리 정면에서 보면 볼품없는 얼굴에 왜소한 체격이었지만, 한번 보면 평생 잊지 못할 정도로 특이한 구석도 있었다.

그것은 옆모습에서 확연히 드러났는데, 마치 얼굴 윤곽이 반달처럼 보일 정도로 유사한 형상을 하고 있었다. 한때 황제를 비롯한 황친들에게 반달아이란 별칭으로 불렸었던 이유이기도 했다. 그러나 이러한 것들이 지금 소호공주의 앞에 모습을 드러낸 청년의 품격을 격하시킬 수는 없었다. 그만큼 독특한 매력의 하나로 생각될 정도였기 때문이다.

"누님, 살아 있으니 이렇게 뵙게 됩니다."

"아~ 폐… 아니, 회주… 정녕 회… 주셨군요."

"그렇습니다, 누님. 저, 윤문입니다. 주윤문이요……."

"흑흑……."

혜제가 천천히 손을 내밀자, 소호공주는 혜제의 손을 마주 잡으며 하염없이 눈물을 흘렸다. 반가움의 눈물이었고, 서러움의 눈물이었다. 막상 만나면 하고 싶은 말도 많았고, 원망 섞인 말도 많이 해주고 싶었지만 그런 것은 아무것도 생각나지 않았다. 그저 머리가 멍해지고 주마등처럼 고달팠던 기억들이 뇌리를 스쳐 지나가는 것이, 흘리고 싶지 않아도 눈물이 뺨을 타고 흘러내렸다. 도저히 스스로의 감정을 억제할 수 없을 정도로 보고 싶었던 얼굴들이 한없이 눈앞을 스쳐 갔던 것이다.

"하하, 이렇게 기쁜 날에 왜 그리 우십니까. 자, 안으로 드시지요.

오늘은 이 아우가 누님을 위해 푸짐하게 차렸습니다."

"알았습니다. 흑흑~"

"자, 한잔 받으십시오. 누님께서 그동안 저로 인해 고생이 많았음을 알고 있습니다. 그러니 아우의 술잔을 받으면서 홀홀 털어버리십시오."

"아닙니다. 어찌 그 모든 것이 회주 때문이겠습니까. 회주를 이렇게 만든 숙부 때문이지요."

"하하하……."

'숙부, 숙부라……'

소호공주의 말에 혜제는 별다른 대꾸 없이 자신의 앞에 놓여 있던 술잔을 한번에 들이켰다. 다른 말이 필요 없었던 것이다. 굳이 말로 하지 않아도 혜제는 소호공주의 말에 대꾸한 것이나 진배없었다.

혜제와 소호공주는 오랜만에 만나서 그런지 처음엔 서로의 안부를 묻고 난 후에는 다음 이야기로 쉽게 넘어가지 못했다. 하고 싶은 말도 많았고 하고도 싶었지만, 어찌 된 일인지 두 사람 모두 입이 자연스럽게 떨어지지 않았다.

혜제는 시녀가 따라주는 술잔을 들이킬 뿐이었고, 소호공주는 흘러내리는 눈물을 주체하지 못하고 있었다. 그만큼 서로에 대해 걱정하고 안쓰러웠던 세월보다 지금 이 시간이 더욱더 안쓰러워 견딜 수 없었던 것이다. 하지만 두 사람은 그것을 표현하지 않기 위해 최대한 노력했고, 그렇기에 분위기는 어색할 수밖에 없었다.

또한 공손추의 배려로 정자 주변에서 대기하던 하인들과 하녀들이 멀리 떨어지고, 그 자리를 든든한 병사들이 막아섰다. 아무도 두 사람의 대화를 엿듣거나 볼 수 없도록 한 것이다. 그러나 어색한 두 사람의 분위기는 쉽게 사라지지 않았다. 하지만 소호공주가 혜제보다 한 살이라도 더 먹어서 그런지 시간이 조금 지나기 시작하면서 격양된 마음을 가라앉힌 소호공주가 말문을 열기 시작했다. 당연히 두 사람의 대화는 꽉 막혔던 강의 물꼬가 트인 것처럼 거침없이 이어졌다. 그렇게 반 시진 정도 지나자, 두 사람 모두 예전과 마찬가지로 서로의 우애를 확인할 수 있었다.

"흠, 그럼 회주께서 처음부터 천명회를 이끌고 계셨던 것이군요."

"그렇습니다. 그나저나 누님께서는 그동안 황궁에 있다 들었는데 어떻게 철혈검문에 계시게 된 것입니까? 얼마 전 공 장로의 설명을 들은 후 깜짝 놀랐었습니다. 당시 임 문주가 누님을 안사람이라 소개했었다고 했는데, 그것이 정말입니까?"

"그, 그것이……."

"혹, 지금 임 문주가 황궁과 관련이 있는 것입니까? 아니, 철혈검문 자체가 황궁과 관련이 있고, 또한 누님을 볼모로 저와 천명회를 탐문하기 위해서……."

"아닙니다. 그것이 아니라……."

"그것이 아니라면? 휴~ 누님의 표정을 보니 말씀하시지 못할 무언가가 있는가 봅니다. 힘들게 만난 지 얼마나 되었다고 누님의 마음을 또 상하게 했나 봅니다."

"아닙니다. 사실, 말 못할 것도 없습니다."

"그럼……?"

"우선 그분에 대해서 설명하려면 황궁에서부터 시작해야 할 것입니다. 그래야 회주의 오해가 없을 테니까요."

"흐으음……."

"숙부에 의해 후원에 감금 생활을 하던 제가 부군(夫君)을 처음 본 것은 지금으로부터 오 년 전입니다. 당시 부군께서는 숙부의 명으로 새롭게 창설된 철혈금부(鐵血禁府)의 도독으로 있었습니다."

"철혈금부? 처음 들어보는데, 혹 공손 장로는 이에 대해서 들은 바 있는가?"

"없습니다. 소신이 미흡하여……."

"아니네, 당시엔 그럴 경황도 없었지 않은가. 계속하시지요, 누님."

"예. 그런데 어느 날 후원에 큰 폭발음이 울리면서 난리가 난 일이 있었습니다. 그리고 부군께서 큰 부상을 당하시고 난 후 제가 감금당해 있던 처소 앞에 쓰러져 계셨지요. 그날이 바로 저와 부군의 인연이 처음으로 시작된 날입니다."

"흐으음……."

"그리고 그날 이후 부군께서는 당시 입었던 상처를 회복하느라……."

소호공주는 호열에 관해 이야기를 시작하면서 회상에 잠겼다. 힘들었던 시절부터 호열로 인해 행복했던 시절까지 모두 주마등처럼 떠오른 것이다. 그러나 마냥 회상에만 잠겨 있을 수 없기에, 소호공주는 호열에 관한 사항을 자세하게 설명하기 시작했다.

"…그리고 숙부는 부군께 무림을 정복하라 지시한 것 같습니다."

"옛? 지금 무림 정복이라고 하셨습니까, 누님?"

"그렇습니다. 숙부는 분명 부군께 그와 같은 명을 내렸습니다."

"아~"

"어떻게 그런 말도 안 되는 일을 시킬 수가 있단 말입니까? 도대체……."

소호공주의 설명을 듣던 혜제와 공손추는 무림 정복이란 말에 하마 터면 앉아 있던 자리에서 벌떡 일어설 뻔했다.

"흐음… 계속하십시오, 누님."

"예, 그러나 평소 숙부에게 거부감을 지니고 있던 부군은 단호하게 불가함을 이야기했습니다. 감금을 당하고 있었던 상황이기에 당시 부군께서 어떤 위치에 있는지 모르지만, 제가 알기론 황궁에서 숙부의 명을 거부할 수 있는 유일한 분이 바로 부군이셨던 것으로 기억합니다. 그것은 선혜로부터 들었기에 사실일 것입니다. 당시 선혜의 분해하는 표정은 거짓이 아니었으니까요."

"호오, 놀라운 일이군요. 숙부의 명을 대놓고 거부할 정도의 인물이 있다니……."

"그렇습니다. 그러니 황제가 임 문주에게 무림 정복을 지시했겠지요. 더구나 요즘 소문에 듣자 하니 마교 교주조차 임 문주의 상대가 아니었다고 합니다. 천마황 혁무량조차 임 문주와 상대하는 것을 피했다는 소문도 떠돌고 있습니다. 무림맹에서 임 문주에 관해서 논의되고 있는 것을 보면 사실인 것 같습니다. 또한 놀라운 것은, 무림맹 내에서조차 몇 명은 임 문주를 삼성이마에 버금가는 인물로 보는 것 같습니다."

"그러한가? 삼성이마에 버금갈 정도로 보고 있다? 정말 대단한 사람이구먼. 흐으음……."

혜제는 공손추로부터 호열에 관한 소문을 거론했다. 혜제로서는 도저히 믿지 못할 소문이었지만, 아니 땐 굴뚝에 연기 날 일이 없었기에 공손추의 설명을 주의 깊게 들었다. 하지만 한쪽으로는 소호공주에게 계속 하도록 손짓을 했다.

"당시 숙부는 자신의 명을 거절하는 부군에게 저를 거론하면서 위협을 가했습니다. 그에 부군께서 숙부의 명을 받들게 되었고, 그렇게 해서 삼 년 전에 무한에 철혈검문이 자리하게 된 것입니다. 그리고 그해 겨울, 저와 혼인을 하게 되었지요. 아마 그 이후의 일은 회주께서도 아실 것 같군요. 이것이 제가 부군과 철혈검문에 대해 알고 있는 전부입니다."

"감사합니다, 누님. 실로 많은 도움이 되었습니다."

"그렇습니다. 더구나 임 문주의 숨겨진 모습을 알게 되었으니, 이보다 더 귀중한 이야기는 없을 것입니다."

"그것은, 흐으음……."

'아~ 내가 나도 모르는 사이에 부군께 누를 끼치게 되는 것이 아닐까? 그러면 안 되는데, 정말 안 되는데…….'

혜제와 공손추가 호열에 관해 서로 심도있는 이야기를 주고받을 때, 소호공주는 자신이 한 말로 인해 호열의 신상에 위험이 없기를 간절히 빌고 또 빌었다.

"하하, 그럼 제가 임 문주를 매부(妹夫)라 불러야겠군요. 하지만 아직 매부는 숙부의 그늘에서 벗어난 것이 아니니, 저와 천명회에 대해선 알릴 수 없으니 안타까울 뿐이군요."

"정황을 따진다면 그렇지만, 만약 부군께서 아신다 해도 크게 위험하지는 않을 것입니다."

"누님의 심정을 모르는 바는 아니지만, 그것은 쉽게 장담할 것이 못 됩니다. 그건 그렇고, 누님께선 당분간 이곳에 계시면서 저와 말동무나 하시지요. 누님과 함께 온 두 아이는 따로 처소를 마련하여 누님 곁에 있도록 조치하겠습니다."

"그럼 저보고 이곳에 계속 머물란 말씀입니까?"

"저도 그렇게 하고 싶지 않지만, 현재로서는 어쩔 수 없습니다. 죄송합니다, 누님."

"흐음, 회주를 위한 일이니 따라야겠지요. 그러나 부군께 연통이라도 전할 수 있었으면 합니다. 그 정도는 해주실 수 있지 않겠습니까?"

소호공주는 혜제와 공손추의 대화를 들으면서 자신이 앞으로 얼마 동안은 이곳에 더 머물 수밖에 없게 되었다는 것을 알 수 있었다. 또한 그것은 불과 반 각도 되지 않아서 혜제의 입을 통해 현실이 되었다. 그에 호열에게 자신의 무사함을 알릴 수 있는 연통을 넣어달라는 부탁을 한 것이다. 혹시라도 자기 때문에 호열에게 좋지 않은 일이 일어나지 않도록 하기 위함이었다.

"공손 장로, 누님의 심정이 이러하니 되도록 들어주었으면 좋겠군. 가능하겠는가?"

"시일이 조금 더 지나면 모르겠지만, 지금으로서는 너무 위험 부담이 큽니다. 황궁과 밀접한 관련이 있는 철혈검문이 이번 일에 동창을 동원하지 않았다고 가정하는 것은 무리라 생각됩니다. 또한 공주님의 연통이 이중 삼중의 보안을 통해 임 문주의 수중에 넘어간다고 해도, 임 문주를 제외한 철혈검문 수뇌부 전체가 황제의 수족이라 할 수 있습니다. 언제 본 회에 대한 정보가 동창의 귀에 들어갈지 알 수 없습니다. 너무도 위험한 일입니다."

"아~"

"흠! 그럼 언제쯤이면 가능하겠는가?"

"아마도 빠르면 가을 정도, 늦으면 내년 봄은 되어야 할 것 같습니다. 공주님의 안타까운 심정은 이해하지만, 아무래도 그때까지 기다리시는 것이 좋을 듯합니다. 더불어 본 회는 모든 이목을 동창의 움직임에 집중하여 철저히 파악하는 것이 좋을 것입니다."

"알겠네. 그렇다면 그렇게 해야겠지. 흐음… 누님, 죄송합니다. 누님의 부탁을 들어드리고 싶은데 상황이 그렇게 되지 못하는군요. 저 한 사람의 목숨이라면 모르겠지만 천명회 전체의 안위와도 관련이 있기 때문입니다. 그러니……."

"이해하고 있습니다. 당연히 그렇게 하셔야지요. 회주께선 혼자만의 목숨이 아닙니다. 그러니 저에 관해서는 신경 쓰지 않으셔도 됩니다. 가을까지 기다리지요. 아니, 내년 봄이라고 했으니 그때까지 기다리겠습니다."

'기다리겠습니다. 괴로워도 기다리겠습니다. 그러니 부군께서도 소녀 때문에 괴로워하시지 말고, 제발 무탈하시길 빌고 또 빌겠습니다. 그리고 사랑합니다. 소녀를 잊지 마시길…….'

소호공주는 은은하게 비치는 달을 향해 한 방울의 눈물을 떨구었다. 그 속에는 부군에 대한 그리움과 함께 자신의 모든 행복이 함께 실려 있었다. 더불어 소호공주의 한 손이 살짝 아랫배로 이동을 한 후 한동안 멈추어 있었다. 소호공주의 이런 모습은 너무도 자연스러웠는데, 함께 있던 혜제와 공손추조차 소호공주의 행동에 대해 신경도 쓰지 않았다.

오랜 시간 동안 그리워했고, 또한 만나고 싶었던 혈육들 간의 만남.

하지만 옆에 있었으면 하는 또 다른 사람은 한동안 그리워해야 하는 시련.

소호공주는 밖으로 웃고, 안으로는 소리없이 울고 있었다. 이것이 한 나라의 공주라는 지위가 지니는 아픔이었고, 지아비를 그리워하는 여인의 슬픔이었다.

그렇게…….

운명의 수레는 조금씩 두 사람을 피의 전쟁터로 내몰고 있었으며 무림사에 다시없을 격동의 시간이 다가오고 있었다.

날이 밝았다. 하지만 혈육의 정이 넘쳐흐르던 전날의 훈훈함은 태양이 온 천하를 밝힘과 동시에 사라져 버린 후였다.

"누이의 마음을 달래줄 방법이 없겠는가?"

"현재로서는 달리 방법이 없습니다. 어제 공주님께 말씀드렸듯이 본 회의 안위를 위해선 어쩔 수 없는 조치입니다."

"그것은 알고 있네. 하지만 이번 기회에 임 문주를 본 회에 가담하도록 하면 어떻겠는가? 충분히 가능하리라 보는데?"

"소신의 생각으로는 반반의 가능성밖에 없다고 생각됩니다."

"……?"

"비록 임 문주가 공주님의 부군이긴 하지만, 공주님의 말씀이 사실이라면 임 문주는 한인(漢人)이 아니라 한인(韓人)입니다. 더구나 그동안의 정황을 살펴보면, 임 문주가 아무리 황제의 비위를 건드린다고 해도 지금까지 아무런 무리 없이 철혈검문을 이끌고 있는 것만 보아도 두터운 신임을 받고 있다는 것을 알 수 있습니다. 그런 그가 모험을 하면서까지 본 회에 가담한다는 것을 기대한다는 것은 어려운 일입니다. 아무리 공주님을 아낀다고 해도 그것은 그만한 관직에 있는 관료로서 행할 수 없는 일이기 때문입니다."

"공손 장로의 설명을 들어보니 당장 임 문주의 협력을 구한다는 것이 어렵겠다는 것을 알겠구먼."

혜제는 공손추의 조리있는 설명에 크게 고개를 끄덕이며 공감을 표했다.

"그렇습니다. 또한 현재 무림에서 차지하고 있는 임 문주의 위상이 과거 삼성이마에 버금간다는 것이 큰 걸림돌입니다. 무림맹에서 인정하고 있지 않지만, 대부분 임 문주의 실력만큼은 삼성이마와 버금가는 것을 인정하고 있는 것 같습니다. 만약 이러한 시점에서 임 문주가 본 회에 가담한다면, 아무리 조심한다고 해도 본 회는 조만간 황제의 이목에 잡힐 것은 자명합니다. 그렇게 되면 본 회는 날개조차 펴보지 못하고 황제의 병력에 사라질 것입니다. 그렇게 되면 임 문주를 끌어들이지 않는 것만 못하게 됩니다."

"무슨 말인지 알겠네. 그럼 그 문제는 더 이상 거론하지 않겠네. 흐음~ 그럼 공손 장로의 생각으론 앞으로 본 회가 어떠한 행보를 해야 할 것 같은가?"

"현재로서는 패혈맹이 무림을 장악하는 것을 도울 수밖에 없습니다. 또한! 공주님께는 안타까운 일일지 모르지만, 임 문주가 황제의 명을 받아 무림 정복을 꾀하고 있다는 것을 만천하에 알려 무림인들로부터 지탄을 받도록 해야 합니다. 임 문주를 향한 지탄은 바로 황제를 향한 지탄이기 때문입니다. 더불어 무림맹 역시 황제의 이중적인 성향을 알게 될 것이고, 더불어 본 회는 향후 무림맹의 힘을 얻을 수 있을 수도 있습니다."

"그렇군. 태조 이후 무림과 황궁은 서로의 영역에 불가침을 명백히 하고 있었는데 숙부가 그것을 암중으로 깨려고 했으니 무림맹은 물론 전 무림인들의 공분을 사겠지. 어쩌면 이것이 본 회엔 기회가 될 수도 있겠네. 하지만 안정기에 접어든 나라의 안위에 큰 파장이 일지 않겠는가? 그렇게 되면 백성들의 민심은 흉흉해질 것인데……."

"그것은 어쩔 수 없는 일입니다. 지금으로서는 황제는 물론, 나라를 뒤흔들어놓는 것이 먼저입니다. 그래야 본 회에 기회가 올 것이기 때문입니다. 그리고 현 황제가 물러나면 금방 모든 것이 제자리로 돌아갈 것이니, 회주님께서 크게 염려하시지 않아도 될 것입니다."

"과연 그렇게 될까?"

"물론입니다. 소신을 비롯한 모든 충신들이 그것을 위해 목숨을 바치고 있습니다. 하늘이 굽어보는 한, 소신은 그렇게 될 것임을 믿고 있습니다."

"흐음, 알겠네. 공손 장로의 충정이 그와 같다면 본 회의 앞날엔 청명한 하늘만을 볼 수 있겠지."

공손추는 얼마 지나지 않아 혜제의 집무실을 나갔다.

혜제는 잘 알고 있었다. 썩 내키지는 않았지만 만고의 충신인 공손추는 앞으로 호열과 철혈검문을 발판 삼아 황제를 압박하고자 할 것이다. 현재로서는 그것이 목표였고 목적이었다. 그렇기에 공손추는 그 목적을 달성하기 위해 세부적인 일을 검토하고 추진할 것이며 앞으로 더욱 분주하게 움직일 것이다.

'이 일이 누님에게 심적 고통만 안겨주지 않았으면 좋겠구나. 그리고, 나 역시 적절한 과정을 통해 임 문주를 매부로 받아들여야겠구나. 아마도 그것이 누님의 고통을 조금이나마 덜어주는 것이 되겠지.'

언제 또다시 장대 같은 장마가 시작될지 모르지만, 오늘의 날씨는 혜제의 마음처럼 너무도 청명했다. 힘차게 숨을 들이켜 보니, 마치 어제의 공기와 오늘의 공기가 다른 것 같았다. 그만큼 혜제로서는 그동안 간직하고 있던 마음의 부담 한 가지를 덜었다 생각하고 있었다. 가장 큰 부담을⋯⋯.

제
10
장

임제독은 황제 폐하께서 내린 교지를 받도록 하시오

임 제독은 황제 폐하께서 내린 교지를 받도록 하시오

칠월 초순이 지나자 황하를 비롯한 장강마저 범람하여 백성들의 원성을 샀던 장마가 완전히 그쳤지만, 그 뒤를 이어 낮엔 도저히 나돌아다닐 수조차 없을 정도로 무더운 날이 찾아왔다.

비록 태양이 그 본모습을 확실하게 보여주게 된 것이 며칠밖에 되지 않았지만, 사람들의 입에서는 벌써부터 기온이 올라가는 것을 탓하며 차라리 장마 때가 좋았다며 떠들고 다니는 사람들이 부지기수였다. 그만큼 금릉의 칠월은 사람들의 참을성을 시험하고, 또한 쉽게 지치게 만들 정도로 무더웠다.

금릉은 황제가 기거하는 황궁이 자리한 황도였다. 그만큼 다른 어느 곳보다 깨끗하고 정리가 잘돼 있었으며, 시내를 왕래하는 사람들의 표정에서는 삶의 여유가 흠뻑 배어 있었다.

또한 일정한 간격으로 관병들이 이곳저곳을 움직이며 백성들의 안위와 치안을 유지하고 있었기에 금릉의 시내는 번화하면서도 규범이 지켜지는 곳이었다.

그러나 세상엔 아무리 황제라 해도 어찌할 수 없는 것이 있었으니, 바로 가난이었다. 가난만큼은 모든 황제들이 아무리 퇴치를 하고자 해도 어찌할 수 없었던 것이다. 그곳이 황궁이 있는 황도라 해도 마찬가지였다. 그렇기에 고관대작들의 호화 저택이 즐비한 금릉이라 해도 예외가 될 수 없었다.

"이곳이 황궁으로 향하던 대로였지. 예전이나 지금이나 크게 변한 것이 없군."

터벅, 터벅, 터벅……

개방의 일원으로 오해받을 소지가 다분한 청년.

얼마나 허름한 의복을 걸치고 있는지, 어디 한 군데도 제대로 이어진 곳이 없었다. 오죽하면 길을 지나가던 사람들이 먼저 피하겠는가만은, 그의 손에 들려진 고색 찬란한 검은 이와 반대로 사람들의 시선을 끌기에 충분했다.

청년은 사람들의 시선에 아랑곳하지 않고 일정한 방향을 향해 일정한 보폭으로 걸음을 옮겼다. 또한 그의 시선은 금릉에 들어선 후 지금까지 한곳만을 바라보고 있었는데, 바로 황궁으로 들어가는 데 거쳐야만 하는 곳이었다.

"이제야 도착했구나? 이제야 도착했어……."

청년은 단단히 잠겨져 있는 거대한 철문 앞에 멈추어 선 후, 자신이서 있는 주변을 둘러보았다. 하나도 변한 것이 없었다. 예전 그대로의모습이었다.

"형님, 제가 왔습니다. 육 년이 지나서야 이곳에 다시 오게 되었습니다. 죄송합니다, 형님……."

청년은 자신이 서 있던 자리에 털썩 엎드린 후 고개를 숙였다. 아니, 단단한 대리석으로 깔려 있는 땅바닥에 머리를 박지 않았지만, 거의 지면과 일치했다 싶을 정도로 깊숙이 숙이기를 몇 번이나 반복했다.

황궁을 향해 머리를 조아리고 있는 청년, 바로 운영이었다.

운영은 황하를 건넌 후에도 몇 번이나 죽을 고비를 넘겼는지 모를 정도로 현원세가 문인들과 치열한 혈전을 벌이며 금릉까지 간신히 도착할 수 있었다.

현원세가의 공격은 운영이 청강(淸江)에 이를 때까지 계속됐다. 하지만 청강을 넘은 후로는 더 이상의 추격전이 벌어지지 않았다. 주변 곳곳 요소마다 황궁을 방어하는 중군도독부의 군대가 주둔하고 있어 추격전을 벌이기 힘들었던 것이다. 이에 운영은 청강 이후 큰 위험 없이 금릉까지 이를 수 있었고, 지금은 황궁 바로 앞에 서 있었다.

"꺼져라!"

"응?"

"꺼지라는 말을 못 들었느냐? 어서 꺼져라!"

처음엔 환청으로 들렸으나, 두 번째는 도저히 환청이라 생각할 수 없을 정도로 가까운 곳에서 들렸다. 그에 운영은 천천히 고개를 들어 주변을 살폈는데, 어느새 왔는지 일곱 명의 병사가 창을 들이대며 위협을 가하고 있었다.

'이런, 내가 그만 방심을 하고 있었구나. 아무리 황궁에 도착했다고 해도, 이 정도로 방심하고 있었다니…….'

자신의 부주의를 마냥 탓하고 있을 수만은 없었기에 운영은 병사들의 말에 따라 천천히 자리에서 일어섰다.

"이곳은 네놈 같은 거지들이 올 곳이 못된다. 그러니 어서 꺼지거라!"

"이놈! 도대체 뭣 하고 있느냐! 몇 번을 얘기해도 움직이지 않다니, 혹시 귓구멍이 막혔단 말이냐!"

"젠장, 이거 아무래도 손 좀 봐야겠네. 이놈의 표정을 보아하니 그냥 물러날 놈이 아닐 것 같구먼."

"에이! 근무 교대 시간인데, 이게 무슨 짓이람. 나는 이곳에 있을 테니, 자네들이 알아서 하게. 가뜩이나 공주마마께서 언제 오실지 모르는 판국이니, 눈에 띄지 않게 조심하고. 알겠는가?"

"하하, 알았네. 이놈아! 어서 따라오너라!"

"이놈, 좋은 말로 할 때 갔으면 좋았을 것 아니냐! 흐흐……."

"뭐, 어떤가. 오랜만에 이 녀석 때문에 몸 좀 풀면 되지. 흐흐흐~"

한 명을 제외한 여섯 명에 의해 둘러싸인 운영은 별다른 행동을 취하지 않았다. 병사들의 무뢰함이 안하무인 격이었지만, 이곳이 바로 황궁이었고 이들은 황궁을 지키고 있는 병사들이기에 함부로 행동을 취할 수 없었던 것이다. 그에 운영은 어쩔 수 없이 병사들이 이끄는 대로 따라서 움직일 수밖에 없었다.

근무 교대는 하루에 여섯 번 있는데, 두 시진마다 황궁의 외곽을 지키는 병사들 전체가 한꺼번에 바뀌는 것이다. 그렇기에 주변을 경계하기 위해 움직이던 병사들이라 해도, 근무 교대 시간이 되면 무슨 일이 있어도 항상 모든 병사들이 자신의 위치에 돌아와 있어야만 했다. 그 시간에 자리를 지키지 않으면 근무 이탈로 간주하여 엄한 형벌에 처해지기 때문이다.

미시 초.

이각 정도면 기다리던 근무 교대 시간이기에 여섯 명의 병사는 그 시간 동안 운영을 어떻게 요리할 것인지 생각에 열중하고 있었다. 하지만 그 누구도 운영의 왼손에 들려져 있는 천수검을 보지 못했다. 아니, 볼 생각조차 없었고 보았어도 막대기 정도로 치부해 버렸다. 그만큼 운영의 초라한 행색으로 인해 무림인이라고는 생각조차 하지 못한 것이다.

"자, 어디를 얼마나 맞아야 정신을 차리겠냐? 이놈아!"

어느 정도 주변과 격리되었다 생각되었는지 운영의 뒤를 바짝 따르던 병사 한 명이 발을 번쩍 들어 운영의 등을 힘껏 찼다.

"뭐, 뭐야? 어이쿠……!"

쿵.

운영의 등을 찼던 병사가 마치 누군가 뒤에서 잡아당긴 것처럼 뒤로 힘없이 넘어가더니, 엉덩이뼈가 으스러질 정도로 쿵 소리를 내며 쓰러졌다.

"응? 아무리 아침도 못 먹었다지만, 비렁뱅이 녀석 하나도 넘기지 못하나?"

"그러게. 근무 교대하면 마누라 엉덩이 만질 생각이나 하지 말고 밥이나 먹게. 그렇게 부실해서야. 쯧쯧쯧."

"크크크~"

"웃지들 말게. 저 녀석이 내가 등을 찰 줄 알고는 미리 힘을 주고 있었다고! 내가 이런 일 한두 번 해보나?"

엉덩이를 어루만지며 일어선 병사는 자신을 놀리는 동료들보다 자신의 앞에 조용히 서 있는 운영을 향해 독사 같은 시선으로 노려보았다.

"이놈! 어디서 꼴같잖은 한 수를 배운 것 같은데, 어디 오늘 죽어봐라! 이얍!"

자신이 동료들의 놀림감이 되었다는 생각에, 병사는 수중에 들고 있던 창을 힘껏 쥐고는 운영의 가슴을 향해 찔러갔다.

"어? 그게 무슨 짓인가! 멈추게!"

"어라? 이, 이봐! 그만 하게!"

동료가 갑자기 창을 찌를 줄은 생각하지 못했던 다른 병사들은 동료의 행동에 소스라치게 놀라며 앞 다투어 소리를 질렀다. 그러나 이미 병사의 창은 운영의 가슴 근처까지 파고든 후였다.

탁!

"어라? 막았어? 좋다! 이것도 받아봐라! 이얍!"

병사는 자신이 힘껏 찌른 창을 운영이 별반 힘들지 않고 수중에 들고 있던 검으로 막자, 두 눈에서 불꽃 같은 오기가 일면서 연달아 창을 찔러갔다.

탁! 탁! 타탁! 팍!

"헉! 이, 이놈! 어서 놔라⋯⋯! 어서 놓지 못할까!"

휘익~

막무가내로 창을 찌르는 것을 더 이상 봐줄 수 없었던 운영은 검으로 창의 진로를 막기보다는 손으로 창끝을 잡은 후 힘껏 앞으로 밀었다.

"어이쿠! 으으~"

"꽤, 괜찮은가?"

"난 괜찮으니 저 녀석을 당장 요절내게. 보통 녀석이 아니네."

"알겠네. 우리만 믿게."

"겁도 없이 기만하다니! 우리가 죽여주겠네."

"걱정하지 말게. 저놈이 먼저 공격했으니 목을 친다 해도 상부에서 뭐라 하지 않을 것이네."

"잠깐! 혹시 불충한 마음으로 이곳에 온 놈인지 모르니 저 녀석을 죽이지 말고 꼭 생포해야 할 것이네. 무슨 말인지 알겠는가?"

창을 지팡이 삼아 힘겹게 일어선 병사는 다른 동료들을 향해 음흉한 미소를 지어 보이며 운영을 향해 다시 창을 겨누었다. 그에 다른 동료들의 얼굴에도 같은 미소가 번졌다.

'이자들이 나를 빌미로 공을 세우려고 하는군. 정말 한심하기 짝이 없구나. 이것이 황궁을 수비하고 있는 병사들의 작태란 말인가? 형님께서 이런 한심한 병사들에게 그동안 얼마나 많은 고초를 겪으셨을까. 오늘 이자들의 행동을 그냥 지나친다면 후에 형님을 뵌다고 해도 낯을 들 수 없을 것이다.'

운영은 자신을 향해 겨눠진 여섯 개의 창과 함께 여섯 명의 눈동자에 담겨져 있는 음흉한 흉심을 어렵지 않게 읽을 수 있었다. 역겨웠다. 황궁의 얼굴이라 할 수 있는 병사들이 보일 수 없는 행동이라 생각되자 운영의 두 팔에 조금씩 내공이 실리기 시작했다.

"이놈, 받아라!"

"하얏!"

여섯 명이 동시에 찌른 창은 여지없이 운영의 사지로 쇄도했다. 오장육부가 있는 가슴을 노리지 않은 것은 이들이 운영을 살아 있는 상태로 포획하기 위해서였다. 살아 있어야 운영의 죄를 입증할 수 있고 또한 공로를 인정받아 포상도 받을 수 있기 때문이다.

"황궁에 너희 같은 자들이 있다니, 내 황제 폐하의 얼굴에 먹칠을 하

임 제독은 황제 폐하께서 내린 교지를 받도록 하시오 259

는 너희를 엄히 벌할 것이다. 하얏!"

팟! 파곽! 파파파……!

"크억! *끄으으~*"

"컥, 으아~"

"나 죽네. 사람 살려~"

운영의 검집에 가슴을 순식간에 격타당한 병사들은 모두 이 장 이상을 날아가 땅바닥에 고개를 처박거나 나뒹굴었다.

얼마나 심하게 맞았는지 여섯 명 모두 토악질을 하며 사방을 두리번거렸다. 자신들의 힘으로는 도저히 안 되겠다는 생각이 들었는지 주변을 경계하고 있던 다른 병사들의 도움을 구하고자 하는 공감대가 형성된 것이다.

"저놈이 황궁에 난입하려고 한다! 저놈을 잡아라~"

"황궁의 병사들이 저놈에게 쓰러졌다! 적이다~"

"적이다! 적이다~"

"어, 어디!"

"비상! 비사앙~"

다다다다다다~

여섯 명이 동시에 외친 고함 소리로 인해 황궁 주변을 경계하고 있던 병사들이 사방에서 몰려들기 시작했다. 더불어 막 근무 교대를 하기 위해 나왔던 병사들도 지휘관의 명에 따라 일사불란하게 움직이며 운영의 앞을 가로막고 섰다. 고함 한번으로 인해 거의 백여 명이 넘는 인원이 순식간에 한곳으로 집중된 것이다.

운영은 상황이 자신의 의도와 달리 이상한 방향으로 흐르자 어이가 없었다. 아무리 동료들의 긴급한 도움 요청이 있었다고 하지만, 이토록 짧은 시간에 이만큼의 병력이 모일 수 있었다는 것은 생각 밖의 일이었기 때문이다. 병사들이 자신에게 행한 일만 본다면 시장 불량배와 같을 정도였기 때문이다.

또한 일사불란하게 자신을 포위하는 병사들의 모습에서, 운영은 황궁을 일선에서 수비하고 있는 병사들답게 체계적으로 훈련을 받았다는 것을 짐작할 수 있었다.

'이거, 잘못하다가는 형님도 뵙기 전에 골치 아픈 일에 휘말리는 것이 아닌가 싶구나. 자칫 이번 일이 잘못되면 형님까지 위험해지지 않을까? 내가 너무 경솔했나 보구나. 하지만……'

당혹감과 곤혹스러움이 고스란히 운영의 표정에서 드러나자 이를 지켜보고 있던 여섯 명의 병사 얼굴에 득의의 미소가 번졌다. 그러나 마냥 서 있을 수만은 없었기에 얼른 지휘관 앞에 가서 상황을 설명하기 바빴다.

지휘관은 이들의 설명 아닌 변명을 들으면서도 다른 한편으로는 운영의 면면을 살피는 데 주력했다. 더불어 병사들 역시 수중에 쥐고 있던 창에 더욱더 힘을 주며 운영의 움직임을 주시했다. 단 한 치라도 운영이 움직인다면 그때는 지휘관의 명이 없더라도 수백의 창이 동시에 운영의 가슴을 향해 쇄도해 들어갈 것이다.

선살후명(先殺後明).

상황이 상황인만큼 운영에 대한 척결이 먼저였기 때문이다.

"보아하니 무림인인 것 같은데, 그대는 무엇 때문에 병사들을 향해 검을 겨누었는가? 이들은 다른 곳도 아닌 황제 폐하께서 머무시는 황궁을 수비하는 병사들이다. 만약 그 이유를 명확히 해명하지 못한다면 황제 폐하를 능멸한 대가로 참형에 처해질 것이다."

"그대가 만약 저들의 지휘관이라면 공을 세우기 위해 무고한 사람을 죽이려고 했던 저들을 먼저 처단해야 할 것이오."

"무고한 사람이라? 그렇다면 저들이 먼저 그대를 공격했단 말인가? 아무런 이유도 없이?"

"아, 아닙니다! 어찌 소인들이 무고한 사람을 향해 창을 들이댔겠습니까! 그런 일은 결단코 없었습니다!"

"그렇습니다! 저놈이 먼저 저희들을 향해 검을 들이댔습니다. 믿어주십시오!"

"이놈들! 너희들이 먼저 가만히 있던 나를 이곳까지 끌고 와서는 죽이려 하지 않았더냐! 그러고도 너희들이 황병이란 말이냐!"

"아닙니다! 저자의 말은 사실과 다릅니다. 믿어주십시오!"

"그, 그렇습니다. 어찌 소인들이 이 자리에서 거짓을 고하겠습니까."

"저자가 황제 폐하를 욕보이려 했습니다. 그, 그렇습니다."

'이놈들이 먼저 시비를 걸긴 했나 보군. 그나저나 이 일을 어떻게 처리한다? 그냥 저자를 가게 했다가는 오히려 우리가 곤혹스러워질 텐데. 이거 참……'

지휘관은 운영의 고함 소리가 귀에 생생하게 울리자 이에 깜짝 놀라 황급하게 변명하려 드는 병사들의 시선에서 대충 상황이 어떻게 진행되었는지 짐작할 수 있었다.

하지만 이들 역시 황병이기에 잘잘못을 떠나서 우선은 운영의 입을 막는 것이 좋겠다는 생각이 들었다. 또한 일반인들의 시선을 끄는 곳보다는 황궁 내에서 일을 처리하는 것이 좋겠다는 판단을 내렸다.

"흐음, 보아하니 이곳은 그대의 잘잘못을 따질 만한 자리가 아닌 것 같다. 그러니 황궁 안으로 들어간 후 정식으로 해명을 하도록 하라."

"그럴 필요 없소이다. 이곳에서도 서로의 잘잘못을 충분히 논할 수 있으니 차라리 이곳에서 하는 것이 좋을 것 같구려."

'훗! 지금 황궁으로 들어가면 저들의 수중에 놀아나게 될 것이 뻔하거늘. 더불어 이번 일은 형님과 무관한 일이니 되도록 이곳에서 마무리지어야 한다. 암!'

"굳이 잘못이 없는데 황궁 안으로 들어가지 못할 이유가 있는가? 본관이 그대를 생각해서 제의한 것인데 그대가 일언지하에 제의를 거절하니 그 이유가 궁금하군."

"이유는 없소. 다만 황궁 안이나 이곳이나 서로의 시시비비를 가리는 데는 아무런 지장이 없다는 것을 말하고자 했을 뿐이오."

"그렇다면 본관의 말을 듣도록 하게. 이곳은 황제 폐하께서 계시는 황궁이네. 더불어 이곳은 금릉에서도 고관대작들이나 백성들이 가장 번화하게 움직이는 중심로네. 그러므로 자네가 이곳에서 소란을 피우는 것은 황제 폐하의 존안에 위해를 가하는 것이나 진배없네."

'흐음, 저 군관의 말대로 그럴 수도 있겠구나. 하지만 군관의 말에 따라 내가 이대로 황궁으로 들어가면 지금보다 입장이 더욱더 난처해질 것이다. 그럴 수는 없지.'

"미안하지만 그대의 요구를 따를 수가 없소. 그리고 그대의 말처럼 이곳에서 소란스럽게 하는 것이 황제 폐하께 죄를 짓는 일이라면 나는 이곳에서 더 이상 문제를 일으키지 않고 그냥 조용히 물러날까 하오. 어차피 저자들의 죄를 따지고자 한다면 추후 그대가 정식으로 조사를 하면 될 것이 아니오?"

"그것이 그대의 말처럼 쉽지 않게 되었네. 본관이 그대를 이대로 가게 한다면, 본관은 저들의 죄를 인정한 것이나 다름없이 될 것이네. 정확한 조사도 없이 그대를 그냥 보낼 수가 없다는 것이지. 알겠는가?"

"그럼 어떻게 하자는 것이오?"

운영은 자신의 앞을 막아선 지휘관을 쳐다보았다. 더불어 자신을 향해 창끝을 겨누고 있는 병사들의 얼굴도 둘러보았다. 모두의 얼굴에선 긴장감보다 운영을 향한 적개심이 드러나 있었다.

처음 운영은 병사들의 자신을 향한 눈빛을 읽고는 무슨 이유 때문에 그러는지 알 수가 없었다. 아무리 동료들을 때렸다고 해도 이 정도의 적개심을 받을 정도로 큰 잘못을 저지르지 않았다 생각한 것이다. 하지만 곧 자신이 병사들에게 어떤 잘못을 했는지 알 수 있었다. 고의는 아니었지만 병사들의 자존심을 운영이 건드렸던 것이다.

"쳇! 무림인이면 다인가! 우리들도 힘을 합치면 저 녀석처럼 비렁뱅이 무림인은 충분히 물리칠 수 있다!"

"젠장! 오늘 한번 창에 피를 묻혀보지. 어서 명을 내리십시오. 저희들이 저놈의 목을 따겠습니다."

병사들은 지휘관과 운영의 대화에서 운영이 하늘을 날아다니고 아름드리 나무도 한번에 베어 넘긴다는 무림인이라는 것을 알았다. 그에 처음엔 공포심이 들었지만 수백 명이 창을 겨누고 있는데도 당당한 그의 모습을 보면서 창자가 뒤틀리는 아니꼬움에 땅바닥에 침을 뱉는 병사들도 있었다. 그만큼 운영이 스스로의 실력만 믿고 자신들을 무시한다 생각한 것이다.

이것은 지휘관 역시 마찬가지였다. 하지만 지휘관은 흥분한 병사들을 한번의 손짓으로 가라앉힌 후 천천히 운영을 향해 시선을 주었다.

"그래서 지금 본관의 제의를 거절하겠단 말인가?"

"거절이라고 하기보다는 이쪽에서 서로 물러서자는 것이오."

"지금 그것을 말이라고 하는가? 어찌 황궁을 지키던 병사들을 향해 검을 들이대고도 그냥 물러날 수 있단 말인가. 저들은 단순한 병사들이 아니라 황궁을 수비하는 병사들이네. 당연히 이들을 향해 검을 들었다는 것은 황제 폐하게 검을 들었다는 것을 왜 모르는가!"

"크흐으음……."

"이제 알겠는가? 인정해야 할 것은 인정하게. 처음 누가 먼저 시비를 걸었든 자네는 황제 폐하의 병사들을 향해 검을 들이댔네. 그것은 명백한 잘못이지."

"어찌 그것이 잘못이란 말이오? 분명 저들이 먼저 내게 창을 들이댔고, 심지어는 죽이려고까지 했소. 당연히 나는 살기 위해 정당한 방어를 했는데 그것도 잘못이란 말이오? 어찌 그런 황당한 법이 있소이까!"

"더 이상 그대와 대화가 통하지 않을 것 같군. 여러 말 할 것 없다. 본관은 그대에게 해명할 수 있는 정당한 권리를 주고자 했으나 그대는 그것을 거절했다. 이에 본관은 그대가 스스로 포박을 받은 후, 죄를 인정하고 스스로 그 대가를 받을 것을 명한다."

지휘관에게 운영과 더 이상의 대화는 필요없었다. 이미 운영의 몇 마디를 통해 의도를 알았으나 주변 여건상 그렇게 할 수 없는 상황이었다. 그렇기에 더 이상 운영에게 뒤로 물러설 수 있는 여유조차 줄 수 없었다. 자신뿐만 아니라 이곳에 있는 모든 병사들의 자존심까지 걸려 있었기 때문이다. 더불어 황궁을 수비하고 있는 전 병사들의 자부심이 걸려 있었기에 지휘관 또한 스스로 물러설 수가 없었다.

"흐으음……."

'큰일이로군. 그냥 보내주면 될 것을 왜 스스로 분란을 야기시킨단 말인가? 그렇다고 이들을 상대로 검을 빼 들 수도 없으니…….'

"뭣들 하느냐! 저자의 행동을 보니 스스로는 포박을 받지 않을 것 같다! 어서 잡아라! 본관이 저자의 죄를 엄히 물을 것이다!"

"옛! 알겠습니다. 잡아라!"

"와~"

지휘관의 명이 떨어지자 병사들은 일제히 운영을 향해 창을 들이댔다. 수많은 병사들이 한꺼번에 달려드는 모습은 흡사 한 마리의 맹수를 잡기 위해 늑대들이 떼로 몰려드는 것처럼 보일 정도였다.

"어쩔 수 없군. 지금은 이들을 따돌린 후 다른 방법을 모색해야겠다. 하앗!"

탁! 타탁! 타타타타탁……!

"에구! 에구구~"

"컥! 끄으으으~"

"캑! 아이구, 배야~"

생각을 정리한 운영의 손속은 빠르고 정확하게 병사들의 가슴과 등을 가격하기 시작했다. 아무리 운영의 운신이 평상시와 큰 차이가 난다고 해도 병사들의 숫자는 그리 큰 위협이 되지 않았다.

병사들이 한번에 공격할 수 있는 방위는 한정되어 있었기 때문이다. 특히 무공을 익히고 있지 않았기에 생각하지 못한 사각에서 찔러오는 예리함도 없어 상대함에 큰 어려움이 없었다. 다만 병사들이 큰 부상 없이 운신을 어렵게만 해야 했기에 타격을 함에 있어서 힘 조절에 많은 신경을 써야 했기에 부담스러웠다.

반 각도 지나지 않아 백여 명에 가까운 병사들이 배와 다리를 움켜쥐고는 땅바닥을 이리저리 굴러다녔다. 하지만 이와 함께 새롭게 몰려든 병사들의 수는 그 배가 넘고 있었다.

"정녕 피를 보아야 한단 말이냐! 뭣들 하느냐! 저자를 생포할 수 없다면 죽여서라도 포박하라! 모든 책임은 본관이 지겠다. 그리고 저자의 목을 따는 자에겐 포상과 함께 상부에 보고하여 공을 인정토록 진언하겠다!"

지휘관이 직접 포상과 함께 공까지 상부에 보고한다고 하자 잔뜩 겁에 질려 있던 병사들의 눈에서 탐욕과 야망의 불꽃이 이글거리기 시작했다.

"와~ 죽여라~"

"죽어!"

"저놈을 죽여라~"

"모두 비켜! 저놈은 내가 죽이겠다. 이야야~"

황궁 앞은 때 아닌 난리가 났다. 적의 침입도 아니고, 단 한 명에 의해 마치 전장처럼 보일 정도로 병사들의 함성이 금릉 전체에 울려 퍼졌다.

운영은 죽음을 불사하고 달려드는 병사들을 떼어내느라 정신이 없었다. 더구나 운영이 손속에 사정을 두는 것을 병사들이 알게 되면서 운이 나쁘면 뼈가 조금 부러지지만 운이 좋으면 승진에 포상까지 있다는 생각이 팽배해졌다. 그만큼 운영으로서는 진퇴양난에 빠져든 것이다.

그렇다고 신법을 발휘해 벗어날 수도 없었다. 어느새 진영을 갖추었는지 병사들의 뒤로 궁수들이 넓게 포진한 후 모든 화살촉이 운영을 향해 조준된 상태였기 때문이다. 지금은 워낙 병사들이 운영과 근접해 있고 밀집해 있어서 시위를 당기기 힘들지만, 운영이 조금간 신형을 하늘로 날렸을 경우엔 가차없이 발사 명령을 내릴 분위기였다.

'정말 난감하구나. 이 상태로는 도저히 안 되겠다. 저들의 화살이 얼마나 강한지 모르지만 무리를 해서라도 이곳을 벗어나야겠다.'

"하아앗!"

"이때다! 모두 적을 향해 쏴라~!"

"병사들은 화살을 피해 적 주변에서 멀리 떨어져라!"

쏴아아아아아아—

"피, 피해라~"

"젠장! 우리도 있는데 벌써 쏘면 어떡해!"

"이얍!"

탁! 타탁! 타타탁……! 타타타타타탁……!

수백 개의 화살이 일제히 운영을 향해 발사되면서 운영을 향해 창을 겨누던 병사들 사이에서 화살을 피하기 위해 허둥대기 시작했다. 아무리 화살이 허공을 향해 쏘아졌다지만 올라가면 당연히 땅으로 떨어지는 것이 화살이었다. 당연히 화살이 떨어지는 곳에 서 있던 병사들은 황당함과 함께 어이없다는 눈빛을 상관을 향해 보내면서도 다른 한편으로는 죽을힘을 다해 운영으로부터 멀리 떨어지기 시작했다.

자신을 향해 쇄도하는 수백 개의 화살 속에서 운영은 아무리 찾아보아도 바늘조차 빠져나갈 수 없는 압박을 느꼈다. 그에 어쩔 수 없이 지금까지 뽑지 않았던 천수검을 힘차게 뽑은 후, 허공에서 몸을 빠르게 회전시키며 검과 검집으로 자신을 향해 날아오는 화살들을 밖으로 쳐냈다.

최강의 호신강기라 할 수 있는 유운천망을 시전하면 운영으로서는 금상첨화겠지만 아직 유운천망을 시전할 수 있을 정도로 내상과 내공이 회복된 상태가 아니었기 때문이다. 그만큼 운영에게 있어서 지금과 같은 최악의 상황을 타개하려면 자신이 발휘할 수 있는 최대한의 속도로 손과 발을 움직일 수밖에 없었다. 머리가 부족하면 손과 발이 고생

한다는 말이 있지만, 운영에게는 머리보다는 내공이 부족해 손과 발이
고생하고 있었다.

간신히 화살들을 막은 후 땅으로 내려선 운영은 더 이상 머뭇거리지
않고 병사들을 향해 신형을 날렸다. 거기다 지금까지와는 달리 자신의
앞을 가로막는 병사들을 사정없이 쓰러뜨리며 길을 열기 시작했다. 비
록 검으로 베는 것은 아니었지만 운영의 손이 번뜩일 때마다 뼈마디가
부러지는 소음이 병사들의 비명 소리와 함께 황궁을 요동치게 만들었
다.

빡! 빠빡~

뿌지직! 뿌직……!

"크억! 으아, 내 팔~"

"큭! 크어어~"

"아이고~"

"저놈이 도망간다. 죽여라~"

병사들은 지휘관의 명령에 따라 창을 들고 운영을 향해 달려갔지만
그들은 여지없이 삼 장 이상을 나뒹굴며 비명을 질렀다. 이미 단단한
청석 바닥에 머리를 박고 뒹굴고 있는 병사들의 수가 이백 명을 넘고
있었다.

상황이 이렇게 되자 지휘관은 할 말을 잃었다. 단 한 명으로 인해 벌
어진 일이라고는 도저히 설명할 수 없는 참패였다. 더구나 상대는 병
사들을 향해 직접적으로 검을 사용하지 않고 있었기에 그 수모는 이루
말할 수 없을 정도였다.

"이, 이야야야야~"

"멈추어라……!!"

휘리리리리리~ 탁! 타타타탁……!

지휘관이 힘차게 검을 뽑은 후 운영을 향해 달려갈 때, 이와 맞추어 일단의 사람들이 운영의 앞에 모습을 드러냈다. 모두 스무 명이었는데, 신속하면서도 절제된 모습이 일반 병사들처럼 보이지 않았다. 이에 운영을 비롯한 병사들 모두 이들의 출현으로 움직임을 멈추게 되었고 더불어 눈치 빠른 병사들은 빠르게 뒤쪽으로 뒷걸음질을 했다.

운영은 병사들의 표정을 살피면서 한편으로는 새롭게 출현한 자들의 면면을 살폈다. 금색 관에 금으로 된 의복과 더불어 수중에 들고 있는 검까지 금으로 도금한 듯, 햇빛을 받은 검집이 영롱한 빛으로 아름다움을 뽐내며 운영의 눈을 눈부시게 만들었다.

"그, 금의위다. 금의위다……!"

"금의위까지 오다니…….."

'금의위……?'

따각! 따각! 따까아악!

"응? 헉! 고, 공주님을 뵙습니다. 충!"

"공주님을 뵙습니다. 충!"

갑작스러운 금의위의 출현으로 놀라고 있던 지휘관은 뒤쪽에서 들려오는 말발굽 소리에 다시 한 번 놀라며 빠르게 전신을 바닥에 밀착시켰다. 이와 관련하여 주변에 있던 모든 병사들 역시 지휘관을 따라 청석 바닥에 닿을 정도로 이마를 바짝 가져다 댔다.

잡티 하나 없는 순백색의 말을 타고 병사들의 깍듯한 인사를 받으며 등장한 사람은 선혜공주였다. 손화령 제독과 함께 금릉 외곽을 잠시 시찰하고 돌아오던 선혜공주는 금릉에 들어서자마자 황궁 앞에서 벌어지는 전대미문의 사건을 목격했다. 그에 황궁에 큰 난리가 났다는 생각에 손 제독과 함께 금의위 위사들을 대동하고 운영의 앞에 그 모습을 드러낸 것이다.

"무슨 일인가! 이곳 지휘관은 어서 공주님께 고하라!"

"옛! 소관은 황제 폐하의 은혜를 받아 병사들과 함께 이곳을 책임지고 있는⋯⋯."

"내가 대답하겠소."

운영은 금의위의 명에 의해 자신과 싸움을 벌였던 지휘관이 앞으로 나서며 설명을 하려고 하자 자신이 지금 가만히 있으면 먼저와 같은 상황이 되풀이될 것 같은 불안감에 얼른 선혜공주의 앞에 나섰다.

"어느 안전이라고 그대가 나서는가! 어서 물러나지 못하겠느냐!"

"아니다. 이럴 땐 오히려 그의 해명을 들어보는 것이 빠를 것 같구나. 그러니 그자가 해명할 수 있도록 하라."

"옛, 공주님. 공주님의 하해와 같은 은혜로 그대에게 목숨을 구할 수 있는 해명을 할 수 있게 되었다. 그러니 그대는 기회를 버리지 말고 이번 사태가 일어나게 된 원인을 더하지도 말고 또한 빼지도 말며 있는 그대로를 공주님께 고하도록 하라."

"알겠소. 본인은 현재 무림맹 소속으로 있는 정운영이란 사람으로, 한 달 전 현원세가를 공격한 후 지금까지 그들의 추격을 받았소이다. 그런 참에 황궁에 지인이 있어 그를 만나기 위해 금릉으로 왔는데, 이들은 그런 나를 의복이 허름하다 하여 집단으로 구타를 하려 했소. 그러나 이들은 나의 어떠한 점이 마음에 들지 않았는지 나중에는 죽이려고까지 했소. 또한 그것도 모자라 이들의 지휘관은 그 사실을 은폐하기 위해 죽이려고까지 했으며⋯ 결국, 지금의 이 지경까지 오게 된 것이오. 이것이 오늘 일어났던 사건의 전모요."

운영은 한 나라의 공주 앞이라 사건을 설명함에 있어서 자신의 신분을 밝히지 않을 수 없었다. 그러나 장백검파에 대한 것을 무림맹으로 했으며, 호열의 직접적인 이름을 거론하는 대신 지인이란 말로 돌려서 설명했다. 하지만 그 외의 다른 사항은 지금까지 겪었던 일들을 조목조목 세세한 부분까지 차분하게 설명했다.

선혜공주와 손 제독은 운영의 설명을 다 들은 후에 나름대로 고개를 끄덕였지만 다른 한편으로는 어떻게 지금과 같은 사건으로 확대가 되었는지 이해할 수 없다는 표정을 지었다.

불과 여섯 명의 병사가 무료하던 시간을 때우기 위해 시작된 일이 한 나라의 공주마저 주춤거리게 만들 정도의 큰 사단으로 번진 것이다. 아무리 금릉이 번화하여 하루에도 그 수를 셀 수 없을 정도로 자잘한 사건들이 많이 일어난다고 하지만, 지금과 같은 사건으로 확대된 일은 한 번도 없었던 것이다. 실로 사건의 중대성을 논하기 전에 어이없는 결과에 실소가 절로 나왔다.

그러나 한편으로 선혜공주는 운영이 보여준 무위에 대해 경의감을 느끼고 있었는데, 이것은 무공을 직접 익히지는 않았지만 그 위력에 대해 잘 알고 있었기 때문이다. 더구나 허름한 의복을 하고 있지만 남자다움과 일대종사다운 기품이 느껴지는 운영의 모습에서 선혜공주의 눈빛에 여인 특유의 호기심마저 담겨 있었다.

선혜공주는 운영의 설명이 끝나자 타고 있던 말에서 내린 후 운영의 일 장 앞까지 걸음을 옮긴 후 멈추어 섰다. 또한 선혜공주가 말에서 내리자 그 뒤를 따라 손 제독 역시 말에서 내린 후 선혜공주의 뒤를 따랐다.

"상황이 어떻게 된 것인지 대강 짐작할 수 있겠군요. 그러나 그대의 설명 중에 명확하지 않은 것이 있는데, 그것에 대해서 알아야만 오늘의 일을 명확하게 판결할 수 있겠군요."

"응……?"

'공주께서 친히 말에서 내리신 것도 모자라 저자에게 반존대를……?'

선혜공주 옆에 서 있던 손 제독은 선혜공주의 말투가 갑자기 변했음을 알고는 분위기가 이상하게 흐르는 것을 감지할 수 있었다. 그러나 딱히 뭐라고 할 수 없기에 침묵하며 선혜공주가 무엇을 하고자 하는지 지켜볼 뿐 아무런 행동도 취하지 않았다. 더불어 금의위를 비롯한 수백의 병사들 역시 숨소리조차 내지 못하고 쥐 죽은 듯 상황을 주시할 뿐이었다.

"무엇을 알고 싶으신 것입니까? 성심을 다해 공주님께 답변하겠습니다."

"우선 그대가 무림맹의 일원이라고 했고 또한 한 달 전에 있었던 무림맹과 현원세가와의 전투 이후 현원세가의 추격을 받았다고 했는데, 본녀가 알기론 현재 현원세가에 그만한 여력이 없다고 들었습니다. 그런데 그대의 설명을 들으니 그런 것도 아닌 것 같군요?"

"사실 그 질문엔 저로서도 딱히 뭐라고 설명을 드릴 수 없을 것 같습니다. 다만, 그들은 현원덕호의 명을 받은 자들로 청강까지 저를 추격했습니다. 다행히 청강을 지나면서 황군들이 곳곳에 주둔하고 있었기에 그들은 더 이상 추격을 하지 않았습니다."

"지금 현원덕호라고 했나요?"

"그렇습니다."

"현원덕호라면 삼성이마 중에 천승검을 가리키는 것인데……? 그렇다면 혹, 그대가 유운검선 정운영……?"

"응? 공주께서 저에 대해 어떻게……?"

운영은 선혜공주로부터 예기치 않게 자신의 성명을 듣게 되자 오히려 두 눈을 동그랗게 뜨며 반문을 했다.

"놀랍군요. 현원덕호와 자웅을 겨루었다던 유운검선을 이곳에서 보게 되다니. 그리고 소문에 의하면 당신은 현원덕호의 검에 죽었다고 했는데, 어떻게 빠져나왔죠? 그리 쉽지 않았을 텐데?"

"예? 그, 그것은……."

운영은 갑작스러운 선혜공주의 질문에 순간적으로 뭐라고 답변할 말이 떠오르지 않았다. 정확히 말하자면 자신의 실력이 현원덕호에 못 미쳐 도망친 것이지만, 그렇다고 자신의 입으로 그와 같은 상황을 일일이 말한다는 것이 여간 거부감이 드는 것이 아니었다. 더구나 지금의 사태와는 하등 관련이 없는 사항이기에, 운영은 선혜공주를 바라보며 왜 자신에게 그런 질문을 했는지 모른다는 표정을 지어 보였다.

"이런! 호호~ 본녀가 괜한 질문을 했군요. 답변하기 곤란하면 하지 않아도 돼요."

"흐으음, 고맙습니다."

"아니에요. 천하에 이름이 쟁쟁한 현원덕호의 수중에서 벗어난 것도 그렇고, 보아하니 꽤 심한 내상을 입었던 것 같은데 용케 추격대를 따돌렸군요. 여하튼 대협의 무공에 경의를 표하고 싶군요."

"가, 감사합니다. 공주께서 미천한 무부(武夫)를 그 정도로 생각하고 계실 줄은 몰랐습니다."

"아니지요. 본녀도 병사들에게 무공을 지도해 보아서 무림인들의 성향에 대해서 어느 정도 알고 있습니다. 또한 무림에 대한 정보도 많지요."

"아~"

운영은 사건과 별개로 선혜공주가 자신에 대해 설명을 하자 새삼스럽다는 눈빛으로 쳐다보았다. 또한 병사들에게 무공을 가르쳤다는 말을 듣고서 선혜공주의 면면을 살펴보았는데, 그 어디에도 무공을 익힌 흔적이 보이지 않자 이상함마저 들었다. 하지만 공주의 입에서 거짓이 나올 리 없다는 생각에 그저 고개만 끄덕일 뿐 더 이상 깊게 생각하지 않았다.

"그건 그렇고, 조금 전에 황궁에 지인이 있다고 했는데 맞나요?"

"옛? 그, 그렇습니다."

"현원덕호와 자웅을 겨룬 유운검선 정 대협께서 황궁에 지인이 있다면 황궁 내에서도 상당한 지위에 있는 대관들 중 한 명일 텐데. 무림인이 황궁에 지인이 있다는 것도 쉽게 납득할 수 없거니와 만약 있다면 정 대협 같은 사람과 친분이 있는 대관이 누구인지 궁금하군요. 정 대협, 황궁에 있다는 지인이 누구지요?"

"그, 그것은……."

'어떻게 한다? 이 상황에서 형님의 성함을 말했다가 혹 형님께 나쁜 일이라도 생긴다면 큰일인데. 흐으음~ 그래, 내가 잘못한 것이 없으니 형님의 성함을 댄다고 해도 해가 없을 것이다. 또한 지금까지 보여준 공주의 성품만 보더라도 그런 일은 일어나지 않겠지.'

"왜요? 혹시 그것은 거짓인가요?"

"아닙니다. 다만 그분의 성함을 이곳에서 말하는 것이 좋은지 잠시 생각했을 뿐입니다."

"아하, 혹시라도 본녀가 해를 끼칠지 모른다고 생각했군요. 충분히 이해해요. 만약 본녀라도 이런 상황에 처해 있다면 그런 생각을 했을 겁니다. 그러나 안심해도 되니 말해 보세요."

"알겠습니다. 공주께서 친히 그와 같이 말씀해 주시니, 공주님을 믿고 말하겠습니다. 그분은 제 의형이 되시는데, 성함은 임(任) 자에 호(號) 자 열(熱) 자를 쓰십니다. 육 년 전에 조선의 사신들과 함께 황궁을 방문한 것으로 알고 있습니다."

"임호열이라… 응? 지금 임호열이라 했나요? 손 제독, 임호열이라 면……?'

"예, 공주님. 소신의 생각으로도 임 제독을 말하는 것 같습니다."

'임 제독? 혹 형님을 지칭한 것인가? 그런데 제독이라니……?'

운영은 호열의 이름을 듣고서 선혜공주와 그 옆에 있던 대관의 입에서 호열의 신상에 관한 말이 나오자 의구심 가득한 눈빛으로 두 사람을 쳐다보았다. 분명 자신의 귀가 잘못되지 않았다면, 호열을 제독으로 칭했음이 분명했기 때문이다. 아무리 운영이 세상 물정에 관심없는 무림인이라 해도, 제독이란 신분이 황궁에서 어떤 지위인지는 알고 있었다.

"정말로 찾는 사람의 이름이 임호열인가요? 그리고 그 사람이 정 대협의 의형이 확실한가요?"

"그렇습니다. 그런데 그분은 지금 황궁에 계십니까? 공주께서 하시는 말씀을 들으니, 제 형님께서 황궁에 아직 계신 것 같은데……."

"호호, 세상에 이런 일이 있을 줄은 정말 몰랐네요. 임 제독, 철혈패군(鐵血覇君) 임 제독에게 정 대협과 같은 의동생이 있었다니."

"하하, 그러게 말입니다. 소신도 오늘에야 알았습니다."

"그럼 형님께서 아직 황궁에 계십니까? 정말 그런 것입니까?"

운영은 선혜공주의 말을 들으면서 아직 호열이 황궁에 있다는 확신을 가질 수 있었다. 그렇지 않다면 선혜공주의 입에서 연거푸 호열에 관한 이야기가 거론될 리 만무하기 때문이다.

"우선 잠시만. 먼저 이들을 제 위치로 물린 다음에 이야기를 계속하시지요."

"아, 알겠습니다."

"오늘은 귀한 분이 오셨기에 더 이상 너희들의 잘못을 거론하지 않겠다. 그러나 오늘과 같은 일이 다시는 일어나지 않도록 하기 위해 일벌백계로 원인을 제공한 여섯 명의 병사에게 곤장 백 대를 칠 것을 그 지휘관에게 명한다. 또한 지휘관은 이번 일을 원만히 해결하지 못한 책임을 물어 곤장 오십 대와 세 달치의 녹봉을 감한다. 그리고 거동이 불편한 부상자들을 내의부(內醫府)로 호송한 후 조치를 취하도록 하고, 나머지 병사들은 부상자들이 모두 회복될 때까지 임무에 차질이 없도록 만전을 기하도록 하라. 또한! 만약 이번과 같은 일이 또다시 발생될 경우, 본녀는 그들을 모두 참형에 처할 것이다."

"옛! 명을 받들겠습니다. 충!"

선혜공주의 엄한 판결에 병사들은 모두 고개를 숙이며 자신들의 목이 아직 붙어 있음에 감사해했다. 더구나 자신들이 무림에서도 명성이 쟁쟁한 고수에게 대들었다는 것을 알고는 등골에서 식은땀이 흘렀었는데, 모든 것이 잘 해결되자 공주의 명이 떨어짐과 동시에 일사불란하게 수습되었다. 이제 남아 있는 사람들이라고는 운영을 비롯해 선혜공주와 손 제독 및 금의위 스무 명이 전부였다.

"이제 됐군요. 그런데 정 대협이 임 제독을 만나러 왔다면 금릉에서 며칠 정도 기다려야 할 것 같은데……."

"형님께서 그럼 황궁에 계시지 않다는 말씀입니까?"

"예, 지금은 황궁에 없어요. 하지만 며칠 안으로 황궁에 올 거예요. 만약 정 대협이 꼭 임 제독을 만나고 싶다면 황궁에서 기다리는 것이 어떤가요? 병사들의 잘못도 있으니 그 주인 된 입장에서 그 정도 호의는 베풀 수 있는데요."

"아, 아닙니다. 어찌 저 같은 무부가 황궁에 머물 수 있겠습니까. 공주님의 호의는 고마우나 형님께서 조만간 황궁으로 오신다면 금릉에서 기거할 곳을 마련하도록 하겠습니다."

"흐흠! 공주님께서 오늘의 일을 미안하게 여겨 그대를 귀빈으로 대접하고자 하는데 그것을 거절하는 것은 황궁과 공주님께 대한 예의에 벗어난 일이오. 또한 이와 같은 일이 만약 임 제독의 귀에 들어가면 공주님께서 꽤 난처한 상황에 처할 수도 있다는 것을 명심하시기 바라오."

"예? 그런 일이……. 그, 그렇다면… 휴~ 알겠습니다. 공주님의 호의를 감사히 받겠습니다."

운영은 손 제독의 으름장에 어쩔 수 없이 선혜공주의 제의를 받아들여야 했다. 다른 사람도 아니고, 호열의 이름이 거론되자 더 이상 버틸 재간이 없었던 것이다.

"호호, 잘 생각했어요. 그럼 황궁으로 들어가시지요. 본녀가 직접 안내할게요."

선혜공주는 운영이 자신의 제의를 수락하자 무엇이 그리 기분이 좋은지 얼굴에 함박웃음을 지으며 말도 타지 않고 황궁으로 빠르게 걸음을 옮기기 시작했다.

'훗! 늦은 감이 있지만, 드디어 선혜공주님께 봄이 찾아온 것인가?

흐흠, 다만 그 대상이 무림인이란 것이 걸리는구나. 더구나 임 제독의 의동생이라니…….'

손 제독은 선혜공주의 뒤를 따르면서도 힐끔 운영의 옆모습을 바라보았다. 공주에게는 좋을지 모르지만, 황제의 측근에서 모시는 직속 근위군의 수장으로서 운영의 출현은 그리 달갑지가 않았다. 특히 옛날 호열의 만행을 잘 알고 있는 손 제독으로서는 또다시 그런 일이 벌어지지 않으리라는 보장을 할 수 없기에, 금의위 위사들에게 앞으로 더욱더 무공 연마에 총력을 기울이도록 해야겠다는 다짐을 하게 만들었다.

*   *   *

"뭐라? 지금 누가 왔다고……?"

"예, 지금 밖에 초 제독이 외동창(外東廠) 소속 병사들을 대동하고 정문 앞에서 문주님께서 나오시기를 기다리고 있습니다."

"그게 무슨 말인가! 도대체 초 제독이 이곳엔 무슨 일로 왔단 말인가!"

"소인도 아직 그것까지는 파악할 수 없었습니다. 워낙 예상 밖의 일이라……."

"지금 그것을 말이라고 하는가! 가뜩이나 어지러운 무림 정세에 초 제독이 동창 소속 병사들을 대동하고 본 문을 직접 찾다니, 이 일에 대해 문인들이 이상한 생각이라도 하면 어떻게 대처하라고 초 제독은 이런 어이없는 일을 벌인단 말인가!"

"소인 역시 그 점을 생각했습니다. 그러나 이미 초 제독이 정문 앞에서 기다리고 있는 상황이라 어떻게 손을 쓸 수가 없었습니다."

"흐으음……."

'도대체 무슨 일인지 모르겠군. 가뜩이나 골치가 아파 죽겠는데, 이런 일까지 터지면 도대체 나보고 어쩌란 말이야! 미치겠군.'

호열은 점심 식사를 하다가 추 전주로부터 난데없는 황당한 보고를 듣고는 멍한 기분에 정신이 하나도 없었다. 더구나 아무도 모르게 온 것도 아니고, 벌건 대낮에 문인들이 모두 보는 가운데 벌어진 일이라 황당하기 그지없었다. 하지만 마냥 추 전주만 나무랄 수 없기에 호열은 수저를 놓고는 추 전주와 함께 초 제독이 기다리고 있다는 정문으로 나갔다.

정문에 도착한 호열은 추 전주의 보고를 받을 때보다 더욱더 황당하여 벌어진 입을 다물 수가 없었다. 거의 백여 명이 넘는 병사들과 환관들이 네 줄로 정렬해 있었고, 그 앞에는 초 제독이 백마가 끄는 마차에 올라 자신을 호기심 어린 눈초리로 바라보는 문인들을 굽어보고 있었다.

더구나 호열을 더욱더 황당하게 만든 것은, 초 제독의 뒤를 따라 늘어선 백여 필의 말이었다. 호열이 보기에도 일부러 끌고 온 것 같은데, 한눈에 보아도 자신과 철혈당 문인들을 태우기 위해 끌고 왔다는 것을 알 수 있었다.

초 제독은 호열의 모습이 보이자 환한 미소와 함께 마차에서 내려서는 반가운 표정을 지어 보였다.

"임 제독, 그간 안녕하셨소?"

"그, 그렇… 아니, 이렇게 만나서 반갑구려. 그나저나 이 행렬은 도대체……?"

호열은 초 제독의 인사에 마주 예를 표했으나, 예고도 없이 찾아온 초 제독을 향한 눈빛은 예리하고 날카로웠다.

"제, 제독……?"

"그러게. 지금 저 환관이 문주님을 보고 제독이라고 한 것 맞는가?"

"나도 그렇게 들었는데? 도대체 이게 무슨 일이람……?"

초 제독의 말에 이러한 상황을 예의 주시하던 문인들 속에서 수군거림이 일기 시작했다. 그러나 호열은 이러한 것을 알면서도, 그들을 향해 아무런 해명도 할 수가 없었다. 아직 초 제독이 무슨 이유로 모든 문인들의 이목을 집중시키는지 알 수 없었기 때문이다.

"추 전주, 황제로부터 내가 모르는 지시 사항이라도 온 것이 있는가?"

"아, 아닙니다. 그런 일은 없었습니다. 그리고 이번 초 제독의 일은 소신도 정말 금시초문입니다."

"알았네."

호열은 추 전주의 해명을 들은 후에야 초 제독을 바로 볼 수 있었다. 하지만 여전히 초 제독을 바라보는 호열의 눈빛은 해명을 요구하는 눈빛이었다.

"하하, 그렇게 보지 말구려. 나도 이러고 싶지는 않았는데, 황제 폐하의 명이 떨어지는 바람에 이렇게 오게 되었소."

"황제의 명이라니요? 그럼 초 제독을 보낸 것이 황제란 말이오?"

"그렇소이다. 이제 임 제독을 보았으니 지금 황제 폐하께서 친히 내리신 교지(敎旨)를 펼칠 것이오. 그러니 임 제독은 얼른 의관을 정돈한 후 황제 폐하께 예를 갖추시기 바라오."

"교지? 초 제독, 지금 교지라고 했소?"

"그렇소이다. 그러니 어서 예를 갖추시기 바라오."

"이거 참……."

호열은 초 제독의 말에 더 이상 가만히 서 있을 수가 없었다. 비록 문인들의 시선이 부담스러웠지만 호열은 의복을 정리한 다음 미리 땅바닥에 깔아놓은 비단과 그 위에 마련된 좌대의 앞에 이른 후 황궁이 있는 금릉을 향해 가볍게 목례를 취했다.

"헛흠! 임 제독은 예전이나 지금이나 여전하시구려."

"어차피 초 제독도 알고 있는 일이지 않소이까. 그러니 어서 교지나 읽어보시구려."

"흠, 알겠소이다. 그럼 임 제독은 황제 폐하께서 내린 교지를 받도록 하시오."

초 제독의 칼칼한 목소리가 울려 퍼졌다. 하지만 호열은 비단이 넓게 깔린 좌대에 오른 후에도 무릎을 꿇지 않고 초 제독을 바라보며 서 있을 뿐 일절 다른 행동을 취하지 않았다.

호열의 이런 모습에 초 제독은 자신이 취할 수 있는 인상이란 인상을 다 썼으나, 호열이 눈도 깜짝이지 않고 오히려 자신을 바라보자 애써 자신의 표정을 푼 후 천천히 황금색 교지를 풀어 양손을 사용해 넓게 펼쳐 들었다.

"흠흠! 그럼 지금부터 읽겠소. 본인은 나라의 안위와 본인의 뜻을 행함에 있어서 임 제독이 그동안 보인 성과를 먼저 크게 치하하는 바이다. 또한…(중략)… 하지만 본인은 임 제독이 황궁을 벗어나 본인과 멀리 떨어져 있음을 크게 안타까워했다. 더구나…(중략)… 또한 올 사월엔 본인을 비롯한 수많은 백성들을 시름에 젖어들게 하는 일이 발생했다. 원래 본인은 백성들의 안위와 대명제국의 기치를 높이 세우기 위해 정로대장군에 임 제독을 제수하고자 했으나, 임 제독은 황궁과 인연을 끊고 범인으로 살고자 함을 알고는 그 뜻을 접을 수밖에 없었다. 그러나 임 제독도 항간에 떠도는 소문을 들어 알겠지만, 본인의 큰뜻을 행하기 위해 북쪽으로 진군을 한 정로군은 타타르 국의 대군에 그만 참패를 당하고 말았다. 실로 안타까운 일이나, 본인은 이번 일로 크게 깨달은 바가 있었도다. 그에 대신들과 몇 날 며칠을 상의한 결과, 이번에 새롭게 구성될 정로군의 총지휘관으로서 임 제독 그대를 임명하고자 한다. 그러니 임 제독은 본인의 어려운 사정을 살펴 자신의 뜻을 당분간 접어주었으면 한다. 그러니 임 제독은 본인의 뜻에 따르라!"

"흐으음……."

"이상이오. 임 제독은 어서 교지를 받들도록 하시오."

제법 낭랑한 목소리로 교지를 모두 읽은 초 제독은 유독 마지막 말에 힘을 주었지만, 초 제독의 낭독이 끝난 후에도 호열의 표정은 별반 달라진 것이 없었다. 다만 처음에 볼 수 없었던 것이 하나 생겼는데, 그것은 이마에 살짝 생긴 주름이었다.

기대했던 것과 너무도 다르자 초 제독은 더 이상 호열의 반응을 살피지 않고 펼쳤던 교지를 다시 정성스럽게 말은 후, 호열의 앞에 놓여진 탁자에 천천히 올려놓았다. 호열이 영락제의 명이 담겨져 있는 교지를 받아 들기를 기다리기 위함이었다.

'험! 어찌 저런 자를 정로대장군에 봉하시고자 하는지, 원……! 아무리 무공이 뛰어나면 뭐 하겠는가! 폐하께 충성하는 마음이 없는 것을. 휴~'

초 제독은 호열의 얼굴을 바라보면서 살짝 한숨을 쉬었다. 그러나 더 이상 자신이 호열에게 말할 것이 없기에 호열이 결정을 내릴 때까지 기다리기 위해 뒤로 살짝 물러났다.

'무엇이란 말인가? 도대체 황제가 갑자기 자신의 오랜 숙원을 접은 이유가 무엇인가? 아무리 나를 정로대장군에 봉하고자 한다지만 그 자리는 나 말고도 할 장수들이 많지 않은가. 도대체……'

호열은 좀처럼 영락제가 내린 교지를 향해 손을 뻗지 않고 있었다. 이러한 호열의 모습에 초 제독은 물론 동창의 병사들을 비롯한 환관들 모두 어찌 저런 만행을 저지를 수 있느냐는 의문 섞인 표정으로 호열을 바라보고 있었다.

또한 정문 앞에 모인 철혈검문 문인들 역시 자신들이 알지 못했던 호열의 과거에 대해 알게 되었는데, 그 놀라움은 이루 말할 수 없을 정도였다. 아무리 철혈검문이 갑작스럽게 생긴 문파였지만, 문주인 호열이 황제의 녹을 먹은 것도 모자라 제독이라는 어마어마한 지위까지 오른 인물이었다는 것에 할 말을 잃어버렸다. 더구나 관직을 버렸음에도 황제가 친히 교지까지 내려 정로군 최고지휘관이란 어마어마한 자리까지 제수하고자 하는 것에 기가 막힐 뿐이었다.

그러나 이런 문인들과 달리 영락제의 교지를 반갑게 생각하고 있는 문인들도 있었다. 바로 철혈당 육십 명의 문인이었다. 특히 전 정로대장군이었던 구복의 셋째 아들인 구왕웅(丘旺雄)의 얼굴엔 반가움을 넘어선 뜨거운 눈물이 흘러내리고 있었다.

'아무래도 나를 정로대장군에 봉하고자 하는 이유가 저번 정로군들이 패한 원인 때문일 것이다. 혹시 타타르 국 병사들 중 무공을 할 줄 아는 병사들이 있다는 말인가? 훗! 그렇군. 그것밖에 이번 일을 설명할 이유가 없구나. 그럼 그렇지, 그렇지 않다면 굳이 눈엣가시 같은 나를 황제가 택할 리 없겠지. 그렇다면 황제가 무림을 정복하겠다는 뜻을 완전히 접었단 말인가? 도대체 이해할 수 없구나. 분명 자신의 평생 숙원이라고 했었는데? 그렇다면 황제에겐 북벌이 무림 정복보다 우위에 있다는 것인가? 그렇다면 다행이지만…….'

모든 이목이 자신에게 집중되거나 말거나 호열은 지켜보는 사람들이 짜증을 낼 정도로 혼자 사색에 잠겨 있었다. 초 제독은 호열이 얼른 교지를 잡지 않는 이유를 도대체 납득할 수 없다는 표정으로 연신 얼굴에 흐르는 땀을 비단 수건으로 닦고 있었으며, 철혈당 문인들 역시 이와 비슷한 생각을 하고 있었다.

그러나 철혈검문의 다른 문인들은 호열이 지금 어떤 생각을 하고 있는지 짐작하는 듯했다. 이들 중에는 오랜 낭인 생활을 했던 사람들도 있었고 강호라는 약육강식의 세계에서 평생을 살아온 사람들이 대부분이었기에 이들은 호열이 무림을 쉽게 떠날 수 없음을 직감적으로 알 수 있었던 것이다. 그러나 모든 것은 호열의 생각에 달려 있었기에 이들은 서로의 얼굴을 바라보며 호열이 옳은 결정을 내리기를 기다리며 침묵을 지켰다.

'어찌한단 말인가? 아무리 생각해 보아도 지금 내게 정로대장군이란 지위가 무슨 소용이 있단 말인가? 그래, 지금 난 황제의 교지를 받을 수 없다. 아니, 받는다고 해도 지금은 아니다. 소호, 그녀를 먼저 찾아야 한다.'

한동안 결정을 내리지 못했던 호열의 얼굴이 환하게 밝아졌음을 지켜보던 모든 사람들은 알 수 있었다. 그만큼 호열의 표정 하나하나에 온 신경을 쓰고 있었고, 또한 그 결정을 기다리고 있었기 때문이다.

"하하, 임 제독께서 이제야 결정을 내렸나 봅니다. 자, 결정을 했다면 어서 황제 폐하의 교지를 받으시지요."

"초 제독, 나는 황제의 교지를 받을 수 없소이다."

"뭐, 뭐라고요?"

"나는 황제의 교지를 받지 않겠다고 했소. 그러니 초 제독은 지금 당장 본 문을 떠나주시기 바라오."

"그, 그게 지금 임 제독이 할 소리요? 어떻게 황제 폐하께서 친히 내리신 교지를 받지 않겠다는 말이, 제독까지 제수받았던 신하의 입에서 나올 수 있는 소리란 말이오!"

초 제독은 호열의 말에 그만 지금까지 참고 있었던 이성이 허물어져 버린 듯 호열을 향해 핏대를 세우며 언성을 높였다. 하지만 초 제독의 말에도 호열의 표정엔 아무런 변화가 없었다. 더불어 호열의 대답을 들은 문인들의 표정이 두 가지로 확연하게 나뉘었는데, 그 주축엔 추 전주를 비롯한 철혈당과 조 검주, 그리고 호 당주를 비롯한 다른 문인들이었다.

그러나 이들의 생각과는 달리, 호열의 표정은 어둡기만 했다. 호열에게 있어서 황제의 교지를 받느냐 받지 않느냐는 큰 의미가 없었다. 다만 옆에 있어야 할 사람이 없다는 것이 가장 큰 걱정일 뿐이었다.

『호열지도』 13권으로…